Bordesholmer Edition

Band 23

Überarbeitete Auflage
Mühbrook 2015

Ein besonderer Dank gilt Herrn Jürgen Baasch für seine Tätigkeiten als Lektor und Korrektor

Detlef Tanneberger

Halleluja Sakra

Das Muthenbroker Missgeschick mit den Gebeinen

Eine kleine Heimatgeschichte

Herausgegeben zur
777-Jahrfeier von Mühbrook

Vorwort

In jedem Haushalt gibt es eine kleine, bisweilen auch größere Sammlung unterschiedlichster Festschriften, Chroniken und Jahrbücher aller nur erdenklichen Institutionen und Körperschaften. Der Stapel mit diesen oft schon recht alten Schriften liegt zumeist recht wackelig aufgestapelt in einem versteckten Regal oder in einer Ecke des Bücherbordes. Immer wieder, so alle paar Jahre, nimmt man sich vor, sich von diesen Schriften zu trennen. Zumindest von einigen der alten Hefte und Schriften. Es muss aufgeräumt werden! Bei diesem Vorhaben nimmt man nun nicht den besagten Stapel und übergibt ihn komplett der blauen Tonne. Nein, man nimmt sich Zeit, schaut sich die Schriften nochmals an und beginnt darin zu blättern. Achtung! Das Vorhaben gerät in Gefahr! Auf einmal erwacht das Interesse an den Bildern, Sätzen und Kapiteln. Sieh mal einer an, wer hätte das gedacht. Acht Jahre liegt das Jubiläum des Angelvereines schon zurück und die Freiwillige Feuerwehr feiert im nächsten Jahr schon ihr einhundertfünfundzwanzigstes Jubiläum. Die Sichtung und Lektüre führt im Endeffekt dazu, dass man alle diese Schriften nicht der Vernichtung für würdig erklärt. Das Einzige, was bei einer solchen Aktion herauskommt ist: Der Stapel bleibt und kommt zurück in das Regal.

So erging es mir dann auch vor einigen Tagen. Dabei kam mir auch die Chronik zum 750jährigen Bestehen der Gemeinde Mühbrook in die Finger. „Auch schon wieder 23 Jahre her", dachte ich bei mir und begann zu blättern. Wieder einmal wurde mir bewusst, in welcher geschichtsträchtigen Gemeinde ich wohnen darf. So konnte ich lesen. Eine alte Sage erzählt, dass so um das Jahr 1332 die Gebeine des heiligen Vicelin von Neumünster nach Bordesholm überführt werden sollten. In Mühbrook kam es jedoch zu einem Vorfall. Ein Gelöbnis wurde von frommen Mönchen des nahen Klosters abgelegt. Die Gebeine des Apostels sind seit dem jedoch verschollen. Mysteriös, mysteriös. Gibt es da etwa dunkle Flecken in der Vergangenheit des Ortes? Wohl nicht möglich! Das kann man doch so nicht hinnehmen. Hat das noch keiner aufgearbeitet? Hat es sich wirklich so zugetragen vor langer Zeit? Oder war alles ganz anders.

I

Die Tage am Ende des Jahres waren schon wieder einmal merklich kurz geworden und sie werden bis zur Sonnenwende noch kürzer werden, ganz klar. So wie jedes Jahr seit ewigen Zeiten, das wusste ich.

Aber so richtig konnte ich mich mit diesem Naturereignis nicht anfreunden und im Grunde auch nicht abfinden. Jedoch eines wusste ich genau, ändern konnte ich es nicht und ein anderer auch nicht.

Nicht einmal Hedda!

Es ging schon auf die Mittagsstunde zu. Ich hatte die Kontrolle der Fischreusen und des großen Stellnetzes abgeschlossen. Leider lagen heute nur ein paar kleine Fische in dem Weidenkorb, allerdings für den eigenen Bedarf reichte der Fang allemal und einige Fische konnten sicher auch noch gegen andere wichtige Dinge des Lebens eingetauscht, oder an Alte und Arme verschenkt werden.

So wenig Ausbeute, obwohl das Wetter noch immer sehr mild war, überaus ungewohnt warm sogar für den November, den Nebelmonat, wobei der Winter in kürze ins Haus stand. Andere Dinge als nur der Fang von Fischen standen demnächst an. Das Netz musste unbedingt ausgebessert werden und ein neues noch größeres, sollte geknüpft werden. Die Reusen mussten auch dringend erneuert werden. Ganz wichtig war die Aufstockung des Korbbestandes für den Krebsfang. Die rote Krabbeltierspezialität hatte sich zu einer exzellenten Handelsware und Einnahmequelle entwickelt, für die es mittlerweile nicht nur Waren im Tausch gab, sondern sogar kleine Silberstücke, ganz besonders in der letzten Zeit, seit die Großbaustelle auf der Insel am nahen Holm betrieben wurde.

Es war an diesem Arbeitstag so wie immer abgelaufen. Auf der Hinfahrt zur Kontrolle der ausgelegten Köder und

Fanggeräte galten meine Gedanken natürlich immer der Beute, dem Fang. Wie viel Stück Großfisch wird in dem Netz sein? Sind vor allem auch wertvolle fette Aale dabei? Werden die Körbe gefüllt die Heimreise antreten, oder ist heute sogar endlich der Fisch des Lebens dabei? Eventuell gar eine ganz neue Spezies, die bisher hier noch nicht das Wasser verlassen hat.

Bei der Arbeit selbst war dann kaum Zeit um nachzudenken. Das Boot musste in Richtung gehalten, Reusen und Netze entleert und gereinigt werden. Nebenbei musste ständig auf Wind und Wetter geachtet werden. Die Stunden vergingen oft blitzartig, wie der Flug eines schnellen Greifvogels.

Auf der Rückfahrt hingegen waren die Gedanken ganz andere, egal ob die Körbe gefüllt waren oder auch nicht. Ein schöner Beruf war es, hier Fischer auf dem großen See zu sein. Den Gedanken hin und wieder ihren freien Lauf lassen zu können und zu dem auch sehr eng mit der Natur verbunden zu sein. Was für ein Glück für einen Mann in diesen modernen Zeiten.

Auf der heutigen Rückreise, bei der ich die Ruder nur leicht durch das ruhige Wasser ziehen musste, da so gut wie kein Wind wehte, kam ich gut voran in Richtung Muthenbroke. Das war schon sehr ungewöhnlich für die späte Zeit im Jahre. Sturm und Hagel hatte ich um diese Zeit schon miterleben müssen.

Schön war es jetzt, seinen Gedanken nachgehen zu können. Um allerdings einen Jahresrückblick zu halten, war es denn wohl doch noch etwas zu früh. Einiges könnte sich durchaus noch ereignen. Ich ertappte mich wieder einmal dabei, über meinen innigen großen Wunsch erneut nachzudenken - nämlich ein richtiges Abenteuer zu erleben, wie so viele andere es oft schon erlebt hatten und viel und immer wieder darüber berichteten -. Es konnte doch nicht etwa schon wieder alles gewesen sein in diesem Jahr, in diesem Leben. Wo blieb die große Herausforderung für mich.

Zugegeben, es war ein gutes Jahr gewesen. Viele Fische konnten gefangen und gegen wichtige Waren wie Getreide und Wolle, eingetauscht werden, nicht zu vergessen die Jagd auf die Enten und auch Gänse, die in diesem Jahr bis zum heutigen Tage noch nicht in ihre Winterquartiere abgezogen waren, wo auch immer diese sich befanden. Eine Menge dieser Federtiere konnte von mir zur Strecke gebracht werden, obwohl das Gefieder offensichtlich immer schlauer wurde. Zum Erlegen mit dem Bogen oder Speer war eine morgendliche oder abendliche Pirsch angesagt. Das gab nicht nur gutes fettes Fleisch, sondern neuerdings auch ein paar Silberlinge. Und nicht zu vergessen, fast das Wichtigste, anstatt des Strohsackes und einer wollenen Decke, ein in Leinen gefülltes wärmendes Federbett - herrlich -, wenn im Winter der Wind durch die Ritzen von Fernster und Türen die trockenen Schneeflocken in die Schlafkammer wehte. Die Zeit, an denen sich durch die Atemluft Raureif auf der Zudecke bildete, war die Zeit, wo man eine gute wärmende Zudecke zu schätzen wusste.

Ein Schlafzimmergenuss mittlerweile, in meinem Alter. Die Zeiten ändern sich in vielerlei Hinsicht. Das musste ich bei solchen Wertschätzungen immer öfter erkennen.

Nun ja, über kurz oder lang wird die Zeit kommen, da man nicht mehr mit dem Boot auf das Wasser hinausfahren kann. Starke Stürme und die erste Eisbildung auf dem Wasser mit einer dünnen Eisdecke zwingt dann dazu, das Boot aus dem Wasser zu ziehen und es auf Land zu legen. War später die Eisdecke wiederum dick und stark genug geworden, um einen Mann zu tragen, konnte ich durch ein ins Eis geschlagenes Loch wieder kleine und auch mitunter große Fische fangen. Die Hauptarbeit bestand dann aber im Schnitt des Reets, das immer dringender zum Eindecken der Neubauten in der Gegend gebraucht wurde.

Immer das gleiche Fazit bei meinen Gedanken über meine Arbeit und mein Leben. Was hatte ich nur für ein großes Glück, als freier Mann in diesem Land zu dieser Zeit leben zu dürfen. Was sollte es noch jemals besseres auf dieser Welt geben, als frei zu sein und arbeiten zu können.

Uns beiden - jetzt nur noch Brigitta und mir, seit die Söhne beide das Haus verlassen hatten - ging es sehr gut und mit den Jahren immer besser. Ernte, Jagd und Fischfang lieferten mehr, als wir verbrauchen konnten. Handel, Tausch und neuerdings auch der Verkauf ließen uns in bescheidenem Wohlstand leben. Nicht allen ging es so wie uns. Not und Hunger waren immer noch nicht aus unserer Gegend verbannt. Der neue Glaube wird Abhilfe schaffen, so wurde es uns gepredigt. Ein alter mündlicher Vertrag, vor langer Zeit zwischen dem Grafen und meinem Vatersvater abgeschlossen, erlaubte mir und meiner Familie das Leben als freie Menschen. Der Vertrag überließ uns ein kleines Grundstück am Ende des Sees und die Rechte, den großen See zu bewirtschaften und das Ganze auch noch zu recht günstigen Bedingungen. Der Pachtzins war klar geregelt und bestand in den Abgaben von Reet, Herrenfisch, sonstigen Fischen, sowie Enten, Gänsen und auch den Eiern der Möwen. Demnächst neu zu verhandeln galt die Abgabe auch von Silber und Geld. Das wird nicht einfach werden für uns kleinen Leute. Wo sollte das Geld herkommen?

Schauen wir mal, hatte Hedda nur zu diesem Thema gesagt. Manche Dinge erledigen sich mitunter ganz von selbst und auf gediegene Weise.

Bei den Vertragsverhandlungen um die Rechte am See, so sprach meine Mutter oft, habe Hedda gewaltig ihre Finger mit im Spiel gehabt.

Ja, immer wieder unsere Nachbarin Hedda! Über diese Frau wird zukünftig noch nachzudenken sein. Das wurde mir immer klarer, klarer denn je.

Noch ein paar wenige ruhige Ruderschläge und ich konnte Richtung auf die Muthenbroker Bucht aufnehmen. Die Hütten und Häuser und unser alter Anlegesteg waren nicht mehr weit entfernt. Bei der letzten Biegung Richtung Haus und Grundstück sah ich mich wie immer noch einmal um, um die Fahrtrichtung weiter bestimmen und halten zu können.

Nanu, was war das? Ich musste mich erneut umwenden. Stand da nicht jemand auf dem alten hölzernen Steg vor dem Haus.

War das etwa Brigitta? Ich musste beide Augen stark zusammenkneifen. Das Sehen in die Ferne und in die Nähe fiel mir nicht mehr ganz so leicht wie in jungen Jahren. Aber ganz klar - sie war es! Das dunkle Kleid und die langen, grauen Haare, die im Wind wehten - es war Brigitta und sie winkte mir sogar heftig zu. Das konnte ich mittlerweile erkennen. Sieh an - komisch - seit mehreren Jahren war es so nicht mehr vorgekommen. Sicher, seinerzeit, als wir noch beide jung waren, hatte Brigitta häufig auf dem Steg auf meine Rückkehr gewartet. Aber die Zeiten hatten sich geändert. Aus häufig war in vielen Dingen eher selten geworden.

Was hatte das nun heute zu bedeuten? Es beunruhigte mich, sehr sogar. Ein Gefühl der Anspannung, dessen Begleiterscheinungen ich fast schon vergessen hatte. Was mochte da Besonderes vorgefallen sein? Aber sogleich konnte ich mich selbst beruhigen. Was sollte wohl aufregendes passiert sein bei uns oder gar in Muthenbroke? Hier passiert doch nie etwas Aufregendes.

Dennoch ließ ich die beiden Ruder schneller und auch

kräftiger durch das Wasser gleiten Die Situation spannte mich doch mehr an, als ich es mir selbst zugestehen mochte und wollte. Ich war mitten auf der kleinen Bucht am Ende des Gewässers auf Rufweite herangekommen.

„Sören, Sören!", hörte ich Brigitta rufen. „Komm schnell, ich habe dir etwas zu erzählen, eine Neuigkeit, eine Überraschung, eine große Überraschung! Deine Freude wird groß sein."

Eine große Überraschung - was konnte das nur sein? War ein Riesenfisch an Land gesprungen? War Brigitta etwa schwanger? Bahnte sich ein lukratives Geschäft an mit dem neuen Kloster?

Ich zog die Ruder automatisch noch schneller durch das Wasser. Wenige gut geübte Handgriffe genügten und das Boot war am Steg fest verzurrt. Handgriffe die ich im Schlaf beherrschte, hundertfach, nein tausendfach geübt und durchgeführt.

Ich blieb im Boot sitzen und sah zu Brigitta hinauf.

„Erzähle, erzähle Brigitta! Was ist geschehen? Was hast du für eine Überraschung?"

„Höre gut zu, Sören! Hedda war heute am frühen Morgen bei mir."

Das konnte nun aber wahrlich keine Überraschung sein. Hedda kam fast jeden Morgen und häufig auch noch einmal am Abend. Wahrscheinlich steckte hinter der großen Überraschung irgend ein unwichtiger Weiberkram. „Hedda hat berichtet, sie hatte gestern am späten Abend eine Zusammenkunft mit dem Propst vom Kloster gehabt."

Aha, sieh an! Wahrscheinlich wieder die ganze Nacht hindurch in ihrem Hause, so wie ich es schon mehrfach in der letzten Zeit beobachten konnte. „Der Propst war zu einer Besprechung da gewesen".

Wenn du wüsstest, meine liebe Brigitta, wenn du wüsstest - Besprechung -, na ja mir soll es recht sein.

„Bei dieser Besprechung ging es um den Neubau des Klosters. Was Hedda damit zu tun hat, kann ich mir nicht erklären. Aber du weißt ja, wo hat sie nicht ihre Finger überall drin. Die Finanzierung sei ein Problem, berichtete Hedda. Die Kapelle in Brügge und die große Kirche in Bosau verschlingen sehr viel Geld - ein Vermögen. Die Chorherren aus Wippenthrorp sollen zur Kasse gebeten werden und das in Gottes Namen natürlich. Wie sollte es auch anders möglich sein, schnell an gutes Geld zu kommen."

„Brigitta, reiß dich bitte zusammen, ich rudere mir hier fast die Lunge aus dem Hals und du erzählst mir hier Neuigkeiten, die du mir auch beim morgigen Mittagessen hättest erzählen können. Ich hatte schon befürchtet, es sei etwas Schlimmes passiert."

„Es ist ja auch heute etwas vorgefallen, aber nichts Schlimmes. Entschuldige Sören! Das wirklich Wichtige kommt jetzt. Die große Überraschung ist die, dass der Propst eine Nachricht überbracht hat, eine Nachricht von deinem Bruder. Dein Bruder befindet sich zur Zeit in Segeberg. Der Propst hat vor zwei Tagen Kontakt mit ihm gehabt. Dein Bruder Matern hat ihn gebeten, eine Nachricht nach Muthenbroke zu überbringen. Matern habe noch einiges in Segeberg zu erledigen aber in sieben Tagen werde er in Muthenbroke eintreffen. Er werde über das große Moor anreisen. Das sei nunmehr der kürzeste Weg nach Hause."

Das war nun aber wirklich eine Riesenüberraschung! Damit hatte ich überhaupt nicht gerechnet, nicht einmal gewagt zu hoffen hatte ich diese Kunde. Wie lange hatte ich meinen Bruder nicht mehr gesehen, fast ein ganzes Jahr nicht! Ich lehnte mich auf der Ruderbank zurück und wäre um ein Haar ins Wasser gestürzt.

„Donnerwetter, das ist wirklich eine gute Nachricht Brigitta. Sieben Tage hat er gesagt, sieben Tage gesagt vor zwei Tagen, das bedeutet er kommt schon in fünf Tagen. Brigitta ich muss wieder raus auf den See und ein paar gute Fische fangen. Das im Korb reicht nicht für uns alle. Matern wird einen großen Hunger mitbringen von seiner langen Reise."

„Na, nun warte doch erst einmal etwas ab und beruhige dich. Es ist noch genügend Zeit für alles."

„Brigitta, was hat Hedda gesagt? Wann kommt Matern morgens oder abends? Ist er gesund? Hat er viel zu erzählen?"

Das wird wieder einmal eine spannende Zeit, dieser Winter. Schön. Ich dachte gerade heute über die kommenden dunklen tristen Monate nach, an denen es doch oft sehr langweilig zuging. Wie lange kann er bleiben?

„Sören, nun beruhige dich bitte erst einmal. Komm ins Haus, wärme dich auf und trinke einen heißen Tee von der Wasserminze und stelle deine Füße vor das Feuer. Es bleibt noch reichlich Zeit für die wenigen Vorbereitungen."

Über das Moor will er kommen? Merkwürdig. So viel ich wusste, lag sein letztes Einsatzgebiet im Norden, im Bereich der Grenze zu dem schlimmen Dänemark. Merkwürdig, merkwürdig. was hat er in Segeberg zu schaffen? Eins ist gewiss, Matern wird sehr viel zu erzählen haben aus der großen Welt, mit Kampf, Krieg und allem was dazu gehört. „Brigitta, ich freue mich, ich freue mich unbändig. Ich fühle mich um Jahrzehnte jünger."

„Na, das warten wir denn nun doch erst einmal ab", antwortete Brigitte darauf nur. Die nächsten Tage vergingen nur schleppend. Wann kommt Matern endlich. Die Vorbereitungen waren abgeschlossen.

II

Den ganzen Sommer über hatten alle Bewohner der kleinen Ansiedlung an der Nordspitze des recht großen Sees auf die wohltuende Wärme gewartet, stattdessen regnete es fast täglich und ein kühler feuchter Westwind wehte bei Tag und Nacht.

Nun aber im Spätherbst hatte ich das Empfinden, dass es wiederum noch viel zu warm war für die fortgeschrittene Zeit im Jahr. Heute wolle Matern eintreffen und ausgerechnet an diesem wichtigen Tag fiel die Dunkelheit besonders schnell über den grauen Tag her. Im Haus war es schon finster und hier draußen reichte die Sicht kaum noch bis an das Ufer des nahen Gewässers. Und das alles, obwohl sich bisher noch nicht einmal der erste leichte Morgenreif über das nahe Moor niedergelegt hatte und die bereits seit langem bunt gefärbten Blätter an den Bäumen nicht zu Boden fallen wollten.

Oder lag dieses Empfinden für Wetter und Umwelt nur an meinem doch schon recht fortgeschrittenem Alter, das mir fast zwanghaft immer bei meinen häufiger werdenden Rückblicken auf mein bisheriges Leben das Zeitgeschehen um mich herum nicht mehr richtig deuten und zuordnen ließ. Eigentlich aus meiner Sicht fast unmöglich. Der Jüngste war ich zugegebener Maßen zwar nicht mehr - aber alt, so richtig alt wie die Alten doch wohl noch lange nicht. Und bei meiner lieben Brigitta sah es da nicht anders aus. Bisher brauchten wir unsere beiden Söhne noch nicht in ihre Pflicht nehmen, ihre Eltern zu ernähren oder gar zu pflegen, wie es seit alters her gute Sitte und auch Verpflichtung ist.

Aber dieses Thema und auch alles bisher gemeinsam Erlebte würde sicher, wie fast immer, für reichlich Gesprächsstoff mit meinem Bruder zu sorgen, der heute zu

Besuch kommt. Außerdem galt es auch wie jedesmal, neue Pläne für die Zukunft zu schmieden und kleine und auch größere gemeinsame Abenteuer vorzubereiten, oder zumindest so zu tun, wie Brigitta oft spitz dazu zu bemerken pflegte.

Ich freute mich auf den Besuch schon seit Tagen und Brigitta ebenfalls. Sie meinte immer, der Besuch von Matern wirke auf mich wie ein Jungbrunnen aber mache mich hin und wieder auch ein wenig mehr als übermütig. Für dein Alter zu sagen, konnte sie sich dann gerade immer noch verkneifen.

Na ja sie musste es ja wissen nach so vielen gemeinsamen Jahren. Allerdings ein gemeinsames letztes großes Erlebnis würde uns beiden Brüdern schon recht gut gefallen und auch gut zu Gesicht stehen als alte Muthenbroker. Etwas, was den ganzen Ort aufhorchen ließ, zumindest aber unsere alte Nachbarin Hedda.

Würde mein Bruder den für ihn doch recht weiten und auch sehr gefährlichen Weg an das Ende des Sees noch vor Einbruch der Dunkelheit zurücklegen können? War ihm etwas dazwischen gekommen oder hatten wir beide, Brigitta und ich, wieder einmal wie beim letzten Zusammentreffen vor langer Zeit zur Feier des großen Sommerfestes um einen Stein vertan. Bei uns im Hause wohl sicher nicht mehr möglich, seit dem Brigitta das Ordnen der Steine und das Berechnen der Tage übernommen hatte. Die Steine waren zwar unterschiedlich groß und hatten verschiedene Färbungen und Formen aber eines hatten sie alle gemeinsam. Alle hatten sie ein durchgehendes Loch und konnten so auf dünne Holzstäbe geschoben werden. Das war für die Zeitberechnungen überaus wichtig. Jeden Morgen nahm Brigitta einen Stein vom linken Holzstab und steckte ihn auf den rechten Stab. Sie tat es mittlerweile in den letzten zwei Jahren immer dann, wenn man die helle Leuteglocke von der Baustelle am Holm dreimal leise schlagen hörte und so war es auch die Zeit für sie und mich, das Nachtlager zu verlassen.

Befanden sich alle Steine auf dem rechten Stab, ging es in gleicher Art und Weise den Weg zurück. Sehr viele Steine waren es nicht in unserem Hause aber ich hatte die Anzahl unserer Steine mit der Anzahl der Steine meines Bruders Matern mehrfach und ganz genau abgeglichen. Es waren gleich viele Steine hier wie auch bei Matern und er war ebenfalls sehr genau und gewissenhaft bei dem Umsetzen seiner Steine. Das wusste ich. Der Tag heute musste der Richtige sein, ich war mir ganz sicher.

Hedda hatte uns das Berechnen der Tage mittels der Steine beigebracht - wer auch sonst -. Matern hatte mehr als nur einmal in den letzten Jahren gesagt. Das Leben beginnt und endet mit Hedda und dazwischen geht es auch nicht ohne diese Frau.

Ich konnte ihm da nur Recht geben. Es war Hedda, die den Frauen bei der Geburt ihrer Kinder half die Neugeboren untersuchte und dann den Vätern überreichte. Das geschah bevor sie einen Namen erhielten und getauft wurden oder auch hin und wieder nicht.

Die Verstorbenen wurden ebenfalls von Hedda untersucht und danach nach alter Sitte für die reinigende Lohe vorbereitet oder neuerdings von ihr auch für die Grablegung freigegeben.

Einfach oder gar leicht war die Entscheidung für die Angehörigen um das jeweilige Vorgehen nicht und wurde auch immer schwieriger, lebten doch alle mithin in modernen christlichen Zeiten und schon lange nicht mehr zu ewig lang vergangenen Tagen von Poppo dem Trinkfesten. Dazu kam in der neuen Zeit die Nähe des Klosters. Da konnte man sicher nicht mehr machen was man konnte und wollte, die Mönche würden ein Auge auf alte und neue Gesetzte und Bräuche haben.

Wenn alles an seinem Platz ist - und es wird bald alles an seinem Platze sein in sehr naher Zeit -, erklärte Hedda in der letzten Zeit immer häufiger, wird es für einige einer Erlösung gleich kommen und die übrigen werden weiter ihr Leben führen müssen, ob sie wollen oder nicht.

Einfach nicht zu verstehen dieses ewige Gefasel von der Alten, pflegte Matern zu stöhnen. Auch mir fiel es mitunter schwer, ihr bei ihren Aussagen zu folgen. Verstehen konnte ich sie überhaupt nicht.

Hedda und immer wieder Hedda! Keiner konnte scheinbar ganz auf sie verzichten. Wenn auch nur äußerst geheim und meist nur zu nächtlicher Stunde, so hatte ich es mittlerweile häufiger beobachten können, wenn ich des nachts oder in den frühen Morgenstunden meine Reusen und Angelschnüre kontrollierte - stattete der Propst des nahen zukünftigen Klosters der Chorherren aus Wippenthorp, Hedda recht häufige und lange Besuche ab. Diese Beobachtungen hatte ich bisher nicht einmal Brigitta mitgeteilt. Ich wollte erst einmal mit meinem Bruder darüber reden. Endlich mal eine gewaltige Neuigkeit, ein echter Skandal in Muthenbroke! Kaum konnte ich die nächtlichen Beobachtungen noch für mich behalten.

Wo blieb denn nur mein Bruder?

„Sitz doch da jetzt nicht so untätig herum, mein Sören!", ließ mich Brigittas vertraute Stimme aus meinen Gedanken aufschrecken. „Mach doch ein großes Feuer an der Brennstelle am See, damit Matern den Weg leichter findet und nicht im Moor versinkt und qualvoll umkommt".

Recht hatte sie meine Gute, wie fast immer. Weshalb war ich nicht selbst schon lange darauf gekommen, ein weit sichtbares Signal zu geben. Schon oft hatte mir selbst das Feuer den Weg nach Hause aufgezeigt wenn ich vom Fischfang schnell heim musste, weil mitunter auch etwas

21

Schlimmes passiert war und ich gebraucht wurde.

Bei diesen Gedanken durchzuckte mich wieder einmal ein lange weggelegter aber nie vergessener Schicksalsschlag. Das Feuer hatte mich heimgerufen damals, als es um Leben und Tod ging. Brigitta sah mir heute noch sofort solche nachdenklichen Momente an und legte mir dann ihre kräftige Hand auf meine Schulter. Bei allem Glück, das wir beide bisher in unserem Leben erfahren hatten und das sich auch für alle in unserem Umfeld bemerkbar machte, war der Tod unseres ersten Kindes, eines Mädchens, unvergessen - für uns alle zusammen hier immer noch der schlimmste Schicksalsschlag in unserem Leben. Auch wenn seit dem schlimmen Ereignis schon ein paar Jahrzehnte vergangen waren.

Es war das erste und bisher auch das einzige Mal, dass ich Hedda etwas antun hätte können, obwohl - das wusste ich sehr bald - sie nichts anderes hätte tun können um den Verlauf der Dinge, wie sie seinerzeit viele Familien im Dorf getroffen hatten, zu ändern oder sogar zu verhüten. Scheinbar hatte auch Hedda ihre Grenzen

Verflucht noch mal, jedesmal die gleichen Fragen und immer keine Antworten! Sollte ich tatsächlich irgendwann einmal den Mut aufbringen und nach der Wahrheit fragen, die Hedda sicher wusste und auch erklären könnte. Aber gerade davor hatte ich sehr große Angst, auch weil Matern mich eindringlich mehrfach davor gewarnt hatte. Komm Hedda nicht zu nahe, sie ist eine sehr machtvolle Frau voller Geheimnisse. Wir müssen das Thema wieder aufgreifen, auch wenn sich Matern regelrecht davor sträubte. Man könnte meinen er fürchte sich mit der Zeit vor seinen vielen selbst getroffenen Aussagen, die er schon mehrfach lauthals von sich gegeben hatte.

Die schlimme Krankheit damals vor vielen Jahren hatte sämtliche Kinder und auch einige Erwachsene nahe dem

Seeufers beinahe gleichzeitig befallen - die gleichen Symptome, der gleiche Verlauf. Die Erkrankten begannen zu glühen, ihre Körper waren kalt und heiß zugleich und konnten das Essen nicht mehr bei sich behalten. Der Rachen wurde tiefrot wie eine reife Walderdbeere und war stark geschwollen. Später war der ganze Körper mit dunklen Flecken übersät. Grauenhaft!

Viele Kinder starben. Allein in unserer Siedlung am Seeufer waren es drei. Unsere Ulrike war leider auch dabei gewesen.

Hedda ging damals mehrfach bei Tag und Nacht von Haus zu Haus und tat was sie nur tun konnte. Hatten die Eltern oder Großeltern kein Silber und konnten Hedda für ihre Leistungen nicht bezahlen, half sie sogar kostenlos. Man kann es heute nicht mehr glauben - Hedda und eine Leistung ohne Bezahlung! Ich meine genau zu wissen, dass es seit jenen schweren Tagen auch nicht wieder vorgekommen ist.

In unser Haus und zu unserer kleinen Ulrike kam Hedda sogar häufiger - oftmals auch noch in der tiefen Nacht - obwohl wir damals noch überhaupt kein Silber hatten oder gar über ein anderes Zahlungsmittel verfügten. Das war schon gewaltig! Sie aber sagte gelassen, das wird Sören alles wieder gut und glatt machen, wenn alles an den Platz gebracht worden ist wohin es hingehört. Und das wird in naher Zukunft sein. Das sehe ich klar und deutlich. Ich weiß es. Außerdem hat Ulrike ein Erbe anzutreten.

Einfach nicht zu begreifen, was Hedda damit sagen wollte. Mir war völlig klar, irgendwann werde ich sie danach fragen - oder auch nicht.

Ich habe Heddas seltsame Redensart, die ich bis heute überhaupt nicht begriffen habe, in den folgenden Jahren allerdings noch häufiger hören müssen, habe aber bis jetzt nicht gewagt den Sinn dieser Aussagen zu hinterfragen.

Die Antwort von ihr würde sicher mehr als nur einige Stückchen Silber kosten.

Ich versprach ihr damals in großer Dankbarkeit, zu den großen Festtagen, die Hedda allerdings selbst nicht alle mit beging und feierte außer dem großen Fest der Sommersonnenwende im Junimond und dem noch größeren Fest zu Ehren des verdorbenen Brotes im späten Sommer - ihr jeweils einen großen Hecht zu schenken, wenn sie nur meine Ulrike heilte. Brigitta versprach sogar, ihr eine große wärmende wollene Decke für die kalten Wintermonate zu weben, obwohl wir damals nicht einmal über ein Schaf verfügten, das uns die nötige Wolle hätte liefern können, von einem Webstuhl und Spinnrad ganz zu schweigen.

Natürlich, wie sollte es auch anders gewesen sein, war Ulrike für alle in der Familie und auch eigenartiger Weise für Hedda schon etwas ganz Wichtiges und ganz Besonderes damals.

Matern sah damals wie auch noch heute die Dinge um Hedda herum in fast allen Belangen sehr schlicht und einfach. „Nun beginnt sie langsam zu spinnen, die", - und dann begann er zu flüstern und eine Hand vor seinen Mund zu halten, - „die Hexe."

Die besondere Zuneigung von Hedda für unsere Ulrike war schon sehr auffällig gewesen. Sogar mehrmals hatte sie laut und deutlich gesagt, wenn alles an seinem Platz ist wo es sein soll und sein wird, wird Ulrike diejenige sein, die alle Geheimnisse kennen wird und in meinem Haus wohnen wird.

Matern deutete diese Aussagen für sich wie immer sehr schlicht: „Das ist so, weil Hedda eine alte Jungfer ist und außerdem auch noch eine Hexe, die ihr Handwerk versteht und es gut auszunutzen und zu verbergen weiß."

Schlicht und schlimm, das war natürlich wieder einmal

von Matern recht einfach und vor allem auch sehr übertrieben ausgedrückt. Aber wenn man ein wenig darüber nachdachte, war sie mitunter schon recht rätselhaft und geheimnisvoll, unsere Hedda.

-

Nun gut, es half nichts. Brigitta hatte natürlich Recht. Sehr leicht konnte man von den schmalen kaum eingelaufenen Pfaden im großen Moor - gerade in der Dunkelheit - abkommen und in der schwarzen Masse versinken, zumal es in diesem Jahr noch sehr milde war und man auf keinen festgefrorenen Boden hoffen konnte. Matern musste ein klares und ihm gut bekanntes Zeichen gesetzt werden, das ihm vertraut war und ihm den rechten Weg wies.
Die mit großen, grauen, runden Steinen eingefasste alte Feuerstelle am Ufer des Sees, diente nur selten als weit sichtbares Signalfeuer, ließ aber alle Dorfbewohner zu jeder Tages- und Nachtzeit aufschrecken und sich sofort am festgelegten Sammelplatz treffen, wenn zusätzlich zum Feuer das Horn geblasen wurde. Hedda hatte es so vorgeschlagen und die großen Herren des Dorfes waren ihr, wie sehr häufig in der Vergangenheit, bei ihren Entscheidungen gefolgt, obwohl Hedda eine Frau ist!
Keiner darf das je erfahren.
Brigitta und ich hatten für unsere Ansiedlung und die nahe Umgebung am See als Erbe vom Vater die Aufgabe übernommen, Notsignale auszusenden. Zwei solcher Stellen gab es in Muthenbroke - eine am Seeufer und eine bei der noch kleineren Ansiedlung im Moor.
Das Signalfeuer wurde mit Holz und nicht mit Torf befeuert. Für das Feuer mussten ständig trockene Tannenzweige in unserem Haus gelagert werden. Diese brannten rasant mit heller Flamme ab und von den Nadeln an den Zweigen stiegen weit sichtbar dunkle Funkenwolken in den Himmel auf. Das Entzünden des Feuers war in den Wintermo-

naten sehr einfach. Man brauchte nur ein glühendes Stück Torf aus dem Haus holen und es mit den Zweigen überdecken. In den Sommermonaten machte es wesentlich mehr Mühe, wenn kein Feuer auf der Kochstelle brannte und bedurfte viel Erfahrung und noch mehr Ausdauer, da nicht ständig Glut im Hause vorhanden war.

Geschafft! Das Feuer brannte und prasselte schnell mit hohen Flammen. Es wurde auch allerhöchste Zeit. Die Sicht reichte gerade noch fünf Schritte weit.

Ich hatte kaum - und wenn überhaupt, dann auch nur sehr schlecht - geschlafen, nachdem ich noch mehrmals reichlich Zweigwerk nachgelegt und auch oft die Glut umgerührt hatte damit die Funken kräftig stoben. Ich war somit erst spät zur Ruhe gekommen. Brigitta hatte mich vom Seeufer abgeholt und mühevoll davon überzeugt, ins Bett zu gehen und doch lieber am kommenden Morgen weiter gut sichtbare Signale zu senden.

Am frühen Morgen, es war noch stockfinster, erwachte ich - wenn ich überhaupt richtig geruht hatte - mit der unerträglichen Unruhe vom Vortage in mir. Ich verließ sofort das warme Strohlager, sogar ohne wie gewohnt nach meiner Brigitta zu greifen.

Ich musste meinem lieben Bruder Matern entgegengehen - um jeden Preis. Vielleicht war ihm doch etwas zugestoßen und er brauchte meine schnelle Hilfe.

Brigitta hatte natürlich meine nächtliche Unruhe und die Vorbereitungen für meinen Marsch gen Osten, der bald aufgehenden Sonne entgegen, sehr wohl mitbekommen. Sie bestand darauf, dass ich vor meinem Aufbruch eine Schale mit frisch aufgegossenen Blättern der Wasserminze austrank, die meine liebe Brigitta immer mit reichlich gutem Bienenhonig kräftig süßte. Dazu gab es wie jeden Morgen Hafergrütze in Ziegenmilch gekocht - heute von Brigitta frisch zubereitet und nicht nur aufgewärmt.

Es ging los.

Brigitta hielt mir den neuen schweren Umhang und den schon recht ausgeblichenen Hut mit der breiten Krempe entgegen. In meinen Rucksack hatte sie einen Laib von dem süßen Herbstbrot und einen großen tönernen Krug mit frischem Bier verstaut. Einige Salzfische fehlten auch nicht, Matern aß diese Muthenbroker Spezialität zu gern, erst recht, wenn ich den Salzfisch und Brigitta das Bier zubereitet hatte. Immer wenn Matern uns besuchte, achtete Brigitta streng darauf, dass Fisch und Bier aufgetischt werden konnten.

„Schmeckt nach zu Hause", pflegte Matern, sich den Bauch reibend, immer zu sagen und lehnte sich dabei gern weit auf der Bank am Esstisch zurück.

Ich war selbst überrascht. Auf einmal fühlte ich mich richtig super gut. Es wird alles gut, es wird ein schöner und erfolgreicher Tag.

Ich wusste es - ich wusste es!

Es konnte nicht anders sein und es wird auch nicht anders sein.

Hedda hatte natürlich wieder einmal die Unruhe in ihrer Nachbarschaft mitbekommen. Das war auch nicht sonderlich schwer, stand ihr Haus doch auf Rufweite von dem unsrigen entfernt. Allerdings war ihres nicht nur größer, sondern um einiges komfortabler ausgestattet als unsere kleine Fischerkate.

Im Winter, wenn kein Laub und keine Blüten mehr an Büschen und Bäumen im Wind flatterten, konnten wir durch die nackten Zweige und Äste ihr Haus gut erkennen und während der dunklen Jahreszeit auch das Licht, das durch die Fenster fiel, sehen. Das Licht leuchtete immer sehr lange bei Hedda. Was mochte sie wohl machen und tun bis in die tiefe Nacht so ganz alleine.

Na ja - so ganz alleine -, in letzter Zeit wohl nicht immer.

Wie lange wird das sehr auffällige nächtliche Treiben wohl noch geheim bleiben bei uns hier im Dorf. In Muthenbroke bleibt doch nichts lange geheim. Ich fragte mich, wann wohl die Gerüchteküche zu brodeln beginne.

Nun gut, warten wir erst einmal die weitere Entwicklung ab. Im Augenblick gab es viel Wichtigeres zu tun, als über solche intimen Dinge nachzudenken.

Ich muss Matern entgegen gehen und ihn hoffentlich wohlbehalten auffinden. Die Entscheidung für diese Aktion stand wahrscheinlich in meinem Innersten am gestrigen Abend schon fest. Das wurde im Moment des frühen Aufbruches mir selbst erst richtig bewusst.

Wie sollte es auch anders kommen an diesem grauen Morgen als von Hedda beobachtet aus Richtung See zum Moor zu wandern. Ich hätte es wissen müssen.

Hedda stand in der Tür zu ihrem Haus. „Guten Morgen Sören, so früh schon unterwegs. Ich habe deinen Feuerspektakel am gestrigen Abend sehr wohl mitbekommen."

Was bekam diese Frau eigentlich nicht mit, dachte ich mir und sah sie an. „Du wartest sicher auf deinen Bruder".

Was gab es darauf zu antworten - nichts.

„Er wird schon kommen, glaube es mir - glaube es mir. Er wird im Laufe des Tages hier bei uns eintreffen. Ich habe es gesehen. Aber wenn du meinst es absolut nicht mehr aushalten zu können mit eurem Wiedersehen, gehe ihm ruhig entgegen. Er wird sich bestimmt riesig darüber freuen und es wird euch Beiden nach so langer Zeit gut tun. Und noch etwas habe ich gesehen. Du wirst sehr erstaunt sein. Es wird eine große Freude für uns alle sein."

Schon wieder einmal hatte ich keinen Mumm in den Knochen. Hier hätte es die passende Gelegenheit sein können, Hedda zu fragen. „Na Nu, du auch schon so früh auf den Beinen, oder bist du etwa noch gar nicht im Bett gewesen und ist dein Besuch wieder einmal gerade erst gegangen?"

Aber wie immer, leider, kam da von mir wieder einmal nichts, gar nichts. Hedda lächelte.

„Aber demnächst geht es dir an den Kragen, Hedda, das verspreche ich dir", dachte ich bei mir und marschierte los.

-

Schon sehr bald, noch bevor ich den breiten Pfad der in das Moorgebiet führte, erreicht hatte, sah ich in Richtung des langsam heller werdenden Morgenhimmels zwei dunkle Gestalten auf meinem Wege auf mich zukommen.

Es hatte mittlerweile ein ekelig schauriger Dauerregen eingesetzt, der die Sicht in die Ferne äußerst schwierig machte. Aber es war zu erkennen, dass die beiden Fremden schwer bepackt waren und zudem noch einen großen Handwagen hinter sich her zogen.

Wer konnte das sein? Diebe? Halunken? Flüchtige? War ich etwa in Gefahr?

Händler, Wunderheiler oder Kaufleute zu dieser späten Jahreszeit? Das wäre schon mehr als ungewöhnlich. Die Gaukler, Musikanten und Kunstvortragenden scheuten die winterliche nördliche Feuchte und Kälte, konnten es somit nicht sein.

Die Händler kamen erst regelmäßig im zeitigen Frühjahr und danach noch einmal in den lange hellen Sommermonaten, um ihre unterschiedlichen Waren anzubieten.

Alle Bewohner in der Gegend in und um Muthenbroke warteten aus unterschiedlichsten Gründen auf die Handelsleute, die Frauen immer ganz besonders und sehr ungeduldig.

Gab es doch immer wieder bei diesen Besuchen die gute Möglichkeit, Waren aller Art zu erstehen, aber auch Produkte der eigenen Arbeit zu verkaufen oder einzutauschen.

Auf jeden Fall gab es von den Anbietern immer viel Neues zu erfahren, das zwar noch nichts kostete aber schon sehr wichtig war für alle Bewohner unsere Ansiedlung, so meinte man.

Es ging unter anderem um die allerneueste Mode in der großen und schnell immer größer werdenden weiten Welt um uns herum. Was aber noch interessanter war, es ging auch um die sehr vielen und immer mehr werdenden brandneuen skandalösen Ereignisse in der Nachbarschaft und in der weiten Ferne.

Die absolute Sensation im letzten Jahr war die des schwarzen Mannes gewesen.

Der Sohn eines Großbauern aus dem Raum der Siegburg, der von seinem Vater zu Kriegsdiensten an die Grenze zum feindlichen Königreich Dänemark entsandt worden war, hatte bei seiner gesunden Rückkehr einen rußschwarzen jungen Mann als Kriegsbeute mitgebracht. Der schwarze Mann war gesund, sehr kräftig und sollte als Knecht auf dem Hof arbeiten und auch zur Zucht eingesetzt werden, so war zu vernehmen.

Die Frauen in Muthenbroke kicherten ob dieser Nachricht ausgiebig. Ob wohl der schwarze Mann auch da schwarz ist, wo er Hemd und Hose trägt, wurde eifrig diskutiert.

Um diesen Gedanken Einhalt zu bereiten, hatte ich leichtfertig versprochen, mich darum zu kümmern und die erwartete Antwort zu liefern, in der Hoffnung, dass das Thema damit für immer erledigt sei. Das war allerdings ein gewaltiger Trugschluss - ich hätte es wissen müssen.

Es kam so, dass ich zunehmend und immer wieder von einigen Frauen angemahnt wurde, ob der noch nicht erbrachten Antwort.

Grauenhaft, was hatte ich da wieder angezettelt. Wie bekomme ich das wieder in den Griff? Matern wird mir helfen müssen.

Es kam anders.

Einige Tage danach, alles hatte sich um die Sache ein wenig entspannt, sagte Brigitta zu mir, ich bräuchte mich nicht mehr um die Aufklärung in Sache schwarzer Mann bemühen. Sie und die Muthenbroker Frauen wüssten nun genau Bescheid.

Hedda habe sie über alles aufgeklärt.

„Brigitta erzähl! Was hat sie zu der Sache gesagt. Ich bin so gespannt." „Frage sie doch selbst", das war die kurze Antwort von Brigitta.

Seitdem ruhte das Thema, den Göttern sei Dank.

Die Männer hatten natürlich selbstverständlich sehr viele andere wichtige Themen. So lange die alte Hose noch passte und das Wams nicht spannte, galt das Interesse eher den wirklich wichtigen Dingen wie Sex, Sex, Sex, Krieg, Kämpfen und natürlich den Geschäften.

Den Anfang der Händlerbesuche in jedem Jahr machten die Salzhändler. Sie wurden von allen immer dringend erwartet, waren aber auch leider die schwierigsten Handelspartner. Sie wussten sehr genau um die noch hohe Finanzkraft am Anfang des Jahres und um die Notwendigkeit des Salzes zum Überleben in unserer Region.

Nahrung für Mensch und Tier gab es in manchen Jahren im Überfluss, und in anderen reichte es kaum für alle zum Überleben. Überfluss oder Mangel, keiner konnte dieses am Anfang jeden Jahres voraussehen. Nicht einmal Hedda wagte sich an dieses Thema heran. Getreide, Heu, Pilze und Kräuter konnten getrocknet werden, wenn das Wetter es zuließ. Danach musste man nur noch darauf achten, dass kein Ungeziefer an die Vorräte heran kam und das wertvolle Lagergut verunreinigte oder gar auffraß. Hund und Katze halfen, die üblen Mitesser auf den Höfen und in den Häusern fern zu halten. Die großen Nachtvögel mit den breiten Flügeln, die im Dorf ihre Höhlen in großer Zahl hatten, fingen so manche Maus weg. Davon konnte man sich an ihren Ausscheidungen überzeugen. Das Zusammenleben von Mensch und Tier war eine gute Grundlage, wichtige Vorräte zu sichern und zu erhalten.

Mit Fleisch und Fisch sah es da dramatisch anders aus. Zwar gab es in recht unterschiedlichem Wechsel fette und magere Jahre. Aber das dann zur Verfügung stehende Fleisch verdarb in wenigen Tagen und war für Mensch und Tier nicht mehr genießbar. In Hungerjahren starben viele Menschen am Mangel an Nahrung, aber mindestens ebenso viele am Verzehr von verdorbenen oder verunreinigten Nahrungsmitteln. Der Hunger war neben den Kriegen die größte Geißel in unserer Zeit.

„Wenn man doch nur auf Vorrat essen und trinken könnte", sinnierte Matern gern. Das wäre die Lösung aller Probleme um Hunger und Durst. Hin und wieder hatte ich bei diesen Ausführungen das Gefühl, dass er mitunter in diese Richtung bereits Selbstversuche durchführe, ganz besonders dann, wenn es um das Probieren des frisch gebrauten Bieres ging.

Salz, Salz, Salz, das war das Zaubermittel, das war das Konservierungsmittel für Fleisch und Fisch. Wer über genügend Salz verfügte, brauchte über das Jahr nicht darben an Fisch und Fleisch. Wer keines hatte, musste mit Brei und Brot über die Runden kommen und konnte nur auf eine gute Ernte hoffen.

Wo kommt nur das kostbare Wundermittel her? Ich und auch Matern wussten es nicht. Wo wurde es hergestellt oder ausgegraben? Wenn man das nur wüsste. Es würde weniger Not in Muthenbroke und auf der ganzen Welt geben. Man konnte so tief graben wie es nur ging, fand mitunter klares Wasser, aber kein Salz. Man konnte große Steine umdrehen und fand nichts. Man konnte die Götter oder den Gott anrufen, kein Salz fiel vom Himmel.

Die gierigen Salzhändler brachten es ins Dorf und forderten immer höhere Preise für das weiße, weiche Gestein, das man leicht zu Pulver mahlen konnte und das sich in Wasser sehr schnell auflöste. „Leute kauft schnell und so viel ihr könnt, in ein paar Jahren werden die Vorräte erschöpft sein, es wird kein Salz mehr geben. Schafft euch Vorräte an, die Preise werden weiter steigen", kündeten die elendigen Halsabschneider.

Wie reich mussten diese Leute wohl sein?

„Lumpenpack, elendes", pflegte Matern gern zu sagen. Man müsste ihnen den Arsch mit Salz vollstopfen und sie nach Hause laufen lassen, diese Räuberbande. Gold, Silber, Geld und Brennstein verlangen sie mittlerweile in Mengen, die fast noch mehr wogen als das gehandelte Salz. Ein grauenhafter Kreislauf um das Salz. Wer Salz besitzt wird satt, wer keines hat muss hungern. Wer Geld besitzt, besitzt auch das Salz, wer kein Geld hat, hat natürlich dann auch kein Salz. Sterben die armen Leute irgendwann einmal komplett aus, weil sie verhungert sind?

„Wenn ich demnächst mehr Zeit habe, werde ich mich daran machen, das Salz hier für unsere Region zu erfinden und es günstig zum Kauf anbieten, und alles wird gut", waren Materns Worte.

III

Riesengroße Schwärme silberner eher kleiner Fische sammelten sich in jedem Frühjahr, wenn die Sonne erstmals wieder ihre lang herbeigesehnte angenehme Wärme spendete und der Wind aus Nordost wehte, in der großen Bucht mit dem salzigen Wasser, nicht weit von Muthenbroke entfernt, kaum mehr als einen guten Fußmarsch von nicht mehr als einem Tag.

Eine regelrechte Völkerwanderung setzte zu diesem Zeitpunkt fast im ganzen Lande für alle ein, die es sich gesundheitlich und zeitlich leisten konnten, den kleinen sehr schmackhaften Fischen mit den unterschiedlichsten Fanggeräten nachzustellen. Viele Mägde und Knechte wurden sogar von ihrer Herrschaft zum Fischfang auf den Weg geschickt und durften ja nicht ohne Beute zurückkehren.

Wenn Matern irgend konnte, war er immer mit großer Begeisterung dabei und war dann auch einer Derjenigen, die dann zur richtigen Zeit am richtigen Ort waren.

Der Ort stand fest, doch wer legte den richtigen Zeitpunkt fest. Wer gab den Startschuss. Jener musste das Wetter deuten können, den Wind über mehrere Tage verlässlich voraussehen können und dann den richtigen Tipp für den Abmarsch geben können.

Der beschwerliche Marsch hin und zurück war zwar in zwei Tagen möglich aber keiner ging gern umsonst den langen Weg, ohne auch nur einen Hering heim zu bringen.

Nur auf die höher und schneller aufsteigende Sonne am Himmel, sowie die angenehmeren Temperaturen verließen wir Brüder uns nicht - und konnten es auch nicht. Die Zeit im Frühjahr war sehr kostbar. Viele Arbeiten mussten genau genommen gleichzeitig erledigt werden. Es gab eine Menge zu tun.

Schon der Hinweg zum fernen Fischwasser war ein

strammer Tagesmarsch. Waren dann die erhofften Silberlinge nicht in der langgezogenen großen Bucht zu finden und zu fangen. Und musste man einige Tage vergebens am Wasser ausharren und schlimmsten Falles auch noch ohne einen einzigen Fisch erbeutet zu haben, den Rückmarsch antreten, war es schon sehr bitter. Das konnte sich im Grunde keiner leisten. Wir auch nicht. Fürchterlich allein der Gedanke an einen solchen Misserfolg.

Für uns Muthenbrooker kam das wichtige und richtige Zeichen für den Aufbruch natürlich von Hedda. Von wem auch sonst.

Matern und ich nahmen gern immer wieder die Vorhersage von Hedda in Anspruch, auch wenn es jedesmal eine kleine Kleinigkeit kostete.

Bisher hatten wir beide dadurch noch nie einen schlechten Fischzug unternommen. Ganz ohne Beute waren wir bisher noch nie nach Hause zurückgekehrt

Hedda verlangte nicht einmal Silber für ihre Voraussage. Ein Fass in Salz eingelegter Silberlinge genügte in diesem Fall. Salz war aber zu diesen Zeiten noch kostbarer als das blanke Silber.

„So ist nun halt mal das Leben mit dem gierigen Händlerlumpenpack", entwich es Matern zum Thema Silber und Salz. Den Krieg sollte man ihnen erklären.

Ich musste mich nun wahrlich nicht im Geringsten schämen, die seherischen Dienste von Hedda in Anspruch zu nehmen und tat dieses auch nicht. Hedda war schließlich unsere direkte Nachbarin und Beraterin seit ewigen Zeiten. Ich brauchte mich nicht zu verstecken, wie manche Anderen, die sich in Heddas Haus schlichen.

Einige schienen in letzter Zeit Ratschläge - oder gar andere Dienste, wer konnte es wissen - eher heimlich von Hedda einzuholen. Ich musste da zwangsläufig an die sich häufenden Besuche des Propstes denken. Wenn ich nur

begann darüber nachzudenken, überkam mich ein schmäh-
licher Anfall von Neugier. Bahnte sich da etwas an? Da
bahnt sich doch etwas an! Aber was nur? Werde ich es
jemals erfahren?

Schnell an etwas anderes denken.

Ich erkannte es sofort! Selbstverständlich wusste Hedda,
worum es ging, als ich sie im zeitigen Frühjahr aufsuchte.
„Du hast mittlerweile ein sehr gutes Zeitgefühl für den
Zeitpunkt des nahenden Heringzuges entwickelt", sagte
Hedda leicht schmunzelnd. „Ich werde da wohl nicht gar
arbeitslos werden in naher Zukunft. Wenn es aber so sein
soll, wirst du ein ehrwürdiger Nachfolger sein.

Du hast Recht Sören, vom Gefühl her könnte es soweit
sein. Der Wind weht auch beständig aus der Richtung der
aufgehenden Sonne. Aber wir wollen ganz sicher gehen
und auch noch die Knochen befragen".

Nun wurde es wie in jedem Jahr ein wenig unheimlich. Ich
wusste, diese Prozedur behagte Matern überhaupt nicht.
Spökenkram sagte er zu diesem „Ritual". „Hedda die He-
ringsflüsterin", pflegte er kräftig mit den Augen klimpernd
zu sagen.

Hedda bat mich in ihren Wohnraum. Aus dem angrenzen-
den Zimmer holte sie einen kopfgroßen roten Lederbeutel
und entleerte dessen Inhalt auf den großen Holztisch, der
mitten im Raum stand. Beim Öffnen des Beutels entglitten
dem kleinen Sack etwa zwanzig bleiche, kurze, aber sichtbar ehemals recht kräftige Knochen. Wenn man genau
hinsah, erkannte man unterschiedlich eingeritzte Zeichen
auf den Knochen. Immer wieder, wenn ich dieses
Knochengerolle auf dem Tisch von Hedda beobachte, erinnerte ich mich spontan an die fast ängstlichen Aussagen
von Matern zu diesem Orakel, oder was es auch sein
mochte. Er war auch schon einige Male bei diesem Ritual
dabei gewesen.

„Sören, Sören", klang es mir in den Ohren. „Hast du das gesehen? Das sind doch Menschenknochen mit denen Hedda würfelt. Es sind die kurzen Knochen der Hände und der Finger von Menschen, so wie du und auch ich über diese Knochen verfügen und sie zu Lebzeiten unter unserer Haut verbergen. Am liebsten möchte ich nichts damit zu tun haben. Erzähle bloß keinem anderen Menschen davon. Wir kommen wegen des Hokuspokusses noch in Teufels Küche. Ich habe das Gefühl, mit und bei Hedda geht einiges nicht mit rechten Dingen zu."

Hedda warf die Knochen mehrfach mit lockerem Schwung auf den Tisch. Es klirrte und klapperte. Hedda wirkte bei diesem Vorgang sehr konzentriert und beinahe apathisch. Sie sortierte die Gebeine und murmelte vor sich hin.

Plötzlich sah sie mich an. Ihr Blick stach mir in meine Augen. Ich zuckte wie jedesmal in diesem Moment zusammen und erschrak. „Ja es ist soweit! Mache dich so schnell wie irgend möglich auf den Weg und nimm ausreichend Fässer mit, du wirst einen guten Fang nach Hause bringen.

Einen Gefallen aber tue auch mir Sören. Schweige bitte um das Lesen der Knochen. Nicht jeder würde Verständnis dafür zeigen. Die Zeiten ändern sich und bald wird es ja damit auch ein Ende haben."

Unverständlich, was Hedda damit meinte!

Wenn irgend möglich zog ich gern mit meinem Bruder Matern zu dem großen Fischfang an die Bucht, die zu dem großen Meer führte. Es war mein erlernter Beruf, der Fischfang, der unseren Lebensunterhalt in der Vergangenheit und sicher auch in der Zukunft für unsere Verhältnisse sehr komfortabel sicherstellte. Für Matern hingegen war es eher ein angenehmer Spaß und in gewisser Weise auch ein Sport und spannende Unterhaltung. Sein Gelderwerb war das Kriegshandwerk mit seinem gesamten schrecklichen

Umfeld, das allerdings und bisher zu jeder Zeit Arbeit und Verdienst bot sicher stellte, aber auch nicht ungefährlich war. Er schwang zwar nicht Schwert oder Keule er gehörte jeweils zum Tross und pflegte gern zu sagen, er sei das Rückgrat der Armee. Ohne ihn sei kein Krieg zu gewinnen.

Mit Eimern, Kübeln, Körben, Fässern, Tonnen und frisch geschmiedeten und scharf geschliffenen kleinen und großen Angelhaken wurden die Karren beladen und mit dem notwendigen Proviant für mehrere Tage dazu und fest mit Seilen verzurrt.

Es machte sich auf den Weg, wer die recht anstrengende und auch beschwerliche Reise durchzustehen hoffte und über das unbedingt notwendige Salz verfügte. Ohne das immer teurer werdende kostbare Salz, in das die frischen Fische zum haltbar machen so schnell wie möglich eingelegt werden mussten, war es sinnlos, den schmackhaften, aber auch leicht verderblichen Schuppentieren mit den Fischkörben nachzustellen.

Hier erleben wir den Wahnsinn der modernen Welt hautnah mit, pflegte - laut schimpfend - Matern allen zu verkünden und schüttelte jedesmal seinen Kopf heftig. Hier haben wir das Silber des Meeres, es könnte zu Gold werden. Hunger und Armut könnten schon lange der Vergangenheit angehören, wenn das Salz nicht fast unbezahlbar wäre. Mit diesen Ausführungen, bei denen er seine Faust zu ballen pflegte und sein Kopf eine bedenklich tiefrote Farbe annahm, brülle er förmlich aus sich heraus. Die Armen werden immer ärmer. Der Hunger nagt bei jung und alt. Die Reichen werden immer reicher und reicher und essen nicht einmal den Hering.

Aber sie machen Geschäfte mit den eingesalzenen Fischen und keine schlechten. Es ist eine gierige Zeit nach Geld und Gut, in der wir heute leben.

IV

Das Stechen des Torfes war schon seit aller Zeit eine sehr schwere Sommerarbeit. Es war aber leider zu keiner anderen Jahreszeit machbar, denn in den kühlen Jahreszeiten war das Moor feucht und sumpfig, so dass man dort nicht einigermaßen sicher arbeiten konnte. Außerdem trockneten die gestochenen und aufgeschichteten Soden nicht gut durch und wurden sehr schnell sogar wieder weich und unbrauchbar.

Torf wurde mehr denn je benötigt. Einige sehr arme Dorfbewohner bauten sogar noch in die heutige Zeit die Wände ihrer Moorkaten aus den getrockneten Torfstücken.

Mittlerweile allerdings gab es kaum noch ein Haus im Dorf, das nicht über eine offene Feuerstelle in mindestens einem Raum verfügte. Ich besaß bereits glücklicher Weise einen halb geschlossenen Ofen, den wir Herd nannten. Hedda hingegen hatte sogar einen ganz geschlossenen, der mit trockenen schwarzen Torfsoden befeuert wurde. Das Befeuern mit Holzstücken hätte wesentlich mehr Arbeit bei der Beschaffung notwendig gemacht. Aber Zeit war kostbar und gutes Brennholz rar. Denjenigen, die sich nicht an dem Torfstich beteiligten konnte oder keine erwachsenen Kinder hatten, die sie versorgten, blieb häufig nichts anderes übrig, als trockene Äste und Zweige aus den Wäldern mühevoll zu sammeln und zusammen zu tragen.

Auch die große Baustelle am Holm benötigte von Jahr zu Jahr erheblich größere Mengen Torf zum Kochen und Heizen. Arbeiteten und hausten dort schließlich eine Menge der unterschiedlichsten Handwerker und Hilfsleute. Hin und wieder wohnten auch einige Klosterbrüder bereits vorübergehend in den schon fertig gestellten Gebäudeteilen, von denen jede über eine kleine geschlossene Feuerstelle verfügte. Das und noch einiges mehr gönnten sich die frommen Herren auf der Insel.

„Wenn das so weiter geht mit dem Abbau des Torfes", hatte Matern häufig gesagt, werden unsere Kinder oder spätestens unsere Kindeskinder noch in ihren Häusern frieren müssen und können ihre Suppe nur kalt essen." „Lächerlich", so hatte ich ihm stets geantwortet, „das Moor ist riesengroß. Hier gibt es Torf ohne Ende, mindestens bis zum Ende aller Tage." Aber, wie bei allem was Matern so hin und wieder schlicht sagte und von sich gab, war man schon gezwungen über seine Worte nachzudenken und selbst seine Meinung mehr als öfter zu überdenken und auch zu ändern. Aber in diesem Fall irrte Matern wohl gewaltig. Torf hatten wir hier in Muthenbroke wirklich genug. Der reicht mindestens noch für tausend Jahre. Das war für mich klar.

Alle gesunden und kräftigen Männer und die bereits arbeitsfähigen Knaben, auch Junker genannt, aus Muthenbroke und der Umgebung zogen seit ewigen Zeiten für einige Tage in das nahe Moor, um für sich und ihre Familien Torf zu stechen, sowie um auch die Alten und Kranken mit Brennstoff zu versorgen, wie es sich gehörte und guter alter Brauch war. Fast noch wichtiger als eine warme Decke und eine heiße Fischsuppe, waren inzwischen die wenigen Silberstücke, die es mit dem Verkauf der schwarzen Soden zu verdienen gab.

Fürchterlichen Zeiten gehen wir entgegen, wenn das so weiter geht und wir irgendwann einmal alles nur noch nach dem Wert des Geldes bemessen, donnerte Matern gern lauthals allen entgegen.

Wenn es allerdings darum ging, ein oder zwei Silberstücke zu erhaschen, konnte er seine Sichtweise schnell und gut den allgemeinen Ansichten über die moderne Lebensweise anpassen.

Ganz in der Nähe eines recht großen Moortümpels hatten wir Torfstecher uns eine kleine Schutzhütte aus armdicken Ästen und Torfsoden errichtet. Die Hütte diente als Unterschlupf, wenn ein starkes heftiges Sommergewitter mit Sturm und Regen über das Moorgebiet hinwegbrauste und es blitzte und donnerte und sich alle fürchteten. Aber die karge Behausung wurde auch genutzt, dort hin und wieder zu übernachten, um die Zeit für den weiten zeitraubenden An- und Abmarsch zu sparen, wenn das Wetter günstig war und alle fast von Sonnenaufgang bis Sonnenuntergang arbeiten konnten und wollten.

Um zu den dunklen fast, tiefschwarzen Torfschichten vorzudringen, müssen die oberen hellen und leichten Schichten des Moores abgetragen werden. Danach konnten aus der schwarzen Masse längliche viereckige Stücke mit viel Kraft ausgestochen werden. Die Stücke wurden aufgeschichtet und konnten so gut austrocknen. Das war aber nur ein kleiner Teil der schweren Arbeit. Nach einigen Wochen, wenn Sonne und Wind die Soden gut durchgetrocknet hatten, mussten die Stücke allesamt mühevoll in das Dorf und auch an den Holm transportiert werden.

In fast jedem Haushalt bei uns wird mindestens ein hölzerner Karren mit zwei großen stabilen Rädern vorgehalten. Die Karren sind recht schmal gebaut, damit man sie auf den engen Wegen und Pfaden an zwei Handgriffen ziehen oder schieben kann. Wer hatte, konnte sogar einen kräftigen Schafbock zwischen die Holme spannen.

Sicher, die Arbeit im Moor war schwer und oft bei sengender Sommersonne nicht nur Schweiß treibend, sondern teilweise um die Mittagszeit gar nicht möglich. Aber alles im Leben, so auch schwere Arbeit, hat auch sein Gutes. Arbeitstrupps hatten sich nach ihren Fähigkeiten und ihrer Leistungsstärke zusammengefunden und eingespielte Gruppen gebildet. Die Gruppen bestanden aus Alten, Jungen und arbeitsfähigen Kindern. Sie hatten sich auf unterschiedliche Arbeitsvorgänge spezialisiert. Ein jeder machte das, was er am besten konnte, und das war auch gut so. Es war eine Lösung, um das gesetzte Jahresziel gemeinsam zu erreichen. Die kräftigsten, das Mittelalter sozusagen, standen tief im Graben mit ihren Torfstechspaten. Sie stachen gleichmäßige längliche Soden aus dem schweren feuchten schwarzen Torf heraus und warfen diese mir gekonntem Schwung, bei dem sich die Soden wie von selbst von dem Holzwerkzeug lösten, hoch nach oben aus dem Graben hinaus, an den Ort, wo schon fleißige Fängerhände warteten. Das war die Aufgabe der Kinder. In einer Stafette wurden die schweren Soden weitergeworfen und am Ende der Strecke auf trockenem Grund von erfahrenen älteren und alten Arbeitskräften kreuz und quer aufgeschichtet, damit der Wind gut durch die so entstandenen Zwischenräume streichen konnte und die Soden möglichst gleichmäßig durch trockneten.

Eine Menge Erfahrung war notwendig, damit die hoch aufgeschichteten Reihen beim trocknen nicht wieder reihenweise umfielen, was dann mehr als doppelte Mühe verursachte.

Die Kräfte zehrende Arbeit hatten diejenigen die im tiefen Graben im Wasser standen. Selbst die besten mit Dachsfett behandelten Lederstiefel wurden früher oder später wasserdurchlässig und deren Träger standen mit den Füßen im moorigen Wasser.

Die Kinder hatten allesamt anfangs noch einen großen Spaß am Fangen und Weiterwerfen der schweren Soden. Es musste und wurde sehr lange gearbeitet. Die Sonne zeigte sich schon früh am Himmel und ihr langer Weg über das Firmament dauerte wesentlich länger als in den kalten Wintermonaten. Es gab zwar hin und wieder kurze Pausen um zu essen und vor allem um zu trinken. Aber die

Zeit musste genutzt werden, und der anfängliche Spaß bei den Kindern ebbte von Stunde zu Stunde ab. Sie wurden ruhiger, die Erwachsenen allerdings ebenfalls. Allen stieg die Anstrengung in die Knochen. Die Leistung sank rapide. Müdigkeit kam auf - bei allen mehr oder weniger gleichermaßen. Es wurde ruhiger auf der Arbeitsstätte im Moor.

Mit den Jahren hatten sich aus unserem Dorf drei Gruppen gebildet, die sehr gut und auch gern zusammen arbeiteten konnten und wollten. Die Gruppen arbeiteten auf Rufweite an dem schnurgraden Graben. Natürlich kannte jeder jeden. In den jeweiligen Gruppen arbeiteten vorzugsweise Familien mit Kind und Kegel zusammen.

Auf so einem engen Raum war man außer bei dem Kornschnitt selten zusammen. Das bot gute Gelegenheit miteinander über Dinge zu reden und zu verhandeln. Aber auch ein unverbindlicher Klönschnack zwischen jung und alt konnte gut gehalten werden. Gemeinsam zu schimpfen und zu fluchen, aber auch zusammen zu lachen, das gehörte einfach zu der Arbeit im Moor dazu. Viel Neues gab es zu erfahren aus den Familien, aus dem Ort, und darüber hinaus. Immer ein Hauptthema in den letzten Jahren war, wie sollte es auch anders sein, der Bau des Klosters. Die angeregten guten Gespräche ließen sogar mitunter die schwere Arbeit leichter erscheinen.

Wenn nur die elenden Plagegeister nicht wären, die verfluchten. Alle stöhnten gemeinsam mit zugeschwollenen Gesichtern und schlugen um sich, als kämpften sie gegen unsichtbare Moorgeister.

Am späten Nachmittag jeweils erschienen die winzig kleinen Moortyrannen. In riesigen Schwärmen surrend und sirrend fielen sie über die verschwitzten Körper der Moorarbeiter her. Schlagen, treten oder trampeln - nichts von alle dem half - einzig und allein die Vermummung möglichst aller Körperpartien. Aber was sollte man machen. Gesicht, Nacken und die Hände blieben frei. Auf diese freien Flächen stürzten sich die kleinen Blutsauger. Es war zum Verrücktwerden. Die alten erfahrenen Arbeiter lachten und sagten in aller Ruhe: „Ignoriert sie einfach, die üblen Plagegeister. Sie stechen dann zwar nicht weniger aber ihr regt euch nicht so auf, und außerdem gewöhnt man sich mit der Zeit sowieso daran. Es gibt einiges Schlimmeres." Von den Jüngeren wurden diese Ratschläge als reine Klugscheißerei abgetan. Es musste doch andere wirksame Mittel geben. Sie versprachen sich, nach der Rückkehr aus dem Moor, Hedda um Rat zu fragen.

Eine echte Gefahr ging von den kleinen Plagegeistern nicht aus, das wusste jeder. Es gab aber eine echte große Gefahr im Moor, eine Gefahr auf die man ständig achten musste, zwar nicht im noch kühlen Frühjahr, wenn man nach den Eiern von Enten und Möwen suchte und auch nicht im späten Herbst, wenn die Suche den mitunter stattlichen Pilzen und den blauen Beeren galt, die in manchen Jahren in reichlichem Überfluss im Moor zu finden waren. Die Beeren und Pilze konnte man bei trockenem Herbstwetter schnell dörren und damit einen guten Wintervorrat anlegen. Wenn man Fleisch und Fisch auch nur so einfach trocknen könnte, es wäre hier das Paradies, von dem der neue Glaube kündete.

Nie alleine in das Moor gehen, nicht bei Dunkelheit oder Dämmerung und schon gar nicht bei starkem Nebel, das hatten wir alle schon seit Kindesbeinen an von unseren Eltern immer wieder streng gepredigt bekommen. Ganz klar, leicht konnte man von den sicheren bekannten und gut sichtbar ausgezeichneten Pfaden abkommen und elendig in der braunen Masse langsam und qualvoll ersaufen.

Um diesen Warnungen ausreichend Nachdruck zu verleihen, wiesen die Eltern obendrein darauf hin, dass zu den besonders gefährlichen Zeit in der Dunkelheit, die Zwerge mit den Elfen im Moor Hochzeit hielten und jeden Fremdling in die Wasserlöcher warfen, so dass keiner von ihnen je wieder gesehen werde.

Na ja dieses glaubt in der heutigen Zeit wohl keiner mehr, außer den kleinen Kindern. Oder auch nicht?

Joochen, der erfahrene Großknecht vom Bauern Hingensen, hatte zu später Stunde auf dem Fest zu Ehren des verdorbenen Brotes im letzten Jahr lauthals gedröhnt, die alte Moorlüge müsse endlich ein Ende haben. Er selbst werde noch am Tage dieser Aussage bei tiefster Dunkelheit in das Moor gehen und zum Beweis seines weiten Eindringens in das Gebiet der Trolle und Elfen eine noch am Graben liegende Sode Torf zum Beweis mit heraus bringen und allen vorzeigen.

Das war natürlich einmal eine Sache. Stark, äußerten sich nicht nur die ganz Jungen und die schon fast Erwachsenen. Endlich räumt einer gründlich auf mit diesen Ammenmärchen. Das Tageslicht am darauf folgenden Tag war noch nicht erloschen. Die Mahnung erfolgte mit Nachdruck. Nun mal los, Joochen, erbringe den Beweis! Wir begleiten dich bis zum Pfad in das Moor.

Auf ging es. Die anfangs noch sehr forschen Schritte von Joochen wurden langsamer und langsamer. Und dann das Unglück. Kurz vor dem Pfad stolperte der mutige Großknecht und vertrat sich seinen Fuß. Ein weiterer Marsch war ihm nicht mehr möglich, Gestützt von zwei Freunden musste der Rückweg nach Muthenbroke angetreten werden. Unterwegs bedauerte Joochen mehrfach sein Missgeschick und versprach hoch und heilig und so bald als möglich, nach seiner sicher baldigen Gesundung, das von ihm gegebene Versprechen einzulösen.

Joochen nahm zwar schon am nächsten Tage nach seinem Fehltritt die schwere Arbeit auf dem Hof wieder auf, ließ aber allen die es hören wollten oder auch nicht, wissen dass die Schmerzen in Fußgelenk nicht so recht weichen wollten. Ganz besonders verschlimmerte sich der Zustand auffällig zu Zeiten des großen Festes im Spätsommer.

Na ja, wir müssen abwarten, bis jetzt hat sich noch kein weiterer mutiger Nachtmoorläufer gemeldet. Wir müssen auf die Gesundung von Joochen warten.

Nun aber zurück zu der wirklichen Gefahr an den langen warmen Sommertagen im Moor.

Im Bereich des breiten Grabens wo gearbeitet und gesprochen und auch hin und wieder das ziemlich rüde Lied der Torfstecher gesungen wurde und der Boden wegen des weichen Untergrundes leicht schwankte und mitunter sogar spürbar bebte, bestand keine Gefahr.

Hingegen, wenn man sich nur einige Schritte Abseits des Abbaugrabens bewegte, musste jeder schon sehr vorsichtig einen Fuß vor den anderen setzen. Bei schönem Wetter sonnten sich die kleinen Schlangen mit dem markanten Zickzackmuster auf dem Rücken im trockenen Gras und warteten auf junge zarte noch unerfahrene Beute gleich welcher Art. Nur etwas kleiner als sie selbst musste diese sein, um von den seltsamen Schleichern heruntergewürgt zu werden. Ich habe diesen Vorgang einige Male beobachten können. Nicht zu glauben, was da beim Herunterschlingen der Beute geschah.

Der neue Glaube gab diesen Tieren sogar die Schuld an unserem mühevollen Dasein auf dieser Welt. Aber davon mussten mich die Mönche erst noch überzeugen.

Kam man diesen hinterlistigen Kriechtieren zu nahe oder noch schlimmer, trat man gar auf sie, was oftmals gar nicht so schwierig war, denn sie waren wahre Meister der Tarnung und des Verstecken, wenn sie regungslos am Boden ausharrten. Dann bissen die unscheinbaren schuppigen Würmer blitzschnell zu und fanden von wem oder was auch geleitet die freien nicht behosten Stellen an den Beinen, die Biester. Ich habe den Verdacht von Matern gehört, Hedda koche sich hin und wieder eine Suppe aus diesen aalartigen Landlebewesen. Er habe sie beim Sammeln der grauen Riesenwürmer beobachten können. Sie trug sie gebunden um ihren Hals.

Erfolgte der Biss, so musste mehr noch als blitzschnell gehandelt werden. Die elendigen Tiere brachten gleichzeitig mit ihrem Biss ein lähmendes und zudem den Geist verwirrendes Gift in die Körper der Menschen und wahrscheinlich auch der Tiere ein. Anders konnte man das auf den Biss folgende Verhalten nicht deuten oder erklären.

Es solle, so sagt man, sogar vor einiger Zeit zu einigen Todesfällen gekommen sein hier im Moor. Unter den Muthenbrokern war bis jetzt glücklicherweise kein einziges Opfer zu beklagen. Wem auch immer dafür zu danken ist.

Es hat aber bisher mehr als nur einige Bisse dieser beinlosen Tiere hier gegeben. Die heimtückisch Gebissenen erkrankten schwer. Ihnen wurde schnell abwechselnd heiß und kalt. Sie konnten bei Nacht und Tag ihr Lager nicht verlassen und erzählten überhaupt nicht zu verstehende unterschiedlich lange und kurze eigenartige Geschichten, an die sie sich nach einer Genesung nicht im Geringsten erinnern konnten. Besonders litten die Alten unter den besagten Qualen. Einige lagen bis zu zehn Tage auf dem Stroh, bevor sie wieder langsam am normalen Leben teilhaben konnten.

Es musste sehr schnell gehandelt werden nach einen solchem Angriff. Mit einer scharfen Klinge musste im Bereich der Verletzung ein kleiner Schnitt gesetzt werden, damit das Gift mit dem abfließenden Blut herausgespült wurde. So hatte es uns Hedda gelehrt. Jeder musste ständig auf der Hut sein vor diesen leisen Schleichern.

Je länger die Tätigkeiten im Moor andauerten, desto ruhiger wurde es auch in den Gruppen. Die Arbeit war sehr schwer. Sie war ermüdend, und der anfänglich fast übersprudelnde Gesprächsstoff ging langsam zur Neige. Mit den Arbeitstagen bildeten sich schnurgerade mannshohe Dämme neben den tiefer werdenden Gräben durch die sorgsam aufgeschichteten Torfsoden. Von Tag zu Tag wuchsen Graben und Damm. Der eine nach unten, der andere nach oben.

Allen Beteiligten war es klar und seit Jahren bekannt! Ein Zehntel der jährlichen Ausbeute ging an die neue Kirche und ein weiteres Zehntel an den Grafen. Aber somit verblieb die größte Menge der Dorfgemeinschaft. Der Großzügigkeit der Kirche und der Grafschaft, den Rest nutzen und gerecht verteilen zu können, war in der Tat großer Dank zu zollen. Möge diese Regelung noch lange Bestand haben, so sollten auch Kirche und Graf hoch leben und mit viel zu wünschendem Heil ob ihrer Großzügigkeit gesegnet sein, nach alter und neuer Sitte.

Der größte Batzen würde später vor dem Abtransport gerecht nach Stand und Besitztum aufgeteilt werden. Zum Ver- und Zuteilen der Soden kamen auch die Großbauern selbst und der Vertreter des Grafen an die Abstichstelle. Für uns Muthenbroker reichte unser zugesprochener Anteil gut über den Winter und das folgende kühle, feuchte oft sehr lang andauernde Frühjahr zum Wärmen und zum Zubereiten der Speisen. Neuerdings konnte auch ein Teil des schwarzen Goldes an reisende Händler und auch an reiche Nachbarn, wie zum Beispiel Hedda, verkauft werden, verkauft werden gegen Geld, nicht eingetauscht gegen andere wichtige Waren. Das war endlich ein großer Fortschritt für uns alle, oder ein noch größerer Fluch, so Materns Worte zu den neuen Geschäftsgebaren.

Was war das? Ein reger Tumult in der ersten Gruppe, bei

der Graben am tiefsten ausgestochen war und sich bereits wieder mit reichlich Wasser angefüllt hatte. Was mag dort passiert sein? Ein Unfall? Hatte sich etwa jemand mit dem scharfen Stechspaten in den Fuß gestoßen oder war jemand von einer bösen Schlange gebissen worden?

„Kommt, kommt, kommt ganz schnell alle, ein toter Toter!"

Alle Übrigen horchten sofort auf und eilten im Laufschritt zum Abschnitt der ersten Gruppe, die bereits vollzählig im Halbkreis um den Wassergraben herum standen und starr in den Graben hinabblickten.

Alle Anwesenden kamen schnell an der Unglücksstelle zusammen. Es gab ein Gedränge am Grabenrand, der merklich zu schwabbeln begann. Es war für alle klar und deutlich zu erkennen. Im kniehohen Wasser lag ein lebloser Mensch.

Ein Toter!

Der Körper ragte zur Hälfte im dunklen Wasser schwimmend aus der schwarzen Brühe. Die andere Hälfte schien vom Modder festgehalten zu werden. Eine rotbraune größere Lache hatte sich um den Körper gesammelt. Das konnte nur Blut sein.

Jeder machte sich angestrengt Gedanken, das konnte man aus den Gesichtern lesen. Was war hier vorgefallen? War jemand unaufmerksam gewesen und in den Graben abgerutscht und qualvoll ertrunken. Fehlte überhaupt einer aus irgend einer Gruppe?

Nein! Alle waren sie da. Keiner war abhanden gekommen. Das war schnell zu überblicken.

Ratlosigkeit kam auf. Was gab es zu tun? Joochen übernahm das Kommando. „Ich steige hinab und sehe nach der Person, überprüfe wie es ihm geht und leiste erste Hilfe. Hier ist Eile geboten". Eine sehr üble Bemerkung wurde raunend in den Raum gestellt, vertritt dir aber nicht den

Fuß bei dieser Aktion. Sicherlich nicht erwartet, trafen den Rauner nur strafende Blicke ob seiner unpassenden Bemerkung.

Joochen sprang behände hinab in den Graben. Er beugte sich über die leblose Person im kühlen Nass. Man konnte sehen, wie er sie vorsichtig berührte, erst fast ängstlich mit den Fingern aber dann folgten mehrere kräftige Tritte mit dem Fuß in die Seite des Körpers. Das Ergebnis war nah und direkt mitzuerleben. Es war keinerlei Leben mehr in dem Körper zu erkennen. Joochen rief in Richtung der angespannten gierigen Blicke am Grabenrand, „der Körper ist kalt und steif. Es ist ein Toter."

Was gab es nun zu tun? Alles stand unsicher am Grabenrand umher und Joochen in der rotbraunen Masse im Graben.

Viele Fragen, aber keine brauchbaren Vorschläge kamen aus der schockierten Gesellschaft am Graben.

Wer könnte und warum hier nur eingesackt sein und wann? Wir waren doch immer alle da und haben aufgepasst. Was könnte geschehen sein? Es fehlte doch keiner. Ein Fremder? Was hatte er hier zu suchen? Ein Flüchtiger vor Strafe und Verbannung? Nein, der wäre wahrlich vorsichtiger vorgegangen und hätte die von uns Arbeitern bevölkerte Stechstelle weiträumig gemieden und umlaufen.

Stumme bedrückende Ratlosigkeit kam mehr und mehr auf.

Ein aufgeregter Junge rief in die Menge: „Ich habe es genau gesehen. Der Körper hat sich bewegt, ganz klar bewegt."

Ein erneuter Abstieg von Joochen folgte. „Nein, kein Leben in dem starren Körper war festzustellen - ganz klar ein Toter."

Ein Toter bei uns im Moor!

„Was sollen wir tun", fragte Joochen in die Runde, „was

sollen wir machen?"

Der Erste meinte, wir werfen schnell etwas losen Torf auf den hienieden Körper. Damit sei die unangenehme Sache erledigt und wir alle können endlich wieder weiter graben und schichten.

Alle sahen sich sprachlos an ob des erbrachten Vorschlages. Er schien in der Runde nicht einmal annähernd die allgemeine Zustimmung getroffen zu haben.

Einer der Älteren in der Runde ergriff das Wort, es war Großknecht Hinnerich vom größten Hofe im Dorf. Das hatte Gewicht. „Hier wird erst einmal überhaupt nichts gemacht. Die Arbeit ruht bis auf weiteres. Hedda muss kommen. Wir brauchen Hedda hier draußen im Moor."

Keiner aus der Runde widersprach.

Hinnerich schaute sich in aller Ruhe in der Runde um und sprach zwei Jungen an, die auch schon Erwachsene hätten sein können - aber es fehlte ihnen noch die Aufnahme in den Kreis der erwachsenen Männer. Die Beiden standen dicht beieinander, hatten gewiss schon das vierzehnte Lebensjahr erreicht und wirkten frisch und gesund. Hinnerich fragte kurz die Beiden. „Kennt ihr Hedda? Wisst ihr wo sie wohnt?" Die Antwort war ein heftiges gleichzeitiges Nicken mit hochroten Köpfen. Der Auftrag folgte. „Lauft so schnell ihr könnt an den See und berichtet Hedda von diesem Vorfall hier im Moor. Bittet sie bitte höflich, uns bei dieser unklaren Lage hier vor Ort behilflich zu sein. Ein paar Silberlinge wären für sie sicher zu verdienen."

Für mich war sofort klar, Hedda würde nach dem Toten schauen, eine Lösung finden und wie es ihre Art ist, auch einen Vorschlag parat haben.

Ruhe und Schweigen in der Runde gab Hinnerich die Bestätigung für sein Handeln. Er sprach in die Runde. „Hier wird nichts verändert! Macht Pause und damit ist erst einmal Ruhe hier, verdammt noch mal."

Das war schon eine sehr merkwürdige und vor allem angespannte Situation an der Grabungsstätte. Es wurde, wie sollte es auch anders sein, getuschelt und spekuliert, aber laut und deutlich mochte denn doch keiner reden. Was mag hier im Stich wohl vorgefallen sein? So etwas hat es hier in Muthenbroke noch nie gegeben.

Alle standen in großer Runde umher und sahen sich fragend an. Hoffentlich kommt Hedda alsbald, war im Grunde geheimer Wunsch aller.

Einer der ausgesandten Jungen kam zurückgelaufen. Er berichtete noch völlig außer Atem, Hedda mache sich sofort auf den Weg. Sie werde noch vor Anbruch der Nacht hier an der Unfallstelle eintreffen. Alle mögen bitte nichts verändern und Ruhe bewahren.

Hedda erschien ausgesprochen schnell. Wie hatte sie das so schnell hinbekommen, die alte Frau. Sie war wie immer in schwarz gekleidet und auf ihrem Kopf trug sie ein stramm gebundenes ebenfalls schwarzes Tuch, welches ihr Haar vollends verhüllte.

Hedda wurde breitwillig Platz gemacht. Sie blickte in den Graben hinab. Sie blickte sogar sehr lange in den Graben hinab. Alle sahen sie gespannt an.

„So ist da nicht viel zu machen, der Körper muss vorsichtig aus dem Schlamm befreit und hier nach oben gebracht werden. Reicht ihn mir hoch, damit ich ihn untersuchen kann, den Körper."

Was jeder sehen konnte, Haut, Bekleidung, Schuhwerk, Mütze und auch das scheinbar ausgelaufene Blut, alles war braun, tiefbraun sogar. Merkwürdig erschien das nicht nur einigen in der Runde. Konnte der Körper unter Umständen etwa schon länger im Morast gelegen haben? Aber wie sollte das möglich sein? Er müsste dann ja gänzlich von Torfschichten bedeckt sein und würde nicht so im Moorwasser dümpeln. Rätsel über Rätsel. Nur gut, dass

Hedda bei uns war.

Der regungslose, kalte Körper war schnell mit wenigen Handgriffen freigelegt. Vier Männer mit acht Händen hatten keine Mühe, den Kommandos von Hinnerich zu folgen. Sie hoben den Körper vorsichtig an den oberen Rand des Grabens. Der Körper wurde sodann von eifrigen Helfern behände vom Rand weggezogen, damit nicht noch alles einstürzte in dieser wichtigen Phase. Spontan bildete sich ein enger Menschenkreis um das nass triefende Objekt.

Hedda kniete neben dem leblosen Körper und begann mit ihrer Untersuchung am Leichnam.

„Es ist ein Toter", sagte Hedda. „Hier ist nichts mehr zu machen, ich kann hier nicht weiter befinden. Bringt den Toten zur Schutzhütte, damit ich dort weiter an ihm arbeiten kann."

Aus einigen langen und einigen kurzen Birkenzweigen wurde eine Trage zusammengebunden, auf der Tote gelagert und notdürftig transportiert werden konnte. Der Tote lag ausgestreckt rücklings auf den Zweigen.

An der Schutzhütte angekommen, legte man den starren Körper auf den großen, grob gezimmerten Tisch, der inmitten des einzigen Raumes der Unterkunft stand. Alle drängten sich herein und heran um zusehen zu können wie es nun weiter ginge. Einige von den Neugierigen schauderte es. Das war ihnen deutlich anzusehen aber nicht einer von ihnen wich auch nur einen Schritt zurück.

Hedda bat streng darum, dass alle die Hütte verlassen mögen. Keine Diskussion, alle gingen bereitwillig. Unbehagen und Angst lag über allen, aber keiner entfernte sich von der Hütte, obwohl mittlerweile die Zeit gen Abend ging und die Arbeit ruhte. Jeder wartete gespannt auf das Ergebnis von Heddas Untersuchung. Spekulationen wieder einmal - natürlich an allen Enden und Ecken - mal laut,

mal leise. Der Gipfel aller Annahmen war, hier im Moor bei Muthenbroke sei ein grausamer Mord geschehen. Wer konnte die Leiche sein? Wer konnte der Mörder sein? Woher kam der Täter? War er etwa einer von uns? Das grausame Ereignis hatte sich in Windeseile in alle Richtungen verbreitet. Aus dem Bereich der nahen Ortschaft Harry kamen bereits die ersten Schaulustigen. Junge Frauen hatten ihre noch kleinen Kinder auf ihren Armen. Auch sie sollten dabei sein bei dieser ungeheuren Geschichte. Ein Gerücht verfestigte sich schnell. Der Vorfall könne nur mit dem Bau des Klosters zusammen hängen und dem Gesindel, das sich auf der Baustelle herumtriebe. Das musste ja so kommen. So etwas hat es früher nicht gegeben, Mord und Totschlag. Einer aus der hintersten Reihe schrie: „Hängen soll er der Mörder, sofort hier und heute." Hinnerich ergriff laut und energisch das Wort. „Nun aber Ruhe, verdammt noch mal. Wir warten hier alle gemeinsam auf das Ergebnis, das Hedda uns sehr wohl bald mitteilen wird. Basta. Und nun herrscht hier Ruhe."
In der Tat! Das zeigte Wirkung. Es wurde still unter den ungeduldig Wartenden.
Die Untersuchung dauerte weitaus länger, als es die aufgebrachte Menge erwartet hatte. Es wurde schon wieder unruhiger in der Gruppe. Was macht die da ewig? Wenn das noch lange dauert, sehen wir selbst einmal nach.
In dem selben Moment wurde die Tür der Hütte von innen aufgestoßen. Hedda trat auf die erste steinerne Stufe vor dem Eingang. Sie hatte die Ärmel ihres langen schwarzen Kleides hochgekrempelt und zeigte dabei ihre lilienweiße Haut. Es sah aus, als würde ihre blasse Haut in stockdunkler Nacht vom fahlen Mondlicht erleuchtet. Sie stemmte beide Hände, die sie zu Fäusten geballt hatte, in ihre schmalen Hüften und sah in die Runde. Keiner sagte ein Wort, die Augen aller hingen an Heddas Lippen.

„Die Leiche war eine Frau. Es ist eine tote Frau. Eine Tote und kein Toter."

„So wie es aussieht, liegt sie schon sehr lange hier im Moor. Glaubt es mir, so etwas soll es geben hier im Moor und auch anderswo in torfigen Gründen. Das moorige Wasser hält Tote lange körperlich frisch. Vielleicht liegt sie schon einige Jahrhunderte hier im feuchten kalten Grab und kann nicht endlich werden. Wie sie umgekommen ist, habe ich noch nicht ermitteln können. Legt sie auf einen Karren und bringt sie zu mir nach Hause. Ich werde mit dem Propst das weitere Vorgehen abstimmen. Beruhigt euch alle wieder und geht morgen wieder an eure Arbeit."

Hedda und die beiden Jungen machten sich auf den Weg. Die Tote lag im Karren.

Wie wird es weitergehen? Was wird mit der Leiche geschehen? Wo soll sie bleiben?

Werden Frauen und Kinder sich wieder in das Moor begeben können, um gemeinsam den Abschluss der Arbeiten zu feiern oder um Kräuter und Beeren zu suchen?

Können wir uns alle noch in die Schutzhütte wagen - in die Mordhütte?

-

Aber irgendwie, warum auch immer, die Tote geriet in Vergessenheit.

Nur Matern hakte hin und wieder gern in das Thema ein.

„Sören, ich habe da einen Verdacht. Die Vertrocknete sitzt neben Hedda an ihrem Tisch. Sie leistet Hedda Gesellschaft. Sie unterhalten sich, Hedda und das Moorle.

Hedda kennt sich sehr gut mit der Moorbrühe aus und den dunklen Teichen in dem Gebiet. Ich habe sie einmal am frühen Morgen beobachten können. Sie nahm ein Bad in dem schwarzen Wasser und als sie dem Wasser entstieg, war sie ebenfalls schwarz. Ich meine sogar, sie war seinerzeit völlig nackt.

Bei einer passenden Gelegenheit werde ich sie einmal auf Moorle ansprechen."
Ich dachte nur, na warten wir es einmal ab, neugierig war aber auch ich.

V

Sie kamen sehr schnell näher, die beiden düsteren Gestalten. Gegen die langsam hell aufsteigende Sonne und leider auch wegen meiner merklich immer schneller nachlassende Sehkraft in die Ferne und auch in die Nähe, konnte ich leider kaum mehr erkennen als vor wenigen Augenblicken. Ich nahm meinen kräftigen knorrigen Wanderstab aus dem Holz der Haselnuss noch fester in meine Hand und prüfte gleichzeitig den festen Sitz meines schweren Messers, das ich so gut wie immer bei mit trug. Bereits vor etlichen Jahren hatte ich für diese scharfe Klinge, die Werkzeug und Waffe gleichermaßen darstellte, ein sehr beträchtliches Vermögen ausgeben müssen, habe es jedoch bis zum heutigen Tage nicht bereut. Mit sehr großem Glück habe ich die scharfe, blanke Klinge bisher nie als Waffe einsetzen müssen - im Ernstfall, wenn er denn kommen sollte, wüsste ich die Waffe wohl nicht einmal recht zu führen, aber sie gab mir in gewissen Situationen wie in dieser, schon eine große Sicherheit. Alle übrigen handwerklichen Tätigkeiten im Haus und beim Fischfang waren mit diesem Messer nicht nur gut, sondern hervorragend auszuführen. Ein großer und wichtiger Wertgegenstand für mich und auch für meine Familie, auf den ich immer pfleglich achtete! Der Stahl für die Klinge und auch das fertige Messer stammten aus dem hohen Norden - aus dem Land der Samen. In diesem sehr fernen Land liegt der Stahl mancherorts einfach zum Aufsammeln auf dem Boden herum. Er muss nur aufgelesen und verarbeitet werden. Große und sehr schmackhafte Fische soll es dort ebenfalls in allen Gewässern im Überfluss geben. Ach ja, gern würde ich dieses ferne Land einmal besuchen. Das wäre wohl ein richtiges Abenteuer. Ein Traum, den ich oft träumte, mit meinem Bruder zusammen träumte. Hin und wieder sprachen wir über so eine weite Reise.

Brigitta äußerte sich immer recht kurz und zum Teil auch sehr schroff zu meinen Reiseträumen mit oft recht unterschiedlichen Zielen: „Reiß dich endlich einmal zusammen, du stehst kurz vor deinem fünfzigsten Geburtstag, da macht man sich so langsam andere Gedanken als die Welt zu umrunden. Denk lieber an deine Gesundheit und an unsere Zukunft", brach es dann förmlich aus ihr heraus.

Dann galt es immer sehr schnell, das Thema zu wechseln und ganz kleine Fische zu backen.

Welches Gedankengut Brigitta bei diesen Bemerkungen hegte, darüber gab es keine Diskussion. Es schauderte mich selbst, näher darüber nachzudenken, doch der große Wunsch blieb bestehen, der Wunsch eines alten Mannes.

Aber, aber, meine Liebe, dachte ich dann bei mir. Aber ein großes Abenteuer - ein großer Fisch - das sollte es wohl doch noch sein, bevor Hedda mich in ihre dürren Finger bekommt.

Heute und jetzt fühlte ich mich richtig gut und hatte ein merkwürdiges Ziehen im ganzen Laib. Ein großes Abenteuer wird es noch geben und ein Riesenfisch wird noch das Wasser verlassen. Ich wusste es auf einmal ganz sicher und freute mich darauf.

Ich darf nicht mit den Träumereien anfangen. Ich muss mich auf die jetzige Lage konzentrieren, verdammt noch einmal!

-

Meine Gedanken endeten abrupt. Es ruderten in der Ferne beide Arme der körperlich stattlicheren Person in großen kreisenden Bewegungen und gleichzeitig ertönten zwei kurz aufeinander folgende sehr schrille Pfiffe, dem panischen Warnruf des Eichelhähers, dem bunten Rabenvogel, zum verwechseln ähnlich. Ich merkte auf. Das Zeichen war mir sehr wohl bekannt. Was könnte es sonst sein als ein sicheres Zeichen. Ich muss mich jetzt unbedingt konzentrieren.

Eine üble Falle - eine Finte? Gedanken in alle Richtungen waren notwendig.

Was jetzt noch half, war ein kurzes tiefes Durchatmen und ein noch festeres zugreifen an Stab und Messer.

Das altbekannte oft gehörte Erkennungszeichen! Es war doch das Geheimzeichen aus alten Tagen, was denn sonst. Das konnte nur Matern sein - ganz klar. Ich verspürte schlagartig ein Glücksgefühl. Wer aber war die zweite Person? Wen brachte er da mit? Ich verfiel in einen leichten Laufschritt und die kräftigere Gestalt mir gegenüber ebenfalls. Dann der laute Ruf, „Sören, erkennst du mich denn nicht? Ich bin es, dein Bruder Matern."

Wenige Schritte noch und endlich, standen wir uns gegenüber. Ein tiefer Blick in unser beider Augen und ein langer fester Händedruck, das war es mit der Begrüßung. Kein in die Arme fallen, kein Umfassen - Küsse schon gar nicht. Besonders herzliche Begrüßungen waren noch nie unserer Art gewesen. Warum? Weshalb? Ich habe nie darüber nachgedacht.

„Matern, da bist du endlich. Brigitta und auch ich natürlich haben uns sehr, sehr große Sorgen um dein Wohlergehen gemacht. Wir beide haben bereits gestern mit deiner Heimkehr gerechnet. Aber nun bist du da und siehst gesund und wohlbehalten aus, für mein Empfinden sogar sehr gesund und von großer Spannkraft nur so strotzend. Es freut mich sehr, dich, nach recht langer Zeit in so guter Verfassung wieder zu sehen. Ich kann es kaum erwarten die spannenden Berichte über deine Erlebnisse seit unserem letzten Beisammensein zu hören.

Du bist nicht allein gekommen wie ich sehe. Wen hast du noch dabei? Kenne ich diese schmächtige Person."

„Das ist meine Frau."

„Deine was? Du bist verheiratet. Matern - mir wird schwindelig - was ist hier los - ich muss es jetzt wissen. Ich muss alles wissen und das sofort!"

„Na ja, so richtig verheiratet sind wir zwar noch nicht aber trotzdem, wir sind ein Paar. Sie heißt Sira. Sie ist meine liebe Gefährtin. Ich habe sie von dem edlen Grafen Geert geschenkt bekommen kurz nach der letzten großen Schlacht auf der Lohheide und dazu noch einen strammen Beutel voll mit Silber. Du wirst alles erfahren keine Angst. Aber lass mich doch erst einmal Luft holen, lieber Bruder.

Wir sind nicht so ganz pünktlich in Muthenbroke eingetroffen. Es lag daran, dass junge Frauen einen Mann doch hin und wieder etwas ablenken und man auf Gedanken kommt, die du als alter Ehemann sehr gut kennen dürftest - hoffe ich jedenfalls. Wir haben unser Nachtquartier in der alten Schutzhütte im Moor genommen und uns ausgeruht." Matern kniff ein Auge fest zu und lächelte dabei.

„Natürlich gibt es sehr sehr viel zu erzählen und zu berichten, da hast du recht. Aber bitte eins nach dem anderen.

Das wichtigste und schönste aber schon einmal kurz vorweg. Meine langen Wanderjahre sind vorbei. Ich habe vor, mich mit Sira in Muthenbroke nieder zu lassen. Freue dich, ich bleibe fortan für immer und wir beide werden so manches große Abenteuer und so manchen großen Fischfang gemeinsam erleben. Ich freue mich unbändig auf eine lange schöne und spannende Zeit."

„Matern, mir werden die Beine schwach und es schwindelt mir im Kopf. Bitte nun aber wirklich eins nach dem anderen. Bedenke bitte, ich bin kein junger Mann mehr. Ich brauche mittlerweile für alles schon etwas mehr Zeit und erst recht wenn es darum geht, Neues zu verstehen und zu verdauen. Erst einmal freue ich mich unbändig. Genau erzählen kannst du alles an den kommenden langen dunklen

Winterabenden ausführlich. Das wird endlich wieder einmal eine sehr spannende Zeit. Wenn bloß auch Brigitta jetzt bei uns wäre.

Aber du wirst es kaum glauben, auch ich habe dieses Mal einige Neuigkeiten. Kaum vorstellbar in Muthenbroke aber es ist so. Du wirst staunen. Aber Schritt für Schritt, so haben wir es vereinbart. Da schau, da kommt ja auch schon deine - äh - Frau."

„Ja, da ist sie, meine schöne junge Sira. Wie gefällt sie dir? Du kannst deine Meinung ruhig laut und deutlich äußern, Sira spricht und versteht unsere Sprache kaum. Aber dafür versteht sie eine Reihe anderer Sache sehr gut." Dieses Mal kniff Matern sogar seine beiden Augen fest zu. Ich konnte erkennen, wie wohl er sich fühlte. Ich freute mich für ihn und auch für uns. Ich freute mich einfach wie ein kleines Kind auf eine schöne Zeit, obwohl Kälte und Dunkelheit uns für Monate bevorstanden.

Nur sehr zögerlich fand ich Worte und Sätze. Ich sprach leise und sehr vorsichtig, damit Sira ja nichts mit bekommen konnte. Eine ungewohnte Situation, eine Frau, die nicht reden konnte - unvorstellbar -. Ein Mensch, der unsere Sprache nicht verstehen konnte, war mir bisher noch nicht über den Weg gelaufen. Matern war wieder einmal für eine riesengroße Überraschung gut. Oh Mann, oh Mann - was kommt da noch alles auf uns zu. Das ist ja fast schon wie ein Abenteuer. Was wird Brigitta dazu sagen? Und Hedda erst? Nicht auszudenken, mit einem solchen Wiedersehen hatte ich wahrlich nicht gerechnet.

Ich musste es wohl tun, es war mir unangenehm - es war mir sogar mehr als peinlich. Ich befand mich doch nicht auf dem Pferdemarkt in Wippenthorp.

Ich sah sie an. Ich sah kurz in ihr Gesicht. Ich kam mir schändlich blöde vor. Eine schnelle Begutachtung und Einschätzung war noch nie meine Stärke gewesen und das in allen Belangen. Ich brauchte für alles immer etwas mehr Zeit. Viel zu viel Zeit meistens, harschte Brigitta oft, wenn es etwas Wichtiges zügig zu entscheiden galt. Und je älter ich wurde, um so unentschlossener zeigte ich mich teilweise. Nun gut, das war jetzt und hier nicht das Thema. Ich schluckte trocken und nickte mit dem Kopf, Sira deutete einen schüchternen Knicks an und schlug ihre Augen kurz nieder.

Sira hatte pechschwarze Haare, die sie straff nach hinten zu einem langen Zopf zusammengebunden trug. Ihr Gesicht war jugendlich frisch und atemberaubend schön. Ihre großen dunklen Augen zwangen mich, länger als ich wollte, in ihr Gesicht zu schauen. „Dieses Gesicht - dieser Blick, macht Angst und Freude zugleich", dachte ich. Etwas erinnert da an Hedda. Ich ging einen großen Schritt zurück. Von ihrer Figur konnte ich nicht einmal etwas erahnen. Gekleidet war sie sehr einfach in einen schwarzen langen Umhang, der ihr bis zu den Füßen auf den Boden reichte.

Was soll ich nur sagen, was soll ich jetzt nur sagen? Ich hatte doch keine Erfahrungen mit solchen Situationen und außerdem fehlten mir die Worte. Ich hatte auf einmal einen fürchterlich trockenen Hals. Ich hätte jetzt gern einen großen Schluck vom besten Met aus Heddas Krug.

Matern sah mich an.

Ich flüsterte: „Recht jung sieht sie aus - deine Sira."

Matern lachte schallend auf und es platzte förmlich laut aus ihm heraus. „Das ist sie ja auch - verdammt noch mal. Älter und dann auch alt werden die Frauen von ganz alleine", fügte er hinzu, kniff dieses Mal sogar beide Augen noch fester zusammen als kurz vorher, und schlug sich lachend mit beiden Händen auf seine Oberschenkel.

Mir wurde warm. Ich musste das Thema wechseln - zumindest erst einmal. Ich war mit der Situation momentan

67

doch leicht überfordert. Ich brauchte eine Pause - noch einmal kurz nachdenken und alles hier ordnen.

Matern und eine junge schöne Frau. Seine Frau!

In meinem Alter liebt man halt keine so sehr großen Überraschungen mehr. Ich brauchte Zeit. Ich brauchte unbedingt Ablenkung.

„Mal ganz was anderes, Matern! Ihr führt da eine riesige Menge Gepäck mit euch herum. Was habt ihr alles dabei? Was habt ihr mitgebracht? Das sind ja wahrhaftige Riesenbündel, die ihr beide auf euren Schultern tragt und der Handwagen ist auch noch turmhoch bepackt. Einen ganzen Hausstand scheint ihr da zu transportieren. Hättet ihr den neuen modernen Karren von unserem erfindungsreichen Stellmacher Knuth, den du, Matern, sicher noch aus unseren gemeinsamen Kindertagen kennst, wäre der gewaltige Transport eurer vielen mitgeführten Dinge wesentlich leichter zu bewerkstelligen. Ja, da staunst du, auch wir hier im Hinterland haben Fortschritte gemacht. Du wirst es erleben und hoffentlich daran teilhaben - an der neuen modernen Zeit. Ich wünsche es dir und vor allem auch deiner Begleitung."

„Darüber werden wir demnächst noch ausgiebig zu reden haben, Sören. Aber jetzt erst einmal eine ganz andere und diesmal einfache Frage. Hast du heute schon deine Frühkost und deinen Frühtrunk zu dir genommen?"

Was für eine Frage und noch dazu zu diesem Zeitpunkt. Wie kann einer in einer solchen Situation nur an Essen und Trinken auch nur denken. Ich überlegte mir meine Antwort leider überhaupt nicht. Es entfuhr mir unbewusst, so unbewusst, dass ich selbst vor meiner lauten Antwort erschreckte.

„Nein, ich habe einen großen Durst", entfuhr es mir nicht wahrheitsgemäß, denn meine erste Tagesmahlzeit bestehend aus ausreichend Essen und Trinken hatte ich bereits von meiner Brigitta serviert bekommen. Ich bereute meine Antwort im Moment der Aussprache. Denn alles was ich im Augenblick an Übermaß besaß, war kein Hunger und kein Durst.

Aber scheißegal, ich brauchte jetzt erst einmal etwas Abstand. Da werde ich mir zumindest etwas Essbares und Trinkbares herunterwürgen können.

Ich hatte da so ein dumpfes Gefühl. Da wird wohl noch Einiges auf Brigitta und mich zukommen. Na ja, es wird sicher alles gut.

Hoffentlich.

„Das trifft sich gut, Sira wird uns etwas Schönes zu trinken und zu essen zubereiten. Du weißt, bei einer guten Mahlzeit spricht es sich bekanntlich lockerer und leichter. Ich habe so das Gefühl, dass du noch leichte Probleme mit der neuen Situation hast. Wir werden wohl alle miteinander einige Zeit brauchen, unsere gemeinsame Zukunft zu gestalten. Glaube es mir."

Ich glaubte es ihm.

„Etwas Heißes und zudem sehr Wohlschmeckendes zu trinken, das wird uns Leib und Seele erwärmen. Außerdem wird es uns Beiden in dieser Situation mehr als gut tun."

„Nun gut, du hast sicher wie so oft in der Vergangenheit Recht. Lass uns eine kleine Pause einlegen. Ich muss mich sammeln und etwas zur Ruhe kommen."

Sira hatte unserem kurzen Gespräch nicht nur gelauscht, sie hatte sehr gut zugehört und den Inhalt offensichtlich sehr gut verstanden, Sie wusste, das konnte man erkennen, sofort um den Wunsch von Matern, mir etwas Besonderes anzubieten. Sira begab sich sehr behände zu dem Handwagen und griff zielsicher nach einigen Utensilien. Es klapperte und klirrte leicht bei ihrer Arbeit

Meinem Einwand war nochmals, dass wir es nicht mehr weit zu unserer Fischerhütte am See hätten und Brigitta uns sicher wesentlich komfortabler einen heißen Tee und ein kleines Häppchen zubereiten könne, das wir alle gemeinsam in unserem warmen und zudem auch trockenen Haus zu uns nehmen könnten.

Der Einwand wurde von Matern mit einer kurzen Handbewegung augenblicklich weggewischt. Ich erkannte in demselben Moment, ich war mit meinem Vorschlag schlicht und einfach mehr als chancenlos.

Wieselflink war Sira unterdessen schon am Hantieren und Wirtschaften. Ich war bass erstaunt, trotz des kühlen Nieselregens, der mittlerweile wieder seit einiger Minuten wieder eingesetzt hatte und der nackten Tatsache, dass so gut wie kein trockenes Stück Brennholz aufzufinden war, sah ich auf der notdürftig von Sira errichteten Feuerstätte helle kleine Flammen empor züngeln. Kaum Rauch stieg von der Feuerstätte auf.

Sehr merkwürdig - dachte ich - so schnell ein Feuer bei dieser miesen Witterung, das wäre mir wohl kaum gelungen - eher gar nicht. Respekt! Jedoch dieses würde ich nie laut zu einer Frau sagen, natürlich nicht.

Von der dunklen fast schon schwarzen Flüssigkeit, die Sira aus einer großen Tonflasche behutsam in eine Schale aus dünn geschliffenen Speckstein goss und behände auf das mittlerweile schon prasselnde Feuer stellte, ging augenblicklich ein sehr angenehmer fast die Sinne beraubender aromatischer starker Duft aus.

Ein Gedanke ging mir durch den Kopf. Mit der Ankunft von Sira wird sich wohl so Einiges in unserer Familie verändern, vielleicht sogar in ganz Muthenbroke. Zur Zeit gab es fast auf allen Gebieten große Veränderungen. Vieles Neue ereignete sich immer schneller und heftiger. Alles war im Wandel. Wie soll das alles nur weitergehen? Wo soll es hinführen? Gut, dass Matern zurück ist und mir jetzt zur Seite stehen kann.

Matern hatte sehr wohl bemerkt, dass ich den Geruch, der von dem Getränk ausging, tief durch meine Nase einzog. Er lächelte tiefgründig und sagte: „Du wirst dich wundern, Matern, was da auf dich zukommt. Ein wohlschmeckender den ganzen Körper erwärmender Schluck aus dem Saft der roten Trauben der Weinpflanze, die weit im Süden wächst und gedeiht, gesüßt mit etwas gutem Honig und einigen erlesenen und recht kostbaren Gewürzen versehen, die es bei uns hier nicht zu ernten gibt. Der Trank wird uns beiden gut tun."

Sira füllte zwei Schalen mit der dampfenden Flüssigkeit.

Matern hatte Recht. Das Getränk schmeckte hervorragend. Schon der erste vorsichtige Schluck erzeugte sofort eine wohlige angenehme Wärme im ganzen Körper.

„Ach ich vergaß", fügte Matern leicht lächelnd hinzu, „ein wenig Alkohol ist auch in dem Wein."

Bereits nach dem zweiten Schluck begannen mir die Wangen heftig zu glühen.

Matern atmete tief durch. Danach begann er ruhig und langsam zu sprechen.

Dabei hatten wir uns mittlerweile hingesetzt. Sira hatte über zwei gegenüberliegende große Grasbüschel, wie sie hier im Moorgebiet recht häufig anzutreffen sind, zwei dicke trockene Felle, die sie ebenfalls aus dem Handwagen hervorgezaubert hatte, ausgebreitet.

Das Getränk schien über den guten wohltuenden Geschmack hinaus sogar noch ganz andere Wunder zu vollbringen. Der Regen setzte aus und auch der Wind war gänzlich eingeschlafen.

„Ich bin heilfroh Sören, mit dir hier allein sprechen zu können, bevor wir mit Familie und Freunden zusammen vieles erörtern werden. Lass uns beide ein paar Sätze allein unter uns Brüdern wechseln.

Was ich da noch vor wenigen Tagen und Wochen nahe der

großen Ansiedlung Schleswig erleben musste, war das letzte Gemetzel, an dem ich teilgenommen habe. Nie wieder werde ich bei einem kriegerischen Blutvergießen dabei sein. Ich habe es mir geschworen und ich habe es nunmehr auch nicht mehr nötig. Keiner kann mich zwingen. Ich bin ein freier Mann. Ich freue mich auf mein Zuhause, auf unser gemeinsames Zuhause mit Sira. Ich bin nur noch glücklich.

Glaube es mir Sören, du weißt, wie viele Kriege und kleine und große Schlachten ich miterlebt habe. Aber meinen Schwur, den ich dir und auch Brigitta gegenüber bereits vor Jahren abgelegt habe, nie bei meinem Dienst bei unserem Herren einen Menschen zu töten, habe ich kein einziges Mal gebrochen. An meinen Händen klebt kein Blut. Aber leider habe ich sehr viel Blut fließen sehen müssen. Grausamsten Tod und - mitunter noch schlimmer - fürchterlichste Versehrungen miterleben müssen. Ich habe mir immer die gleichen Fragen gestellt. Warum dies alles, wozu, weshalb, für wen und um was? Das will ich nicht mehr und kann es auch nicht mehr. Glaube es mir Sören.

Ich bin sehr froh mit dir darüber reden zu dürfen, das wird mir helfen, den strengen Herrendienst zu vergessen und wieder ein normales Leben führen zu können. Nicht alle meine Gefährten werden es so gut vorfinden wie ich. Was aus ihnen bloß werden mag. Ein Leben als Bettler ist wohl noch die geringste Variante. Sie haben nie etwas Anderes als Kampf und Totschlag und Mord kennengelernt. Grauenhaft!

Ich aber muss jetzt an mich selbst und vor allem auch an Sira denken. Dieses werde ich fortan auch tun. Ich bin froh wieder bei euch zu sein. Hier gehöre ich hin, hier bleibe ich, in unserem Muthenbroke.

Dass ich überhaupt noch am Leben bin, grenzt schon an ein Wunder oder mehr. Ich weiß nicht wem ich danken soll. Oft denke ich, es waren Heddas gute Wünsche und auch Ratschläge, wie zum Beispiel, nie ein Schwert oder ein Kampfmesser in die Hand zu nehmen und schon gar nie ein Held werden zu wollen, die mich am Leben erhalten haben.

- Hedda -, du weißt wie ich sie mitunter gesehen habe und auch noch sehe. Geändert hat sich doch wohl nichts um diese Frau, sicher nicht, denke ich mal. Was für eine Frau. Ich habe oft an sie denken und über sie nachdenken müssen. Sogar geträumt habe ich von dieser Person.

Aber ich merke, ich lasse mich von mir selbst ablenken. Ich wollte ja etwas ganz anderes zu Ende führen. Über Hedda müssen wir aber noch unbedingt reden, verspreche es mir."

Ich erwiderte: „Unbedingt und auf jeden Fall. Hedda benimmt sich in der letzten Zeit mitunter noch sonderbarer, als wir sie schon kennen. Weißt du, was ich glaube, du wirst es nicht für möglich halten. Ich glaube, Hedda hat einen Freund - einen Geliebten." Der Kopf von Matern flog herum, er sah mich erstaunt an, sagte aber nichts. Ihm schienen die Worte zu fehlen. Sagenhaft!

„Du hast recht, eins nach dem anderen. Du bist an der Reihe zu erzählen, und ich werde dich nicht mehr stören oder unterbrechen. Ich bin auch ehrlich gesagt unbändig neugierig, aber auch froh, dass Brigitta nicht alles sofort erfährt, was du Schreckliches miterleben musstest in dem letzten Jahr."

„Sören, ich muss auf Kämpfe und Kriege zurück kommen, die ich in meinen Wanderjahren in vieler Form nah miterleben musste. Die kleinen Leute, die Totschläger und ihre Gehilfen, sind nicht in der Lage, die Zusammenhänge und Gründe zu begreifen, wenn sie überhaupt für irgend jemand je zu begreifen sind. Ich habe häufig darüber nachgedacht und glaube immer mehr, es gibt überhaupt keine

Gründe, Kriege zu führen - vernünftige sowieso nicht.

Die Kampfführung - oh Sören - wie hat sie sich geändert und verändert. Siege erringen, wo klar Einer Gewinner und ein Anderer Verlierer ist - das ist kaum noch am Ende einer blutigen Schlacht zu erkennen. Oft gibt es nur noch Verlierer, die ihre Siege feiern.

Wo soll das nur hinführen, wenn das so weiter gehen sollte?

Ich glaube fest, Kriege haben keine Zukunft. Sie kosten viel Geld und noch mehr unnötiges Blutvergießen für nichts und wieder nichts. Die Menschheit wird dieses über kurz oder lang erkennen. Unsere Kinder, Sören, werden vielleicht schon über die Unvernunft unserer Generation und der vorigen nur noch lachen und scherzen können, oder nur Unverständnis zeigen.

Letztlich hat die Schlacht auf der Lohheide mir endgültig die Augen geöffnet. Die Formationen hatten sich wie üblich auf Sichtweite gegenüber aufgestellt, und auf ein Zeichen hin begann der Kampf zu wüten. Barfuß laufende Knechte, alte Männer und auch Kinder begannen mit Dreschflegeln und Knüppeln blindlings aufeinander einzuschlagen - einem Blutrausch, einem Berserkergang, ähnlich. Aus dem sicheren rückwärtigen Raum hagelten Salven von spitzen sehr scharf geschliffenen Pfeilen auf die Kämpfenden ein, trafen Freund und Feind, ein klares Auseinanderhalten von Freund und Feind war nicht möglich. Schlecht geführte Truppen, die selbst den Überblick verloren hatten, droschen aufeinander ein. So schlug jeder jeden. So kam es auch vor, dass ein Krieger oft seinen besten Freund im Kampfgetümmel erstach.

Ein Graus, sage ich dir, Sören!

Kriege haben einfach keine Zukunft. Sie kosten unnötig sehr viel Geld und noch mehr Menschenleben und keiner weiß so recht warum.

Die Schlacht auf der Lohheide war sicher die letzte Auseinandersetzung mit Klinke und Schwert. Hier hat man gelernt. Anders kann ich mir es nicht vorstellen.

Der neue Glaube könnte uns dabei helfen, obwohl ich noch nicht so ganz davon überzeugt bin. Vielleicht helfen uns demnächst die Herren vom Holme, wenn erst das Kloster fertiggestellt ist und sie uns erleuchtende Predigten halten werden, keine Kriege mehr zu führen.

Aber nun zurück zu der letzten Schlacht, die mir dann am Ende Glück gebracht hat. Man kann es kaum glauben aber so ist es gekommen, Sören. So recht kann ich nicht einmal etwas dafür - so wie es mir widerfahren ist. Das Leben geht oft unergründliche Wege.

Es ist eingetreten, Sören, so wie es Hedda prophezeit hat. Glück und Heil werde ich erleben und erfahren - so hatte sie vorhergesagt.

Seit Tagen wurden der ausgewählten Kampfstätte auf der Lohheide nahe der Stadt Schleswig kleine und auch größere Kampfeinheiten zugeführt. Eine Ordnung war für mich nicht zu erkennen. Ersichtlich aber war, dass sich weitaus mehr Dänen als Holsten eingefunden hatten. Konnte das gut gehen für uns und vor allem auch für mich, konnte ich mich nur ständig fragen. Es gab kein Zurück mehr, das war das Einzige was ich erkennen konnte. Gerüchte tobten an allen Ecken und Enden und überholten sich schneller als sie entstanden. Ein Gerücht hielt sich aber beständig und wurde durch glaubhafte Aussagen noch bestätigt. Es musste etwas daran sein. > Der König der Dänen Chistoffer sollte der dänischen Armee vorstehen <.

Ich dachte seinerzeit - auch das noch. Das wird unser aller Ende sein.

Ich befand mich im Tross, eingesetzt als Riemenschneider und Sattelmeister im großen Lager des Grafen. Mein Kamerad in der Feldwerkstatt erkannte meine Bedenken. Wie auch immer, er sprach mich an, ich solle mir doch keine Sorgen machen, der Sieg werde unser sein, wir kämpfen mit Gott.

Ich konnte nur erwidern. Ach so!

Mit dem Morgen des darauffolgenden Tages begann das Gemetzel auf welch ein und von wem geheim gesetztes Zeichen auch immer.

Mein Platz war direkt neben dem alten Waffenmeister und einem Pferdeknecht dicht hinter der Führungsgruppe um den Grafen Geert, um schnell bei Bedarf Gurte, Riemen, Zaum- und Sattelzeug nachzuziehen, um dem Feldherrn einen festen sicheren Sitz sicherzustellen und das Kommando nicht durch logistische Kleinigkeiten zu gefährden.

Ich beobachtete, wie der Graf sich in die eisernen Steigbügel stemmte und sich aus dem Sattel aufrichtete, um einen lauten Befehl an die aufstürmende linke Flanke zu erteilen. Gleichzeitig und gegenwärtig musste er einem heranzischenden Pfeil ausweichen, der ihn sonst unweigerlich durchbohrt hätte. Dabei musste er sich sehr weit und sehr schnell auf die rechte Seite beugen. Er verlor das Gleichgewicht und stürzte aus dem Sattel. Er fiel neben sein Pferd auf den harten Boden. Allen Gefolgsleuten in seinem Umkreis ließ es den Atem gefrieren.

Die Schlacht, das konnte jeder erkennen, befand sich auf ihrem alles entscheidenden Höhepunkt. Feindliche wild um sich schlagende Fußtruppen hatten sich bereits sehr nahe an unseren Hauptgefechtsstand herangekämpft. Über den weiteren Verlauf und schon gar nicht über den Ausgang der Schlacht konnte keiner nicht einmal vage Mutmaßungen anstellen. Der weitere Lauf und der Ausgang des Kampfes standen auf Messers Schneide. Es war wahrlich noch nichts entschieden und die Sonne zeigte bereits die Mittagszeit an. Tote lagen zu Hauf auf dem Schlachtfeld.

Lärm, Lärm, Gezeter und Waffenklang aber auch das leise Stöhnen Versehrter und Sterbender lag in der Luft. Ich befand mich nur wenige Schritte hinter dem Grafen. Schnell machte ich einige eilende Schritte und konnte dem Heerführer unter die Arme greifen und ihm beim wieder Aufsitzen behilflich sein. Er saß wieder auf seinem Ross, blickte zu mir herab und sagte: „Dich kenne ich doch, du bist Matern. Du bist ein guter Handwerker und ein sehr guter Sattelmeister. Höre zu, wenn wir erfolgreich aus dieser Schlacht hervorgehen - und wir werden erfolgreich aus dieser Schlacht hervorgehen, dann werde ich mich erkenntlich zeigen. Die mir gesandten Zeichen sind einfach zu gut und eindeutig. Die Vorsehung wird siegen, du wirst es erleben. Der Sieg wird unser sein 'und ich werde dich ob deiner Hilfe an meiner Person und des glorreichen Sieges überaus reichlich belohnen'.

Er wandte sich von mir ab und blickte wieder nur starr auf das Schlachtfeld. Was macht diesen Mann nur so siegessicher? Ich sollte es wenig später erfahren.

Der Kampf dauerte bis in die frühen Abendstunden. Die Feldmark lag voller Leichname. Es waren wohl einige tausend Tote. Verwundete und Verstümmelte schrien laut oder wimmerten leise um Hilfe. Es roch nach Schweiß, Blut und Angst.

Sieg! Da war er nun - mit des Himmels Hilfe oder der Vorsehung gehorchend, wer weiß es.

Ein neues Gerücht. Man konnte sich nur fragen, wie schnell so etwas möglich war. Der Kampf war just vorbei und schon die ersten Nachrichten. Man konnte in der Tat nur staunen.

In den frühen Nachmittagsstunden soll bei Königsförde der Dänenkönig mitsamt seinem Gesinde gefangen genommen worden sein. Das bedeutete nicht nur Sieg auf ganzer Linie, das bedeutete Geld und Gold für die Herr-

schaft der Region. Die Dänen werden bluten müssen um die Summe des Lösegeldes. Aber das soll uns jetzt egal sein, Sören. Weiter jetzt im Thema.
Nach dem Kampf, oh Sören du glaubst nicht was das bedeutet.

Für Tage gibt es keinerlei Ordnung,
keine Gesetzte, keine Moral,
keine Menschlichkeit, keine Tränen.
Gier und Wahn beherrschen die Szene.
Erste Hilfe wenn noch möglich an Freund und Feind.
Fledderei an Toten und Sterbenden.
Suchende Mütter und Frauen nach ihren Söhnen und Männern.
Freigabe zur Plünderung und Vergewaltigung.
Vorbereitungen für den Leichenbrand.
Handlungen, noch schlimmer als der Kampf.

Am Abend des dritten Tages nach der Schlacht und dem Sieg befahl mich der Graf in sein Zelt. Ich folgte seiner bestimmenden Einladung.
Zwei große stattliche blonde Frauen massierten den geschundenen Körper des Feldherren sehr ausgiebig. Sicher waren sie auch bereit, ihm die Wunden zu lecken oder dies und jenes andere Körperteil".
Wieder kniff Matern ein Auge zu, allerdings lächelte er dieses Mal nicht dabei.
„Der Graf sprach: 'Sieh Matern, es ist so gekommen wie sie es mir prophezeit und vorhergesagt hat - meine gute Sira, meine himmlische Sira.' Er blickte dabei zu einer zart gebauten und auch nicht recht großen schwarzhaarigen jungen Frau hinüber, während die beiden Blondinen den Grafen auf den Rücken gedreht hatten, um ihm den Bauch zu massieren. Augenscheinlich schien das pralle

Leben in den vom Kampf geschundenen Körper zurück-
zukehren. Die Pflegerinnen verstanden ihr Handwerk. Bei
ihrer Arbeit war es ihnen offensichtlich einigermaßen
warm geworden, denn sie entblößten - so denke ich - um
Kühlung zu gewinnen ihre Oberkörper.

Der Graf, der dies natürlich bemerkte, stöhnte leicht auf.

Sören, glaube es mir, ich musste mich in dieser Situation
schon sehr auf die Worte des Grafen konzentrieren, das
kannst du dir sicher vorstellen.

Ich hatte Sira in meinem ganzen Leben bisher noch nie zu
Gesicht bekommen oder gar auch nur von ihr gehört, wie
auch, als einfacher Riemenschneider und Kriegsgehilfe.

Ich war beeindruckt von der einfachen Schönheit dieser
Frau. Mein Hals wurde trocken. Ich glaube sogar, mir
schoss die Röte in das Gesicht.

Der Graf zog die Luft hörbar tief ein und erklärte: „Sira
spricht und versteht unsere Sprache nur sehr schlecht, aber
sie ist diejenige, die mir die Zukunft las und mir auch diesen großartigen Sieg über die Dänen vorausgesagt hat. Sie
sieht die Zukunft und liest das Glück aus Knochen und
bunten edlen Steinen. Darüber hinaus bringt sie - oh Matern - einem Mann mehr als Glück, glaube es mir, Sattler.

Matern, ich versprach dir auf dem Feld, dich reich zu belohnen für dein mutiges Eingreifen bei meinem kleinen
misslichen Sturz.

Sie, meine treue Sira soll fortan dir gehören. Ich schenke
sie dir. Sie soll dir in der Zukunft Glück bringen, denn das
kann sie. Sie bringt einem Mann aber nicht nur Glück, sie
versteht es, einen Mann auch mit allem zu versorgen, was
ein Mann so braucht. Du wirst es sehr schnell erkennen
und miterleben. Sie kann mehrere Dinge mehr als vorzüglich.

Ich schenke sie dir nicht nur, weil ich sie verschenken
muss. Ich möchte dieser wunderbaren Frau danken und ihr

ein weiteres sicheres Leben ermöglichen. Mir hat sie bisher immer große und vor allem wichtige Dienste erwiesen. Ich kann ihr nur dankbar sein und werde ewig ihrer gedenken. Es gibt aber einen wichtigen Grund für diese Trennung, für diese für mich auch schmerzliche Handlung.

Ich bin dieser geheimnisvollen jungen Frau sehr dankbar. Da ist es für dich sicher sehr erstaunlich, warum ich mich von ihr trenne.

„Aber alles hat einen Grund im Leben eines Mannes - oder auch nicht!", grölte er förmlich aus sich heraus und drückte die beiden prallen Blondschöpfe an seinen runden Körper. Beide quiekten schrill auf, sträubten sich aber in keiner Weise.

Der Bischof aus Schleswig ist heuer in unserem Land nahezu genau so mächtig wie der Adel. Wir haben da nicht aufgepasst. Die Kirche ist vom Adel unterwandert worden und mächtiger denn je. Die Wechselwirkung zwischen Glauben, Macht, Geld, Segen, Heil und Ketzerei, wird geschickt von den Gottesmännern gesteuert. Die Gier nach Macht und Reichtum ist unbändig. Es wird noch Kämpfe geben um den Glauben, das fühle ich. Wer wird über die stärkeren Truppen verfügen? Den Segen Gottes werden sie beide haben. Der Kirche mit ihrer heimlichen Allmacht ist nicht zu trauen.

Der Prediger sieht die Fähigkeiten von nunmehr deiner Sira leider etwas anders als ich. Er, so hat er mir mitgeteilt, wünsche eine peinliche Überprüfung der geheimnisvollen Fähigkeiten von Sira. Es gilt zu überprüfen, ob sie unter Umständen mit dem Antichristen im Bunde ist. Ist alles ganz anders und sie geht als Heilige aus der Befragung hervor. Wir werden ein Ergebnis erhalten.

Ich kann es dem Bischof aufgrund der politischen Lage nicht verbieten. Einen Streit mit der Kirche, gegen den neuen Glauben, zu diesem Zeitpunkt - wer will das? Keiner kann es sich erlauben. Ich auch nicht. Du kannst dir vorstellen, was eine solche peinliche Überprüfung dieser Frau als Ergebnis haben wird. Ich will kein Verfahren. Ich weiß bereits um das Ende. Sira ist keine Hexe, das weiß ich. Die mörderische Prozedur will und muss ich ihr ersparen.

Aber nicht nur das soll Grund meines Dankes an dich sein.

So nun höre meine Worte! 'Der große Kampf ist vorbei. Der Sieg ist großartig erkämpft worden und auch du, Matern, willst wieder in deine Heimat zurückkehren wollen. Nimm Sira mit und führe sie weit von hier fort in deine Heimat. Ich wünsche dir viele, viele glückliche Jahre mit ihr. Ihr beide werdet sicher einige   gesunde und schöne Kinder gemeinsam großziehen können. Ich bin Graf und Feldherr, aber in diesem Augenblick könnte ich dich durchaus beneiden. Aber meine Aufgaben sind nun einmal leider ganz andere. Das Geschenk > Sira < soll aber nicht alles sein, was ich dir auf den Weg mitgeben möchte. Ich weiß sehr wohl, dass du mir das Leben gerettet hast. Nur so haben wir die Schlacht gewinnen können. Was ich da eben gesagt habe, werde ich außerhalb dieses Zeltes jedoch nie und nirgends wiederholen. Wir wollen beide fortan darüber schweigen. Es wird dein Schade nicht sein. Hier nimm, hier hast du einen Beutel, prall gefüllt mit Silbermünzen aus aller Welt. Ich danke dir. Wenn demnächst ein neuer Kampf ansteht, so wünsche ich mir, dich wieder an meiner Seite in meinem Tross'.

Ich sagte weder zu noch ab. Ich war einfach zu feige, ehrlich zu sein. Nie wieder gehe ich in Kriegsdienste zurück, nie wieder. Was für ein Ansinnen des Grafen allein zu diesem Zeitpunkt! Schon wieder Gedanken an einen neuen Krieg. An Frieden zu denken, an einen langanhaltenden

Frieden zu denken, war wohl nicht das Sinnesgut der Mächtigen. Kampf und Krieg war scheinbar ihr ganzes Lebensglück.

Das Gespräch war beendet. Der Graf wies stumm mit seinem Kinn auf den Ausgang des Zeltes. Er lehnte sich auf seinem Lager wieder zurück und konzentrierte sich auf seine Behandlung. So war es zu erkennen.

Ich drehte mich um und ging in Richtung Ausgang. Sira gesellte sich wortlos an meine linke Seite.

Dass mich der Krieg mit viel Blutvergießen und grausamstem Töten zu einem wohlhabenden und dazu auch noch glücklichen Mann gemacht hat, Sören, es ist nun einmal so. Ich ändere es nicht mehr. Sei gewiss, meine Aussage, meine Entscheidung, widerrufe ich nicht. Sie steht felsenfest. Das war der allerletzte Kampf, an dem ich teilgenommen habe, ich schwöre es dir". Matern kniete nieder und hob beide Hände gen Himmel.

„Der Graf mag rufen und rufen, ich werde seinem Ruf nicht folgen. Ich bleibe fortan hier in unserem schönen friedlichen Muthenbroke. Wir werden uns hier niederlassen. Ich kann sehr viel. Ich habe sehr viel gelernt. Ich bin Riemenschneider. Ich kann Sattel- und Zaumzeug aus edlem Leder herstellen und ich habe etwas ganz Neues, Wichtiges erlernen können und zwar festes Schuhwerk herzustellen aus Holz und Leder. Die Schuhe sind schnell und günstig zu schustern und, stell dir vor, Sören, zukünftig werden sogar Kinder Schuhe tragen können und brauchen nicht mehr jahrein jahraus barfuß laufen, so wie wir es noch taten. Die Schuhe werden für jedermann erschwinglich sein und für mich als Schuhmacher wird auch ein wenig übrig bleiben. Vielleicht kann ich sogar einen Gesellen ausbilden und beschäftigen. Ich hoffe und wünsche, dass wir bei dir und Brigitta unterkommen können, bis ich uns eine eigene Kate auf unserem gemeinsamen

Grund gebaut habe. Wir könnten in deiner Werkstatt wohnen und schlafen. Ihr werdet kaum etwas von uns merken, und Sira wird Brigitta zur Hand gehen. Dabei kann Sira sicher viel von Brigitta lernen und vielleicht auch umgekehrt Brigitta etwas von Sira."

Der süße würzige Wein, von dem Matern während seiner Erklärungen noch einmal nachgeschenkt hatte, hatte mir, wie von Matern vorhergesagt, in der Tat gut getan. Mir war nicht nur wohlig warm geworden, meine Stimmung hatte sich wesentlich aufgeheitert. Ich sah die neue Situation mit ganz anderen Augen.

„Das ist ja eine gewaltige Geschichte, die du da erzählt hast. Wenn sich das in unserem Muthenbroke erst einmal herumgesprochen hat! Du kannst da sicher sein, es wird rasend schnell gehen. Du wirst ein angesehener Mann, vielleicht sogar ein bekannter Held sein. Der Held von der Lohheide. Über deine weitere Zukunft brauchst du dir keinerlei Sorgen zu machen. So wird es sein."

„Denke an das Versprechen, das ich dem Grafen gegeben habe, nämlich still zu schweigen über das Ereignis im Schlachtgetümmel."

„Ach was, wenn du es nicht sagst, wird es ein anderer tun. So eine Heldentat bleibt nicht lange geheim. So ist es nun einmal. Darauf brauchen wir bestimmt nicht lange zu warten.

Ich freue mich, dass du nicht wieder fort musst und bei uns leben und arbeiten willst. Selbstverständlich kannst du bei uns in der Fischerkate so lange wohnen, wie du möchtest, und für Sira ist auch Raum und Platz. Du kannst dich doch noch gut an unsere gemeinsamen Jahre in der Hütte erinnern, als wir beide mit unseren Eltern und auch noch der Großmutter in der Kate gelebt haben. Mittlerweile ist noch mehr Platz vorhanden. Ich habe im letzten Sommer noch eine kleine Hütte für die Netze und das Handwerkzeug gebaut. Die Sachen müssen wir jetzt nicht mehr im Wohnraum lagern und aufhängen. Die Luft ist auch besser geworden, seit unsere alte Ziege mit in den Schuppen umgezogen ist, meint Brigitta. Nun ist sie aber ganz allein in ihrem Stall und hat keine Gesellschaft mehr. Ich werde eine zweite dazukaufen. Milch und Butter werden wir eh mehr benötigen. Ihr beide sollt ja nicht hungern und dürsten bei uns.

Gute Geschäfte sind für uns freie Männer momentan leicht zu machen. Wir alle, Handwerker, Bauern und Händler profitieren von den großen Veränderungen am Holm. Morgen oder am Tag darauf werden wir zur großen Baustelle gehen, frische und geräucherte Fische ausliefern, die laufenden Arbeiten dort besichtigen, Verhandlungen über weitere Lieferungen führen und ein wichtiges Gespräche mit dem Klostervogt führen. Es geht da um ein gemeinsames Projekt, um einen gemeinsamen großen Fischteich, den ich demnächst mit den Klosterbrüdern anlegen möchte. Mehrere Grundstücke haben wir uns schon angeschaut. Alle sind bereits im Besitz des Klosters. Gut geeignet wäre eine Senke am Redder nahe dem Urwald. Hier könnte man sehr einfach ein kleines Flüsschen für die Wassergewinnung für den Teich anstauen und das Wasser zur Ernte wieder leicht ablassen. Wir wollen dort den aus fernen Landen stammenden Karpfen in großen Mengen züchten, mästen und natürlich vermarkten. Der Ort um das Kloster wächst mit jedem Tag. Da werden in Zukunft weit mehr Nahrungsmittel benötigt werden als bisher. Außerdem pflegen die Mönche im frühen Jahr kein Fleisch, sondern nur Fisch zu essen. Der neue Gott meint es gut mit uns Fischern. Mal sehen, Matern, vielleicht wecke ich auch dein Interesse an der Fischzucht, und du bist für eine Investition an Silber und sehr, sehr viel Arbeit zu gewinnen. Dein Schade wird dies langfristig sicher nicht sein, das kann ich

84

dir schon jetzt versprechen. Es ist nämlich so, dass die Herren vom Holme nicht die fleißigsten sind. Sie haben alle Geld und kaufen lieber ihre Nahrungsmittel als sie selbst mühevoll zu produzieren. Ihre Zeit verbringen sie lieber mit langen geistreichen Gesprächen bei gutem Essen und Trinken. Ob da für die Sonntagspredigt noch Zeit verbleiben wird, wir werden es erleben. Sie wohnen auch nicht ständig hier im Kloster. Sie haben alle noch weitere andere Wohnstätten. Es sind keine armen Leute, das wirst du schnell erkennen. Sie künden, sie zögen sich zum Gebet und zur inneren Einkehr hier an den Holm zurück. Na ja, du wirst es ja beobachten können, was sie hier so treiben. Der Propst wird es mitunter mit seinen Leitungsaufgaben nicht leicht haben.

Wir werden den Arbeitern zusehen, neue Techniken im Bauwesen sehen und meine beiden lieben Söhne vielleicht auch dort treffen können. Beide sind in der Lehre zum Zimmermann bei einem Meister aus dem fernen Süden. Nach der Lehrzeit von fünf Jahren und den anschließenden Wanderjahren werden sie ihr Handwerk verstehen und als freie Handwerksmeister ihr Geld verdienen können. Einer von beiden wird jedoch hier in Muthenbroke die Fischerei übernehmen. Ist das nicht schön, Matern, wie es für uns hier aufwärts geht. Du bist genau im richtigen Moment zurückgekommen, um am Aufschwung teilhaben und ein gutes Auskommen erwirtschaften zu können.

Wir werden aber auch einen Krug frisches Bier trinken können. Seit es auf dem Holme rund um die Klosterinsel nur so von Baumeistern, Gesellen, Arbeitern, Händlern und auch schon hin und wieder von einigen Mönchen nur so wimmelt, haben wir unser erstes Wirtshaus hier am Ort. Es liegt nicht weit von der Baustelle entfernt am Waldrand in Richtung des alten Rechtsprechplatzes. Eine Frau, du glaubst es nicht, wirklich eine Frau, hat vor einigen

Wochen das Gasthaus eröffnet. Es ist zwar recht einfach erstellt, aber man kann dort Trinken und sogar auch etwas Essen. Es gibt bei den Speisen und Getränken sogar eine Auswahl. Im hinteren Bereich, an die Gaststube angrenzend befinden sich noch zwei weitere Räume, in denen sich Reisende ein Strohlager herrichten können. Ein Knecht für den Ausspann und die Versorgung der Pferde ist ebenfalls vorhanden. Das ist für uns alle neu und sehr ungewohnt. Hinter dem hinteren Bereich soll es sogar noch weitere Räumlichkeiten geben, in denen ganz andere Dienstleistungen angeboten werden sollen. Du kennst aus deiner Wanderzeit solche Wirtshäuser sicher gut aus den großen Städten, die du bereist hast in der weiten Welt. Für uns Daheimgebliebene ist das neu und fast ein wenig unheimlich. Ich kann mir nicht vorstellen, dass dort jemand hingeht".

Ein kurzer kräftiger Lachanfall erfolgte von Matern. Sollte ich mich da tatsächlich getäuscht haben? Was werden vor allem die Mönche dazu sagen? Warten wir es einmal ab.

„Brigitta platzt fast vor Neugier. Sie möchte zu gern einmal nur einen Blick in die Wirtschaft werfen. Aber das wird so schnell sicher nichts werden. Ich habe außer der Wirtin noch keine weitere Frau dort gesehen und ich bin schon einmal kurz dort heimlich Gast gewesen. Ich glaube, Wirtshäuser sind nicht für Frauen gemacht. Was sollen sie auch dort? Sie haben zu Hause genug zu tun. Was meinst du Matern?"

„Nun gut", sagte Matern, „darüber reden wir noch später." Er klopfte sich auf die Schenkel und meinte, „lass und aufbrechen und den Rest des Weges hinter uns bringen." Wir marschierten gemeinsam los. Ich weiß nicht so recht wie ich darauf kam, aber ich sah Matern und auch Sira mit ihren Riesenbeuteln auf ihren Rücken.

Ich wollte Sira behilflich sein und bot mich gestenreich an,

ihr den großen schweren Beutel abzunehmen. Matern bekam meine gute Absicht natürlich mit. „Nein, nein bloß nicht", sagte er. „Sira ist stark und kräftig, auch wenn man es ihr nicht unbedingt ansieht. Sie trägt ihre Last gern. Sie würde es als Beleidigung ansehen, wenn du ihr behilflich wärst. Ein alter Mann braucht einer jungen Frau nicht zu helfen." Ach - auch das schon wieder, ich hatte mein Alter wieder einmal total vergessen. Matern und mich trennten immerhin sechzehn Jahre. Wie es dazu kommen konnte in unserem Elternhaus, zeigt, dass man sich nicht alles im Leben so aussuchen kann, wie man es gern hätte. Oft hatten unsere Eltern darüber gesprochen, gern mehrere Kinder als nur uns drei gehabt zu haben. So an die zehn, wie die glücklichen Nachbarn. Aber es sollte wohl nicht sein. Kinder sind nun einmal das größte Kapital in unserer Zeit, und sie werden es wohl immer bleiben für alle Zukunft.
Es war jetzt nicht mehr weit zum See, und wir konnten schon einige Hütten und Katen schemenhaft erkennen. Aber was war das? Was musste ich da sehen? Na ja, es hätte auch nicht anders kommen können. Ich konnte es klar und deutlich erkennen. Hedda stand in ihrem großen Kräutergarten vor ihrem Haus. Ihren Garten pflegte Hedda mit besonderer Liebe. Im Sommer wuchsen dort sehr viele verschiedene Pflanzen, Kräuter, Büsche und auch eine Menge duftender Blumen. Selbst zu dieser Jahreszeit grünte noch so mancher Strauch. Hedda verarbeitete ihre Pflanzen zu Salben, Tinkturen, Tees und sonstigen Heil- und Stärkungsmitteln. Aber auch Duftkerzen und Räucherstäbchen stellte sie her. Duftende Flüssigkeiten und Salben kamen dazu. Alles dieses bot sie selbstverständlich zum Kauf an. Wenn erst das Kloster fertig gestellt sein wird, wird Hedda noch reicher und mächtiger sein. Wo soll das alles mit ihr noch hinführen?
Die Luft war jetzt angenehm trocken und mir war wohlig

warm geworden. Das kam sicher von der Bewegung und zum Teil auch von dem köstlichen heißen Getränk. Davon muss Brigitta auch unbedingt einmal kosten.

Hedda blickte zu uns herüber. Es sah fast so aus, als wenn sie uns erwartete. Einige Schritte vor der in schwarz gekleideten großen Frau blieben wir gemeinsam stehen. Hedda sah uns alle an und man konnte es klar erkennen, dass sie Sira förmlich musterte. Minutenlang sahen sich die beiden Frauen an. Fast ein wenig unheimlich war es, dieser angespannten Situation beizuwohnen.

Wir erkannten, dass sich Heddas Brust hob, sie atmete tief durch, sie öffnete das Tor ihres Gartens und trat zu uns heraus.

„Seit gegrüßt Sören und Matern", sagte sie ruhig und klar. Danach geschah etwas sehr Außergewöhnliches. Hedda ging auf Sira zu. Die beiden Frauen sahen sich tief und lange in die Augen. Nicht zu glauben, was sich anschließend ereignete. Hedda umarmte Sira und sprach ihr etwas ins Ohr. Nicht zu glauben, sie sprach ihr etwas ins Ohr.

Unfassbar, aber Matern und ich sahen es klar und deutlich - wir erlebten es mit. Wir konnten kaum etwas von dem Gesprochenen wahrnehmen, verstehen schon gar nichts. Es war auch nur ein leises melodisches flüstern. Aber man konnte es nicht anders deuten, sie sprach Sira ins Ohr. Sicher konnte Sira nichts verstehen. Ganz klar war das für uns beide. Es konnte auch nicht sein. Wie denn auch? Aber nun passierte das noch Ungeheuerliche. Es war für uns nicht zu fassen was da geschah. Es ließ mir den Atem stocken und auch Matern, das konnte man ihm ansehen. Er schaute, als wenn er auf einmal dem Leibhaftigen gegenüberstand.

Sira antwortete!

Sira antwortete sehr leise. Sie sprach langsam in einer Sprache, die ich noch nie in meinem Leben gehört hatte.

Matern stieß mich heftig an und sagte nur, „Sören, sage mir, was passiert hier, was passiert hier nur." Ich konnte nur leise antworten: „Ich weiß es nicht."

Matern wollte noch etwas sagen. Es kam aber nicht mehr als ein Krächzen aus seinem Mund. Er musste sich mehrfach räuspern und einige Male auch laut husten. Mit immer noch belegter Stimme formte er mühevoll den kurzen Satz. „Guten Morgen, Hedda, darf ich dir Sira vorstellen. Sira ist meine Frau, äh ich meine, meine liebe Braut".

„Ich weiß", antwortete Hedda schlicht und einfach. „Und ich weiß auch, Sira wird mir eine gute Freundin sein, wenn auch leider nur für eine kurze Zeit".

Die Sache begann unheimlich zu werden, dachte ich. Aber es sollte noch heftiger kommen.

„Eine gute Freundin, eine Vertraute. Aber die Zeit unserer Gemeinsamkeit wird nur kurz sein, denn der Zeitpunkt der Bestimmung, einer anderen Gemeinsamkeit, der Augenblick an dem alles dort sein wird wo es auch sein soll, ist bereits sehr nahe. Nicht einmal wird der Mond sein Gesicht wechseln und es wird geschehen, so wie ich es oft schon vorhergesagt habe. Eine neue Zeit für euch und für mich steht ins Haus. Ich freue mich. Alles was einen Anfang hat, muss auch ein Ende haben. So ist es nun einmal für alle vorbestimmt, allerdings mitunter leider nicht für alle auf dieser Welt zur rechten Zeit".

Das wird ja immer schlimmer, dachte ich nur. Dreht Hedda jetzt durch? Was kommt da noch um Himmels Willen auf uns alle zu.

„Sören, Matern, es gibt wichtige Gespräche zu führen, ernste sogar, sehr ernste Gespräche. Die Zeit drängt, wir haben einen Widersacher bei unserer anstehenden Mission."

Mir begann schwindelig zu werden. Große Mission? Es konnte nur so sein, Hedda begann nun endgültig durchzudrehen.

„Matern und auch du, meine liebe Sira, erholt euch erst einmal von der langen beschwerlichen Reise. Richtet euch ein und ordnet eure Sachen".

Hedda richtete sich gerade auf und hatte uns alle voll im Blick, sie wirkte noch größer und stattlicher, als sie es schon war und schien vor Gesundheit und Tatendrang nur so zu strotzen. Ihr jetzt ausgesprochener Satz hörte sich nicht an wie ein Wunsch oder eine Bitte. Es war ein Befehl!

„In zwei Tagen, also übermorgen, möchte ich euch drei und auch Brigitta in mein Haus bitten. Kommt bitte mit der Dunkelheit. Ich habe euch sehr viel zu sagen.

In kurzer Zeit werden wir uns auch mit dem Propst des neuen Klosters treffen. Und was ihr auch noch nicht wisst, Sören und Matern, wir werden noch in diesem Jahr gemeinsam eine Reise machen und eine Mission zu einem Ende bringen. Es ist hoch an der Zeit für diese letzte Aufgabe. Diese Reise wird für einige eher kürzerer und für einen eine längere Dauer haben. Das könnt ihr mit glauben. So ist es geplant.

Es wird eine wichtige Reise, eine sehr wichtige Reise. Die Zeit drängt aus vielerlei Gründen. Wir werden die Reise noch vor dem Julfest beginnen und auch beenden. Wir müssen schnell und in aller Stille vorgehen. Es ist gut so, dass zu diesem Jahresende der Winter mit Eis und frostiger Kälte noch auf sich warten lässt, ein Zeichen für uns gesandt, von wem auch immer - wer weiß. Die Knochen jedenfalls mahnen zur Eile, zu einem schnellen Handeln."

So viel Unverständliches, so viel Geheimnisvolles und so viele ernste Worte von Hedda, nicht zu glauben. Wir gingen die letzten paar Schritte zu unserer Fischerhütte wie benommen in weiter. Keiner sagte ein Wort, nur Matern konnte nach einer langen Pause wohl nicht mehr an sich halten. Kurz vor unserem Eintreffen bei Brigitta in unserer bescheidenen Kate entfuhr es ihm laut und deutlich. Er schien seine gewohnte Verfassung zurückgewonnen zu haben. „Über Hedda müssen wir so bald wie möglich reden, aber nicht nur oberflächlich, das sage ich dir. Da kommt, so sehe ich es momentan, gewaltig etwas auf uns zu. Aber schlimmer als Krieg und Kampf kann es wohl nicht werden - oder etwa doch?"

Die wenigen letzten Schritte zu unserer Kate eilte ich voraus und rief laut, „Brigitta, Brigitta wir sind zurück. Wir sind alle gesund. Komm heraus und schau - da sind wir".

Brigitta erschien sofort an der Tür. Ungeduldig hatte sie schon lange auf uns gewartet. Das konnte ich deutlich erkennen.

„Schau, Brigitta, da sind wir. Matern ist dabei und sieh, wen er mitgebracht hat - seine Verlobte - seine Frau - seine Braut.

Sieh sie bitte an, sie heißt Sira".

Ich fragte mich, wie sie wohl reagieren würde - meine Brigitta. Wie wird sie die neue Situation aufnehmen? Ich war mehr als gespannt.

Oh Mann, wie konnte mir das nur wieder einmal passieren nach so vielen gemeinsamen Jahren. Ich hätte es erahnen - nein ich hätte es wissen müssen, wie Brigitta reagieren wird. Schließlich waren wir schon sehr lange ein Ehepaar und konnten uns gegenseitig mehr als nur gut einschätzen. Das hatte ich beinahe in der Aufregung vergessen.

„Endlich, Matern, du kommst nicht allein zurück. Wie mich das freut, wie gut, wie gut.

So nun kommt alle schnell ins Haus. Die Suppe ist fertig, und ihr habt gewiss einen großen Hunger mitgebracht.

Wie immer bei deinen Besuchen, Matern, habe ich dir deine Ecke in unserem großen Raum hergerichtet. Aber jetzt, da ihr zu zweit seid, muss ich wohl einen breiteren

Strohsack stopfen. Das mache ich sehr gern für euch.
Was habt ihr bloß für eine riesige Menge Gepäck bei euch.
Das sieht ja fast nach einem Umzug aus, bei dem der ganze Hausstand transportiert werden muss. Ich bin in meinem ganzen bisherigen Leben noch nicht ein einziges Mal umgezogen. Wenn ich so darüber nachdenke. Ich wüsste auch nicht, wohin und warum".
Matern lachte laut auf, „Brigitta, das ist auch unser gesamte Hausstand, all unser Hab und Gut. Aber ein kleines Geschenk für dich ist auch dabei. Du wirst dich bestimmt sehr darüber freuen".
Matern nahm mich zur Seite, „Sören, lass uns erst einmal etwas essen. Danach haben wir Zeit. Die beiden Frauen haben dann die Möglichkeit, sich etwas zu beschnuppern und wir beide können uns endlich von Bruder zu Bruder unterhalten. Allerdings gibt es für mich vorrangig nur das schon angesprochene Thema - Hedda. Ich meine, das Gespräch über diese Person ist hoch an der Zeit, auch wenn du sicher andere wichtige Dinge mit mir bereden möchtest. Denke aber bitte fortan daran, ich bleibe in Muthenbroke und bin somit immer für dich da.
Hedda, sie wird langsam leicht wunderlich, diese Frau. Entschuldige, das war wohl nicht der richtige Ausdruck, denn wunderlich war sie in der Tat schon immer, mitunter ein wenig mehr und so manches Mal noch ein wenig mehr als mehr, wenn ich das so ausdrücken darf und das in jeder Hinsicht. Denke bitte einmal darüber nach, Sören".
Die frisch von Brigitta zubereitete Fischsuppe duftete angenehm und machte jedem einen Riesenappetit. Dazu kam noch der Duft des frisch gebackenen Brotes, der den Raum schwängerte.
Wunderbar!
Matern zog den Duft von altem Holz, trocknenden Angel-

schnüren, der nahen Räucherkammer und den auf dem Tisch stehenden Köstlichkeiten ein und sagte: „Liebe Brigitta, wie schön ist es hier bei euch. Wie schön ist es, endlich wieder zu Hause zu sein.

Meine Sira wird viel von dir lernen können, sehr sehr viel, das weiß ich. Aber eines kann ich dir auch versprechen, du wirst es erleben, dieses und jenes wirst du auch von Sira erfahren können. Sie ist eine gute Frau. Ich konnte sie mir zwar nicht aussuchen. Ich habe sie geschenkt bekommen. Ich habe mein größtes Glück geschenkt bekommen. Sören wird dir einiges darüber erzählen können. Ich denke, nicht alles, was man geschenkt bekommt, muss ein Segen sein aber ein Fluch muss es auch lange nicht sein. Sira ist für mich nicht nur ein Geschenk, sie ist der größte Schatz, den ich bisher besessen habe. Ich glaube, ich liebe sie sogar. Kann es so etwas geben auf dieser Welt? Brigitta, Sören, sagt es mir!

Es ist schon eine spannende Sache. Einige Dinge handhabt Sira völlig anders, als wir es gewohnt sind, aber es geschieht gut so und ist mitunter einfacher und auch schneller, als wir es kennen. Die einzige große Hürde ist und wird in naher Zukunft die Verständigung sein. Sira spricht eine andere Sprache als wir – unvorstellbar, aber so etwas gibt es nun einmal auf dieser großen Welt.

Ihr alle werdet es sehr schnell erkennen. Sira ist mächtig schlau und um einiges noch wissbegieriger, als du es dir vorstellen kannst. Ich weiß, sie wird sehr schnell lernen, uns gut zu verstehen - mitunter scheint es mir, sie tut es bereits - und uns antworten zu können. Nebenbei bemerkt, dass meint auch Hedda, wie wir bereits erfahren haben. Sagt mir bitte, wann hat diese Frau nicht Recht gehabt. Wann hat sie sich getäuscht? Wann hat sie die Zukunft nicht deuten können? Nie! Das wisst ihr genau so gut wie ich. Alles in der Vergangenheit Gewesene und in der Zukunft liegende wird für uns nicht leicht zu verstehen sein, wenn wir Hedda nicht verstehen. Aber so weit sind wir leider noch nicht. Brigitta, ihr beide werdet euch mögen, das weiß ich. Selbst bei der nur kurzen Zusammenkunft mit unserer Nachbarin, hat Hedda auch Sira sehr spontan liebevoll in ihr Herz geschlossen".

Schon seltsam, zumal Hedda, das wussten im Grunde alle, mit Freundschaften sehr sparsam umging. Es gab nur wenige Vertraute, und selbst die kannten mit Sicherheit nicht die letzten Geheimnisse um Hedda.

„Brigitta, du wirst es nicht glauben! Wir vier haben heute eine Einladung von unserer Nachbarin erhalten. Was mag sie wohl von uns wollen? Was will sie uns mitteilen? Wozu braucht sie uns? Recht wichtig und noch mehr geheimnisvoll klang alles, was sie sagte. Von meinem Gefühl her soll uns etwas ganz Besonderes von ihr übermittelt werden. Aber vielleicht kommt auch alles ganz anders. Machen wir uns also erst einmal keine großen Gedanken. Vielleicht spinne ich auch etwas im Kopf. Brigitta, hast du während meiner kurzen Abwesenheit etwas von den abstrusen Absichten Heddas mitbekommen".

Brigitta verneinte, fügte aber sofort einen Einwand hinterher. „Jedoch kommt sie mir, wenn ich jetzt so darüber nachdenke, in der letzten Zeit doch mehr als sonst sonderbar vor".

Brigitta stellte einen weiteren Teller für Sira auf den Tisch und begann damit, die Suppe auszuteilen und die Teller bis zum Rand hin aufzufüllen. Das dazugehörige frisch gebackene Brot zu brechen war ebenfalls die heilige Aufgabe der Hausherrin.

„Jetzt wird erst einmal gegessen!", ein Machtwort war gesprochen.

Brigittas Fischsuppe schmeckte vorzüglich. Kein Wunder auch, es war reichlich frischer Fisch in der leckeren Brühe zu finden. Zudem war das frische Brot sehr locker und von angenehmem Duft.

Ich konnte alles Neue von diesem heutigen Tag noch nicht so recht in meinem Kopf ordnen und verarbeiten. Insbesondere die von Hedda ausgesprochene Einladung ging mir einfach nicht aus den Sinn. Wir alle vier gemeinsam zu einem Besuch bei Hedda, das hat es noch nie gegeben. Sicher, wir alle waren schon hin und wieder im Haus von Hedda gewesen, Brigitta häufiger und das meist im Winter. Alles was es im Sommer zu bereden gab geschah vor unseren Häusern. Dazu saßen wir dann auf den bequemen Bänken, die wir vor unseren Eingängen aufgestellt hatten. Alles Wichtige und auch nicht so Wichtige wurde hier am Abend besprochen. Alt und jung kamen so zusammen. Jung lernte von Alt und Alt lernte von Jung. So wie es schon immer war und auch nicht anders sein wird. Bei meinen ungeordneten Gedankengängen fiel mir plötzlich wieder ein, was Matern schon vor Jahren gesagt hatte. Mit Hedda werden wir noch Gewaltiges erleben, das könnt ihr mir glauben. In dieser Frau stecken mehr Geheimnisse und Rätsel, als wir es auch nur zu ahnen glauben.

Die Suppe war nicht alle geworden. Wir waren mehr als gesättigt. Der richtige Moment, sich ein kleines Ruhepäuschen zu gönnen.

Wieselflink war Sira dabei, Topf und Kummen zusammenzustellen und - das konnte man erkennen - Ausschau nach einer Spülmöglichkeit zu halten.

„Ach, komm mit nach draußen, Matern! Lass uns eine Pause machen. Ich möchte dir unseren neuen Stall und den neuen Geräteschuppen zeigen, den ich mit großer Hilfe beider Söhne in diesem Sommer errichtet habe".

Nach dem Regen war es merklich mild geworden, fast sogar warm. Wir konnten beide auf unsere Umhänge verzichten und das inmitten des Nebelmonates. Drehte neben unserer Hedda jetzt auch noch das Wetter durch? Es wird doch wohl nicht schon Frühling werden im Winter. Es scheint gewiss ein besonderer Jahreswechsel zu werden.

„Ja, sehr gern Sören. Du hast doch sicher noch nicht vergessen, was wir uns vorgenommen haben, worüber wir reden wollten. Ich habe es erkannt, es ist nunmehr soweit. Ich habe es mehr als deutlich erlebt. Wir müssen jetzt dringlichst über Hedda sprechen, ausgiebig sprechen und das jetzt, noch bevor wir unseren Besuch bei ihr abhalten. So ist es im Moment sicher auch gut, dass Brigitta nicht jedes von uns gesprochene Wort mitbekommt."

„Sören, du weißt, wir kennen Hedda solange wir denken können oder sogar schon länger. Wenn ich recht so überlege, dann haben selbst unsere Eltern, Vater sowie auch Mutter, und ich glaube noch zu wissen, sogar hin und wieder unserer beider Großmutter, häufig über Hedda gesprochen. Das kann ja fast nicht angehen, wenn man darüber nachdenkt. Wie alt mag diese Frau sein? Einhundert Jahre oder etwa noch mehr? So etwas soll es ja geben, dass einige Menschen sehr alt werden. Dafür sterben einige auch schon in sehr jungen Jahren. Da gibt es keine Regel. Du, wir haben es am eigenen Leib erfahren müssen, wenn ich da an unsere kleine Ulrike denke. Aber so ist es nun einmal. Wir beide werden es nicht verändern können. Zurück zu Hedda. Menschen werden alt, aber sie werden auch alt an Haut und Haar. Sie werden schwach, kränklich und zunehmend gebrechlicher. Wir sehen es doch rund um uns herum täglich. Sören, wenn ich es sagen darf, selbst du hast nur noch graue glatte Haare auf deinem Kopf, die auch schon leicht schütter werden. Von deinen ehemals blonden Locken ist nichts mehr zu erahnen. Unsere Alten sehen nun einmal im Alter halt auch alt aus und werden ein wenig klapperig und tüddelig. Ich finde, so gehört es sich auch - sonst würden wir ja ewig Kinder bleiben. Nun aber schaue dir einmal Hedda genau an. Es ist mir heute erst wieder so richtig aufgefallen, da ich sie seit fast einem Jahr nicht mehr zu Gesicht bekommen habe. Hast du etwa den Eindruck, dass sie schwach und hinfällig wirkt? Hast du überhaupt den Eindruck, dass sie sehr alt ist oder alt sein könne und somit auch so aussehen müsste. Sie ist gesund und kräftig. Ihr pechschwarzes Haar glänzt, ihr Blick ist klar und stechend. Hast du einmal auf ihre Zähne geachtet. Alle ihre gleichmäßig gewachsenen Zähne scheinen noch vorhanden zu sein, und sie strahlen blütenweiß aus ihren vollen roten Lippen hervor. Hier stimmt doch etwas nicht, Sören. Hier stimmt doch etwas gewaltig nicht, oder was sagst du dazu? Sag einmal, wo kommt sie überhaupt her? War sie schon immer hier? Wer waren ihre Eltern und wo ist sie wann geboren? Wann ist sie hierher zu uns gezogen? Wer hat ihr Haus gebaut und woher hat sie ihr Geld? Und alles Übrige? Ich glaube, wir haben uns bisher nicht nur zu wenig, wir haben uns überhaupt keine Gedanken über diese Frau gemacht. Sie ist einfach seit ewigen Zeiten da. Ist das nicht schon alleine fast unheimlich?"

„Matern, du haust mir aber auch die Fragen nur so um die Ohren. Mehr als Recht hast du, wir haben uns bisher kaum oder fast keine Gedanken über sie gemacht. Hedda ist da und Hedda war schon immer da. Hedda hat uns das Zählen und das Rechnen gelehrt. Weißt du noch? Vier rote, reife Walderdbeeren lagen auf dem Tisch. Jeder von uns aß eine davon. Wie viele blieben noch übrig? Und so weiter und so weiter!
Als unsere Eltern starben, hat Hedda uns darauf vorbereitet. Sie wusste um den nahen Tod beider. Du hast Recht, man kann fast Furcht verspüren, wenn man sich mit ihr beschäftigt. Aber wir dürfen den Kopf nicht in den

Sand stecken. Wir müssen es tun. Wir müssen mit ihr selbst reden, sie fragen. Du hast mich davon überzeugt. Was soll es, Matern - wir sind erwachsene Männer. Was müssten wir tun, wenn wir verdammt noch mal nicht so feige wären? Wir müssten sie fragen, ganz einfach fragen. So, Hedda, wir haben da so einige Fragen an dich. Traust du dir das zu?"

„Und immer alleine wohnt sie hier, nie ein Mann bei ihr. Sie hat keine Kinder und ist nicht verheiratet. Alles ist merkwürdig um diese Frau, um diese scheinbar alte reiche Frau. Andere alte Heil- und Kräuterfrauen tragen ihr graues Haar zu einem Knoten gebunden. Sie sind arm, sie gehen gebückt und sind im Alter auf die Almosen der Nachbarn und die Unterstützung der Kinder angewiesen. Nicht so Hedda! Das kann man deutlich sehen. Sie hat Geld und Silber. Ich glaube sie hat sogar Gold in ihrem Haus. Denke bitte nach, wir sprachen schon häufig über ihr Haus. Drei Räume und nur eine Frau. Ein großer Koch- und Wohnraum, in dem sie auch ihre Kräuter trocknet und verarbeitet, ihr gutes Bier braut und ihren noch besseren Wein gären lässt. Dazu noch extra ein großes Schlafzimmer. Wozu dieses überhaupt bei nur einer Person? Und das dritte Zimmer! Du weißt, das ominöse dritte Zimmer. Man kann es von innen und auch von außen in und an dem Haus kaum erkennen. Nach dem Grundriss aber konnte es nicht anders sein. Da musste noch ein weiterer Raum sein und er war auch da, der Raum, denn schließlich war eine weitere Tür vorhanden und an der Außenwand auch ein kleines Fenster. Die Tür habe ich bisher nur immer verschlossen gesehen. Sören, ich sage dir, hinter dieser Tür befindet sich etwas sehr geheimnisvolles oder der geheime Raum ist einfach nur vollgestopft mit Silber und Gold. Sie ist eine gute Frau, sie ist ein guter Mensch. Wie hat sie uns und unser Dorf unterstützt und nach vorne gebracht, geleitet und gelenkt, obwohl sie nur eine Frau ist. Was hat sie alles in Muthenbroke erneuert und verändert. Im Moment fallen mir nur wenige wichtige Dinge ein, welche sie durchgesetzt hat. Ich frage mich, ich frage mich wirklich! Wer hat ihr überhaupt das Rederecht auf den großen Versammlungen jemals zugesprochen - ihr als Frau? Viele Fragen, und immer eine und die gleiche Antwort: Das war doch schon immer so.

Wir kennen Hedda kaum, das müssen wir hier und heute leider feststellen. Oder noch besser ausgedrückt, überhaupt nicht. Sie aber kennt uns, kennt uns alle genau.

Hedda kennt uns durch die Kontakte zu den Familien und vor allem zu den Frauen und Müttern. Sie kennt uns alle von Geburt an. Sie kennt unsere Krankheiten und unsere Gebrechen und erlebt unseren Tod mit. Es kann einem schon schaudern, sobald man darüber nachdenkt. Denke bitte daran, dass sie uns beide gemeinsam mit unserer Mutter auf diese Welt gebracht hat. Sören, wenn alles so weiter läuft wie es immer gewesen ist - ich mag es gar nicht zu Ende denken, wird sie uns auch noch auf dem Totenbett zur Seite stehen und den Weg bereiten.

Das geht doch so nicht, das geht doch wirklich nicht weiter so. Das ist nicht normal.

Jetzt ist für mich endgültig Schluss! Ich frage sie demnächst oder zumindest bald oder irgendwann. Da kannst du mich beim Wort nehmen.

Wer weiß, was Hedda so alles bewirkt hat in Muthenbroke! Und noch spannender, was wird sie noch alles bewirken. Ich kann mich da nur gut an ihre Taten der letzten Jahre erinnern.

Wir schöpfen unser Trinkwasser schon lange nicht mehr aus dem See. Fast jedes Haus hat sich einen eigenen Brunnen gegraben, aus denen sich leicht das ganze Jahr im Sommer und Winter kühles, frisches und sauberes Wasser schöpfen lässt. Ich kann mich noch gut erinnern, dass wir als Kinder bei dem Bau der Brunnen gefragte Gräber der tiefen Schächte waren. Die Erwachsenen konnten sich in den engen Brunnen beim Graben und Aufschichten der Steine nicht ausreichend bewegen.

Das Vieh wird nicht mehr in die nahe Bucht zur Tränke getrieben, wo wir und unsere Kinder gern im Sommer ein erfrischendes und reinigendes Bad nehmen und auch die Wäsche aus fast allen Haushalten gewaschen wird.

Ich erinnere mich an die Vorratsbunker, die wir in das feste Erdreich gegraben und mit in Feuer gebrannten Steinen ausgekleidet haben, um auch im Sommer die Nahrungsmittel kühl lagern zu können. Außerdem konnte das winterliche Eis, das aus der Eisschicht des Sees geschlagen oder gesägt wurde, dort bis in den frühen Sommer eingelagert werden. Die frischen Fische aus dem Gewässer konnten so komfortabel einige Tage gelagert werden.

Alles war aus den Ideen und den Anordnungen von Hedda erwachsen und entstanden. Viel, viel könnte ich noch anführen - aber wem erzähle ich da etwas.

Neues und Wichtiges scheint sich anzubahnen. Was mag es bloß sein und warum und wieso sollen ausgerechnet wir die Ersten sein, die davon erfahren werden? Was für eine Spannung, die da von Hedda aufgebaut wird. Warum das alles nur?

Die vagen Ankündigungen können einen schon fast kribbelig machen. Was bahnte sich hier an.

Steht das Ganze unter Umständen mit Heddas Kontakt zum Kloster auf der Insel im Zusammenhang?

Es muss wohl so sein. Sie hat selbst Andeutungen in diese Richtung gemacht. Du hast es doch auch gehört Sören!"

„Ich weiß gar nicht, wie ich es in klare Worte kleiden soll. Mehrfach habe ich den Klostervorsteher beobachten können, wie er erst in den ganz frühen Morgenstunden mit

Beginn der Frühdämmerung das Haus von Hedda vorsichtig verlassen hat. Ausgerechnet Besuche von einem Mann des neuen Glaubens, über den Hedda oft sehr kritische Äußerungen von sich gegeben hat! Sie hat häufig zu mir gesagt, der neue Glaube wird uns nicht nur das versprochene Glück und Heil bringen, auch mit dem neuen Glauben wird vieles so bleiben wie es zur Zeit ist und auch vorher war. Hunger, Krankheit, Krieg, Hass und Liebe, Mord und Totschlag wird es auf dieser Welt weiterhin geben. Vertraut auf meine Worte, ihr werdet es miterleben. Da können euch die Priester und Missionare predigen und pauken. Die neue Botschaft ist nicht an mich gerichtet - meine Zukunft ist eine ganz andere.

Im Übrigen, so sagte sie auch, gilt das euch, Botschaften hat es schon viele gegeben. Gute alt hergebrachte Bräuche, Gesetze und Geschicke werden noch in mehreren hundert Jahren ihren Ursprung in unserer Zeit finden. So wird es sein. - Ja Matern, es scheint wir gehen einer spannenden Zeit entgegen.

VI

Ich konnte mich nicht erinnern, wann ich das letzte Mal so gut geruht hatte. Nicht einmal das zeitweise heftige Schnarchen von Brigitta hatte ich in dieser Nacht wahrgenommen. Mein Schlaf muss tief und erquickend gewesen sein. Ich fühlte mich frisch und ausgeruht wie seit Wochen nicht mehr. Ich hatte nicht einmal mitbekommen, dass Brigitta das Nachtlager verlassen hatte. Der Strohsack neben mir war leer. Ich vernahm Geräusche aus dem Wohnraum, und es war bereits hell. Schnell zog ich mir Hose und Hemd über und verließ die Kammer.

Ich trat in den großen Raum ein. Beide Frauen, waren schon am wirtschaften. Das Herdfeuer prasselte bereits munter. Ein Duft, der mir das Wasser im Munde zusammenlaufen ließ, kam mir entgegen. Es roch nach Sonne und Sommer. Seltsam!

Matern saß bereits am Tisch, eine Kumme vor sich und Becher und Löffel daneben. Er strahlte mich an und sagte: „Was ist das denn für ein Gebaren? Ich dachte bis jetzt, der Fischer sei Frühaufsteher, immer nach dem alten Motto, nur der frühe Vogel fängt den Fisch. Oder täusche ich mich da".

„Ach, nun lass ihn einmal auch ein bisschen länger liegen in seinem Bett", warf Brigitta ein. „Die letzten Tage und Nächte waren sehr unruhig für Sören. Er hat viel und lange gearbeitet und sich während der Nächte von einer Seite auf die andere geworfen".

Ich ging nach draußen und schlug das Wasser an dem Ort, der dafür vorgesehen war, ab.

Hedda hatte es uns und allen übrigen Bewohnern in Muthenbroke so empfohlen. Die Ausfuhr, wie sie das notwendige Pissen und Kacken nannte, hatte immer an einer Stelle zu erfolgen. Danach sei alles stets mit Erde abzudecken. Darüber hinaus darf diese Stätte nicht in der Nähe eines Brunnens liegen.

Es hatte eine Weile gedauert, bis alle dem Rat von Hedda folgten. Sie hatte wieder einmal Recht behalten. Es roch nicht mehr so streng in der Ansiedlung und die nervtötenden Fliegen waren merklich weniger geworden in Haus und Küche.

Ich ging erleichtert wieder hinein und setzte mich neben Matern an den Tisch. Sira stellte eine Essschale für mich auf den Tisch und füllte unsere Kummen mit dampfendem Brei und goss darüber eine reichliche Portion Honig. In die Becher schenkte sie den heißen Tee mit dem angenehmen Duft.

„Das ist ja köstlich, oberköstlich. Haben wir einen Feiertag heute? So kann das weitergehen mit eurem Besuch. Lange schlafen und gut essen und trinken, ein fürstliches Leben".

„Aber Sören, hast du schon vergessen, es ist kein Besuch. Wir sind nicht zu Gast bei euch, wir bleiben hier in Muthenbroke".

„Na klar habe ich das nicht vergessen. Es ist mir nur so heraus gerutscht. Nun werde man nicht noch pingelig!"

Wir alle nahmen gemeinsam unsere Frühkost ein, in aller Ruhe und ausgiebig.

So und nun sollte es losgehen mit unserem Ausflug an den Holm. Wir wollten uns einen schönen Tag machen. Obwohl es nicht weit zur Baustelle war, hatte Brigitta es sich nicht nehmen lassen, uns ein kleines Säckchen mit Proviant herzurichten.

Es war ein trockener Tag. Mir kam es noch etwas milder vor als am Vortage. Wo soll das nur hinführen? „Matern, ich glaube der Sommer kehrt zurück. Es wird ein schöner Tag für uns beide werden. Es freut mich, dass sich unsere Frauen Brigitta und Sira, trotz des großen Altersunterschiedes so sehr gut verstehen. Sie haben mir gegenüber angedeutet, dass auch sie sich freuen, einmal einen ganzen Tag ganz ohne uns verbringen zu können. Sie hätten sehr viel miteinander zu bereden und auch ein Besuch bei Hedda sei eingeplant.   Nur gut dass wir bei den Weibergesprächen nicht zuhören mussten. Es ist nun einmal so, Frauen sprechen über andere Dinge als Männer".

„Wohl wahr", antwortete Matern.

Beide Gewässer, der große See von Muthenbroke und der etwas kleinere See von Eiderstede lagen fast auf Rufweite beieinander. Die uns beiden wohl bekannte Abkürzung konnten wir nicht nutzen. Durch den vielen Regen in den letzten Wochen war ein Sumpfgebiet entstanden zwischen den beiden Seen. Wir würden im Morast stecken bleiben, und der Karren war auf dieser Strecke nicht zu bewegen.

„Man müsste hier einen Entwässerungsgraben erstellen zwischen den beiden Gewässern, um das ganze Gebiet trocken zu legen. Das wäre sogar ein Landgewinn. Vielleicht mache ich mich mit Sira einmal darüber her, werde Großgrundbesitzer und kann euch Fischern darüber hinaus sogar noch die Fische wegfangen, die von einem See in den anderen schwimmen wollen".

„Nun reicht es aber Matern! Zum einen geht so etwas gar nicht. Und was noch viel wichtiger ist, du willst dich doch wohl nicht mit deinem Bruder anlegen. Allerdings ist deine Idee gar nicht schlecht, um an die Fische aus dem Klostersee heranzukommen. Schauen wir mal. Vielleicht grabe ich mit euch".

Wir mussten uns somit für den etwas längeren Weg durch den Wald entscheiden. Der alte Trampelpfad nach Eiderstede und zum Holm, das konnte man sofort erkennen, war schon lange kein schmaler Pfad mehr. Ein richtiger breiter Weg war entstanden, der das Dickicht vertrieben hatte.

„Kein Wunder bei dem Verkehr heutzutage", meinte Matern. „Grauenhaft, wie soll so etwas noch enden - wahrscheinlich demnächst in einem breiten zweispurigen Weg, bei dem sich die Karren begegnen und auch überholen können".

Das konnte von ihm nun aber wahrlich nicht im Ernst so gemeint sein. Unmöglich!

Der Weg war mittlerweile sehr gut mit dem Muthenbroker Karren, wie der allseits beliebte Wagen in der Umgebung und sogar darüber hinaus genannt wurde, zu befahren. Ich selbst nutzte diese schnelle Verbindung zum Holm in der letzten Zeit regelmäßig, um meine fangfrischen Fische aus dem Muthenbroker See zu den immer mehr werdenden Verbrauchern am Holm zu transportieren. Der Fischer vom Eidersteder See, mein Kollege. war mir durchaus nicht böse um mein Geschäft. Er selbst konnte alleine den Bedarf nicht decken. Über den zu fordernden Preis für unsere frische Ware hatten wir uns aber beizeiten abgestimmt, so wie es sich gehört. Regelmäßig trafen wir uns und legten Gewichte und Preise für unsere Waren fest. Hedda hatte uns dazu geraten, nicht gegeneinander sondern miteinander die Geschäfte zu ordnen. Nur das hat Zukunft, meinte sie.

Zurzeit belieferten wir die Baumeister, die Klosterherren, die Handwerksmeister und neuerdings auch die Gastwirtschaft, wenn sie über das notwendige Zahlungsmittel verfügten oder gute Tauschangebote machten.

Die Unfreien und die Lehnsleute hingegen versorgten sich neben ihrer schweren Arbeit, die sie abzuleisten hatten, selbst. Wer sollte es auch sonst tun. Die Arbeiter verköstigten sich, indem sie sich morgens und abends ihren Brei selbst auf dem offenen Feuer kochten. Wenn etwas fettes Fleisch vorhanden war, hellte sich die Stimmung sofort auf. Auch hatten diese Arbeitskräfte für ihre Bleibe und Nachtruhe keine Unterkunft. Wenn sie unter dem freien

Himmel kampieren mussten, wärmte sie nur eine dünne Decke. Jede Nische und jeder schon überbaute Sims waren für Unterkunft und Nahrungszubereitung beliebt und hart umkämpft. Die Kirche selbst bot den Dank Gottes, ein ewiges Leben und die Taufe an. Viele nahmen dieses Angebot an, gab es doch einen kräftigen Schluck dünnen Weines und ein neues weißes Hemd für das Glaubensbekenntnis. Einige ließen sich sogar mehrfach taufen.

Wenn ich einmal einen sehr guten Fang mit nach Hause gebracht und über die Geschäfte hinaus ein paar Fische übrig hatte, spendierte ich den Arbeitern gern ein paar frische Silberlinge aus dem Muthenbroker Wasser.

Die Freude war immer riesig.

Mein Kollege vom See am Holme warnte mich ob meiner Großzügigkeit. „Das Volk soll arbeiten und bauen und verschwinden. Gesindel, Faulpelze, Banditen und Fischdiebe", so waren seine Worte. „Wir müssen aufpassen und vorsichtig sein. Die Burschen schleichen bei Tag und Nacht um unsere Gewässer herum und fangen sich ganz geschickt mit kleinen, selbst gebauten Leinen und Haken oder sogar mit den bloßen Händen gute Fische weg, das Lumpenpack." Ich erwiderte ihm: „Ach lass sie doch, die Armen. Es tut uns doch nicht weh. Sie werden uns schon nicht die Seen leerfischen. Und sowieso, in ein paar Jahren sind alle wieder verschwunden und das Kloster wird uns den jetzigen Verlust schnell wieder wett machen durch den Ankauf größerer Mengen frischer Geschöpfe aus dem Wasser. Die Herren vom Holm werden uns nicht bestehlen, dazu sind sie einfach zu faul, hat Hedda mir einmal erzählt." Der Fischer Gerk vom Klostersee war dennoch misstrauisch. Aber Hedda war zu trauen. Das hatte sich sogar bis nach Eiderstede herumgesprochen. Allerdings hafteten die Worte von Gerk bei mir doch in gewisser Weise. Ich nahm mir vor, zukünftig wachsamer zu sein an meinem Fischwasser. Zu verschenken hatte ich natürlich auch nichts. Die Wilderei war strengstens von oberster Stelle auf allen Ebenen verboten worden und wurde hart bestraft. Wild und Fisch sowie auch wertvolle Pilze waren, wenn nicht anders geregelt, Herreneigentum. Hatte man jemanden erwischt oder auch nur unter Verdacht, so konnte man dieses dem Grafen melden, der dann bei der Bestrafung kaum Gnade walten ließ, wenn im Herbst Gericht gehalten wurde unter der großen Eiche am See von Eiderstede. Hier war der Ort, an dem Recht gesprochen wurde, und das schon seit ewigen Zeiten. Eine gute Sitte, so bezeichnete Hedda den Thing, wie er sich nannte. Das Gericht hatte sich in der letzten Zeit zunehmend zu einem Volksfest entwickelt. Waren wurden feilgeboten, Künstler boten Aufführungen dar. Ganz neu war eine Sitte, die kann aus meiner Sicht nicht lange gut gehen. Wer kein Geld hatte, der konnte sich etwas leihen. Ich konnte darin kein Geschäft erkennen. Zukunft wird dieses Geschäftsgebaren sicher nicht haben, mit einem lauten Knall wird da sehr bald eine Fischblase platzen. Ich muss diese merkwürdige Neuerung unbedingt einmal mit Hedda erörtern. Sie wird mir sicher erklären können, wo und wie der Sinn bei der Sache zu finden ist.

Über die komfortable Verbindung zwischen Muthenbroke und dem Holm freuten sich im Übrigen auch die Bauern und Handwerker in unserem Ort. Mit dem Neubau der geistlichen Stätte hatte ein enormer Aufschwung eingesetzt.

„Wahrscheinlich werden wir hier in Muthenbroke noch alle reich und reicher und werden, auch unser Geld noch verleihen müssen, weil wir zu viel davon haben", war der Kommentar von Matern zu diesem Thema.

Obwohl wir erst spät zu unserem Ausflug gestartet waren, waren wir uns einig, uns am Holme alle Zeit der Welt zu nehmen, selbst wenn wir erst in der Dunkelheit nach Muthenbroke zurückkehren sollten, denn die Tage waren kurz und die Nächte lang um diese Jahreszeit. Die Geschäfte sollten so schnell wie möglich erledigt werden. Viel Zeit wollten wir uns für die Besichtigung der Baustelle mit den Fertigkeiten der mannigfaltigen Gewerke vor Ort nehmen. Neue Bautechniken und neue Baumaterialien wollten wir kennenlernen, um diese unter Umständen im eigenen Bereich einsetzen zu können, ohne teuer zu bezahlende Handwerker mit der Arbeit beauftragen zu müssen. Ganz oben an auf dem Programm in Eiderstede stand für mich auch der Besuch in der Gastwirtschaft. Es war für mich noch wichtiger als ein Zusammentreffen mit dem Propst des Klosters.

Eine Einkehr am Nachmittag wollten wir beide uns gönnen. Unsere Frauen mussten ja davon nicht unbedingt erfahren. Frauen sind mitunter sehr empfindlich, wenn es um gewisse Freiräume bei ihren Herren geht. Bei Brigitta war dieses zwar nicht der Fall aber ich wollte keine Unstimmigkeiten provozieren. Ich war schließlich ein modern denkender und handelnder Mann. Ich wollte nur den jungen Ehemann nicht in Schwierigkeiten bringen.

Matern war genau meiner Meinung. Er wollte ebenfalls auf keinen Fall auf den Besuch der Wirtschaft verzichten.

„Wir sind doch keine Hasenfüße. Was scheren uns die Weiber", setzte er noch oben drauf.

Er versicherte mir, dass solche Häuser sehr wichtig seien. Man erfahre dort Dinge, über die anderswo kaum gesprochen würde. Man sei immer bestens informiert und anderen um Schritte voraus. Es gibt in Herbergen immer etwas zu erleben, ob bei Tag oder bei Nacht. Bei dieser Aussage rieb er sich die Hände so kräftig, dass es knirschte. Ich war gespannt, wer sich am helllichten Tag erlauben konnte, in einer Wirtschaft zu sitzen und dem Müßiggang zu frönen.

Das war unverständlich für mich. Diesen heutigen Tag ohne ein ausgiebiges Tagwerk zu verrichten war schon die krasse Ausnahme für mich. Pausen oder gar freie Tage konnte sich keiner leisten, schon gar nicht derjenige der Haus und Hof hatte und seine Tiere versorgen musste. Es sei denn, es war ein Herr, der sich Gesinde leisten konnte.

-

Es war so: Immer wenn der Wind nach Muthenbroke aus Richtung des Holmes wehte, welches er zum Glück nur selten tat, brachte er eisig kalte Luft mit sich, im Sommer wie auch im Winter. Von dem Nordwind getragen kamen dann, wenn man genau hinhörte auch ungewohnte Geräusche zu Hause an unsere Ohren und das, obwohl der Kirchenbau um eine Meile entfernt war. Hämmern, Sägen und Schlagen von morgens bis zum späten Abend, bis die hell tönende Glocke den Feierabend einläutete und zum gemeinsamen Gebet rief.

Wir näherten uns Schritt für Schritt der Baustelle. Aber seltsam - keinerlei Geräusch drang an unsere Ohren. Was war da am Holme los? Ruhte die Arbeit? Hielt der Propst oder ein Mönch eine Andacht? Es war schon mehr als ungewöhnlich für so eine große Baustelle - diese Stille. Irgend etwas schien dort nicht seinen gewohnten Gang zu gehen.

Matern sah auch diese Situation eher praktisch. „Die machen sicher eine Pause", meinte er. „Wie weit haben wir es denn noch? Sind wir nicht bald da? Dann werden wir schon sehen, was dort los ist".

„Ach Matern, dass weißt du doch genau so gut wie ich. Oft sind wir diesen Weg doch schon gemeinsam gegangen. Ein paar Schritte noch und wir sind an der großen Lichtung mit der Thingeiche in der Mitte. Von da kann man das neue Kloster dann schon sehen."

Wir hatten den Ort erreicht. In der Tat, etwas Besonderes

musste sich dort abgespielt haben. Alle Handwerker, Bauherren und auch einige Mönche - das konnten wir sofort erkennen - standen in einem großen Kreis dicht bei einander und keiner sprach auch nur ein Wort. Merkwürdig, ganz merkwürdig, diese Stille. Was hatte das zu bedeuten, worum ging es hier? Fast schon ein wenig unheimlich erschien einem diese Situation.

„Da ist etwas passiert oder alle versuchen sich im stillen Gebet - ein Stoßgebet gen Himmel vielleicht, damit der Bau billiger und schneller zu Ende gebracht werden kann. Lass uns nachsehen!", so waren Materns Worte.

Wir blieben nicht am Rand des Kreises der Neugierigen stehen, wir kämpften uns zur Mitte vor. Was war das? Ein Mann lag auf dem Rücken, Blut war ihm aus Nase und Ohren gelaufen. Er war tot, das konnten wir sofort erkennen. Was war vorgefallen? Was war passiert? Ein Geraune und Getuschel um uns herum. Gerade eben war ist es geschehen. Es war Knecht Winnfried vom Hof Schmalfeld aus Schönbek, ein guter fleißiger Mann, der hier zur Arbeit von seinem Herrn abgestellt wurde. Ein Spezialist für den Holzeinschlag und den Gerüstbau, ein Mann, der es verstand die langen Hölzer fest zusammenzubinden, damit die Arbeiter auch in der Höhe sicher arbeiten konnten. Nun hatte es ihn erwischt. So schnell kann es gehen - vom Leben zum Tod. War er unachtsam gewesen? War er auf den frisch geschlagenen feuchten Stämmen ausgerutscht? Wir werden es nicht mehr erfahren. Er war rückwärts aus der Höhe von etwa dreißig Ellen auf den harten steinigen Boden geschlagen. Nicht einen Ton hatte er von sich gegeben. Aber der dumpfe Aufschlag war von allen vernommen worden. Es war nicht der erste schwere Unfall hier auf der Baustelle, aber der erste tödliche. Vor kurzer Zeit erst hatte es einem Knecht das Augenlicht gekostet, als er beim Spalten der großen Steine einen Splitter direkt zwischen beide Augen bekommen hatte. Keiner weiß wo der Erblindete geblieben ist.

Und nun der Tote hier! Was soll mit ihm geschehen? Der Propst muss sofort kommen und eine Entscheidung treffen. Ein Baumeister, dass konnte man an seiner Kleidung erkennen, trat in die Mitte und stellte sich neben den Toten. Er blickte in die Runde. „Also Männer, so etwas kann vorkommen, so etwas kommt vor. Ich habe noch keine Großbaustelle ohne Verletzte und ohne Verluste erlebt. Lasst uns wieder an die Arbeit gehen. Wir haben keine Zeit zu verlieren. Ich werde mit dem Propst Kontakt aufnehmen und wir werden uns beraten. Los, los, arbeitet weiter! Außerdem brauche ich Ersatz. Die aus Schönbek haben eine neue Arbeitskraft zu stellen."

Wortlos zerstreute sich die Runde. Sehr langsamen Schrittes suchte jeder wieder seinen Arbeitsplatz auf. Es fing wieder zaghaft an zu hämmern und zu sägen. Alle Arbeiter waren traurig und niedergeschlagen, das war zu spüren.

Auch Matern und ich standen recht bedrückt da. Fast wären wir hier Zeugen eines schlimmen Unglücksfalls geworden. So ein junger Mann musste sein Leben lassen für den Bau eines Klosters. Das kann doch nicht im Sinne des Gottes sein, dessen Haus hier gebaut wird. Wofür mag dieser arme Knecht nur bestraft worden sein?

So hatte ich mir diesen Tag nicht vorgestellt.

Schade!

„Nun gut", sagte Matern und machte einen guten Vorschlag. „Wenn es schon so ist wie es ist und die Stimmung aller mehr als bedrückt ist, Sören, lass uns erst einmal ein wenig Abstand von dem Geschehen hier suchen und etwas ganz Anderes machen. Die Baustelle läuft uns ja nun nicht wirklich weg. Wir können später noch den Handwerkern bei ihrer Arbeit zusehen."

„Das ist eine gute Idee, Matern, lass uns erst einmal unsere

Fische ausliefern und an den Mann bringen."

Danach wurden wir uns sehr schnell einig, erst einmal einen kurzen Abstecher in die Wirtschaft zu unternehmen.

Und siehe da, Matern hatte doch tatsächlich Recht, Stimmengewirr schlug uns aus der Herberge entgegen als wir die merkwürdig niedrige Türe öffneten.

„Weißt du eigentlich, warum die Türen in solchen Häusern so sehr niedrig angelegt sind", fragte Matern. „Woher soll ich das wissen. Ich bin heute zum ersten Mal in solch einem oder in solch einer - ich weiß gar nicht recht wo ich hier bin. Erklären kann ich mir so einen Unsinn allerdings nicht. Reicht etwa das Geld nicht für ausreichend hohe Türen für die Gäste und Tore für die Zugpferde? Das Geschäft scheint sich doch nicht so recht zu lohnen."

„Sören, Sören, du Muthenbroker Dörfler, du gut denkender und handelnder Fischjäger. Alles auf dieser Welt hat seinen Grund, auch die niedrigen Türen zu den öffentlichen Häusern, in denen Speisen und vor allem Getränke angeboten und ausgegeben werden. Ob du es nun glaubst oder auch nicht, es ist schon hin und wieder vorgekommen, dass Gäste ihre eigene Finanzkraft mitunter beim Verzehr von Getränken unterschiedlichster Art, aber immer mit einem gewissen Anteil an Bier und Met, überschätzt haben. Ging es dann an das Begleichen der Schuld, fehlte es an den Mitteln. Mitunter sogar war gar kein Geld vorhanden. Hier galt es dann ein großes Verhandlungsgeschick mit dem Wirt an den Tag zu legen. Aber es gab auch andere Fälle. Durch den reichlichen Genuss der vertilgten Getränke mutig geworden, versuchten einige Zechpreller im Laufschritt die gastliche Stätte schleunigst zu verlassen ohne zu bezahlen, um der Gegend schnell zu entfliehen.

Diese Gauner hatten ihre merkwürdige Art, ihre Rechnung nicht zu begleichen, allerdings ohne den Einfallsreichtum der Wirte gemacht. Die Ausgangstüren waren sehr niedrig und das nicht ohne Grund. Die Zechpreller bestellten gern einen Becher mehr, und es sollte dann auch noch einer der besten Sorte sein. Es kam eh sowieso schon nicht mehr darauf an. Und nun nahm das Schicksal seinen Lauf. Ein letzter kräftiger Schluck, ein Sprung auf von der Bank und im heftig schwankenden Laufschritt, der in der Gangart an ein einjähriges Kind erinnerte, auf die Tür am Ausgang zu, um die Flucht vor der gefürchteten Rechnung anzutreten.

Bier, Met und süßer Wein ließen die Flüchtigen nicht mehr an die niedrige Tür denken. Was folgte, war ein dumpfer Schlag, der in der ganzen Gaststätte zu vernehmen war. Der Wirt machte sich sodann auf den Weg um den `Gast´ fest mit einer kräftigen Leine zu verschnüren. Danach wurde der Schuft neben der Türe gut für alle sichtbar, abgelegt. Ein mahnendes Exempel für alle die, die gleiches in Betracht zu ziehen gedachten!

Das schreckte ab. Am nächsten Tage konnte man sich mit dem Wirt über die Begleichung der Rechnung unterhalten und auch einigen. Kam keine Einigung zustande, hagelte es kräftige Stockhiebe.

Zwielichtige Gestalten und Fremde, die nicht so aussahen, als wenn sie über genügend Geld verfügten, mussten im Übrigen ihre Speisen und besonders ihre Getränke im Voraus bezahlen.‟

Von mir erfolgte sofort ein prüfender Griff an meinen Geldbeutel. An so etwas hatte ich nicht gedacht, was es doch so alles gibt auf dieser Welt. Unglaublich. Das wird doch wohl nicht noch schlimmer.

Es waren zwar nicht alle Tische besetzt aber an einigen saßen Gruppen beieinander und auf den Holzbohlentischen standen Becher und Kummen. Nicht zu glauben und das am helllichten Tage! Ich blickte in den Raum, von dem rechts und links zwei schwer einsehbare Nischen abgingen. Ich konnte erkennen, dass in einer der Abseiten der Propst saß. Vor sich hatte er einen großen Becher auf dem Tisch stehen. Er sah mich ebenfalls und winkte mir zu. Ich erkannte, wir sollten zu ihm kommen. Ich ging an seinen Tisch. Matern folgte mir.

„Na nu Sören, du hier in der Wirtschaft? Dich habe ich bisher noch nie hier gesehen. Wen hast du dabei?" „Das ist mein Bruder Matern. Er hat für den Frieden in unserem Land gekämpft und wird sich jetzt in Muthenbroke als Sattler und Schuhmacher fest niederlassen".

„Ah, ein Gefolgsmann im Kampf um den Frieden in der Welt, so wie wir Klosterbrüder ebenfalls für den Frieden kämpfen. Unsere Waffe ist aber nicht das Schwert, unsere Waffe ist das Wort Gottes.

Nehmt doch beide Platz an meinem Tisch hier. Jetzt fällt es mir auch wieder ein, Hedda sprach häufig auch über Matern.

Sören, Matern, wir drei, Hedda natürlich inbegriffen, werden in naher Zukunft eine wichtige Mission erfüllen müssen. Es ist gut, dass wir uns hier treffen. So können wir uns ein wenig näher kennenlernen. Darf ich euch zu einem frischen Bier einladen?"

„Was für eine Frage, selbstverständlich", antwortete Matern sofort. „Ich bin gespannt, wie das Bier hier schmeckt am Holme."

Ein Wink des Propstes genügte und ein junges Mädchen kam barfuß über die rauen Dielen herbeigelaufen und fragte höflich nach unseren Wünschen.

„Drei große Krüge mit kühlem frischen Bier geschwind, mein Kind", sagte der Propst.

„Ja so ist es, ich mache morgens, mittags und abends immer eine kleine Pause von der vielen Arbeit hier am Holm. Unser eigener Braukeller auf der Klosteranlage ist leider noch nicht in Betrieb, und so kann ich mich nur hier ein wenig erholen und erquicken an dem, was uns der Herr in seiner großen Güte zur Verfügung stellt".

Ich konnte einfach nicht an mir halten, ich musste es los werden. „Es hat einen schweren Unfall gegeben drüben auf der Baustelle. Ein Mann ist ums Leben gekommen. Er ist abgestürzt und war sofort tot. Er war Knecht und kam aus Schönbek. Der Baumeister weiß nicht weiter. Er braucht den Rat des Propstes".

„Oh je, ein Toter! Das ist, was jeder Zeit vorkommen kann auf einer so großen Baustelle. Es muss Gottes Wille gewesen sein, aus welchem Grunde auch immer. Ich werde mich kümmern. Ein Knecht sagst du, so ist er allein und hat weder Frau noch Kind. Es macht ja auch keinen Sinn, wenn die Unfreien sich eine Frau nehmen dürften. Sie schlafen beim Vieh im Stroh und verfügen weder über Geld noch Hab und Gut. Sie sollen ihren Dienst leisten und sich mit den Mägden vergnügen, damit der gnädigen Herrschaft Schäfchenherde wächst. Ich werde einen würdigen Ruheplatz für den Armen auf der Baustelle finden. Das erspart uns auch den Transport nach Schönbek und führt nicht zu unnötiger Unruhe.

Aber lasst uns nichts überstürzen und erst einmal in Ruhe unser köstliches Bier trinken. Nach dieser Stärkung möchte ich euch beide über die Baustelle führen und zeigen, wie weit wir schon sind und was wir noch vor haben in den nächsten Jahren".

Es war gemütlich in der Gaststätte, so richtig kommodig. Die Sitzkissen auf den Bänken waren mit Federn gestopft. Das konnte man spüren. Man saß weich und warm. Wahrlich, alles lud zum Verweilen ein.

So schien es auch dem Propst zu gehen. Er musste noch zwei weitere Male nach dem blonden Mädchen winken, um die Becher erneut füllen zu lassen.

„Wir müssen uns auf den Weg machen, die Pflicht ruft.

Ich muss nach dem Rechten auf der Baustelle sehen".

In dem Moment, als wir uns erheben wollen, trat eine alte Frau, in schwarz gekleidet an unseren Tisch. Sie legte bleiche Knochen auf die Platte. Ich musste spontan an Hedda denken. Die Alte versprach, für wenig Geld, in die Zukunft blicken zu können. Sollte ich, überlegte ich. Eine gute Gelegenheit. Wann werden einem für so wenig Geld so wichtige Informationen angeboten.

Der Propst winkte ab: „Gute Frau, wir sind Gottesleute. Wir kennen unsere Zukunft und brauchen uns nicht zu fürchten. Wir wissen, dass das Heil uns bevorsteht. Das Leiden hier auf Erden wird für uns alle ein Ende haben. Wir werden in Glanz und Gloria wieder auferstehen von den Toten. Unser Lohn für Arbeit und Pein steht uns noch bevor, alte Knochenleserin. Lasse dich taufen im Namen Gottes, und auch dir wird vergeben werden".

Matern konnte es sich scheinbar nicht verkneifen, auch der Alten zu antworten. „Wir sind aus Muthenbroke. Wenn es uns um die Zukunft zu wissen gelüstet, so fragen wir Hedda um Rat."

Die alte bleiche Knochenlegerin zuckte erschrocken heftig zusammen. „Ihr kennt die Meisterin".

Mehr sagte sie nicht.

Still sammelte sie ihre bleichen Gebeine ein und murmelte: „Schlechte Geschäfte, schlechte Geschäfte. Das Kloster mit Gott und Mönchen wird mich noch an den Bettelstab bringen. Sie sind mit Lug und Trug besser aufgestellt als wir alten Deuterinnen. Es ist eine schlechte Zeit, nicht mehr auf die Alten zu hören". Mit weiterem leisem Gemurmel entfernte sie sich schnell von unserem Tisch.

„Da gibt es noch so manchen Kampf zu fechten", sprach der Propst.

„Aber nun, in Gottes Namen, lasst uns gehen!"

Während des kurzen Weges begann der Kirchenmann mit

seinen Ausführungen.

„Schlimm ist es, dass das Geld knapp ist. Ich verfüge nicht über unbegrenzte Mittel und muss immer öfter betteln gehen beim Bischof. Die Baumeister, die Handwerker und die Zulieferer werden immer begieriger hohe Preise zu fordern, anstatt auf den Gotteslohn zu warten. Und auch das noch, ich kann es beobachten, dass die Knechte und Arbeiter faul sind und nur langsam arbeiten. Ich weiß nicht, wie und wann unsere Gottesstätte baulich zu einem Ende kommen wird. Der Bischof rät, mehr Geld und mehr Arbeitskräfte aus der Region abzufordern. Möglichkeiten gäbe es doch noch reichlich, an Geld zu kommen. Auch am Holme sollte die Kirche neue Wege gehen und mit neuen Angeboten locken. Das sei anderer Ortes bereits Gang und Gäbe. Für bares Geld kann man dort schriftlich und mit Unterschrift sowie Siegel der Kirche den Ablass aller Schuld erwerben, und das im Namen Gottes. Eine gute Idee unserer Kirche, aber so weit sind wir hier leider noch nicht am Holme".

Matern sinnierte laut: „Das könnte etwas werden, sich das ewige Leben mit Geld zu erkaufen. Der neue Gott ist besser aufgestellt als ich dachte. Genial! Ich bin gespannt was Hedda dazu sagen wird."

„Ihr glaubt nicht, was es hier alles zu tun gibt. Alleine die Planungen, die sich ständig ändernden Planungen. Entscheidungen müssen getroffen werden. Was ist wichtig, was muss zuerst gebaut werden? Was hat noch etwas Zeit. Beratungen mit den Baumeistern und den Mönchen. Was brauchen wir am nötigsten und so schnell wie möglich? Einen Raum des Gebetes natürlich und einen um einiges größeren Raum, den Grundstock für die neue Kirche, für die Gottesdienste mit all den Christen hier aus der Gegend. Das Volk wartet spürbar auf die Predigten durch mich und die Brüder. Bei all diesen wichtigen anstehenden Dingen haben wir uns von der Reihenfolge her einhellig für - wie sollte es auch anders sein - das Allerwichtigste entschieden und sind somit mit dem Braukeller angefangen. Die Wichtigkeit liegt auf der Hand, damit wir Klosterbrüder uns stärken können nach der schweren Last von Gebet und Andacht. Allerdings natürlich laufen parallel weitere Baumaßnahmen. Ihr werdet es sehen.

Auch nicht unwichtig ist, dass zur Zeit ein Tunnel, ein Fluchttunnel sozusagen, wie in großen Klosteranlagen Brauch, gebaut wird. Das Kloster hier wird ein wichtiges und großes Kloster werden. Neben uns Augustinern werden sich hohe Persönlichkeiten der Kirche aus Nord und Süd hier hin und wieder aufhalten. Auch Fürsten und Grafen werden den Aufenthalt in unserer Anlage suchen, um Kraft für ihr Seelenheil zu tanken und wichtige Gespräche zu führen und Entscheidungen vorzubereiten. Die Kirche wird selbstverständlich mit ihrem Rat den Mächtigen auf Erden zur Seite stehen.

Alle Klosterbrüder sind betuchte Leute und ihre Gäste nicht minder. Es kann Situationen geben, an denen sich große Teile der Oberschicht hier bei uns aufhalten werden. Das Kloster hat für die Sicherheit seiner Gäste zu sorgen. So ist es üblich überall. Keiner von uns weiß, was uns die Zukunft bringen kann. Klöster können auch als Fluchtstätten für gewisse Leute dienen, die bei bedrohlichen Anfeindungen oder gar Tumulten die schützenden Mauern schnell und geheim aufsuchen und unter Umständen auch verlassen können - eine wichtige und ernste Angelegenheit.

Die Handwerker und Bauhelfer, diese rüden Gesellen, hingegen, foppen uns gelegentlich ob dieser Baumaßnahme und der angeordneten Geheimhaltung über den Verlauf des Tunnels. Böse Zungen unter ihnen behaupten, der Tunnel verliefe, wenn er fertig sei, in einem langen Weg in Richtung Preetz, direkt in die Klosteranlage dort. So könnten meine Brüder vom Holm ungesehen den Nonnen dort Besuche abstatten und gemeinsam beten. Einfach lächerlich, fast schon bösartig solche Anspielungen! Zumal es gar nicht möglich ist, solch ein Bauvorhaben.

Wichtig ist auch der baldige Ersatz unseres jetzigen hölzernen Glockenturmes durch einen hohen aus Stein gemauerten Turm mit einer großen neuen Glocke.

Aber das sind vorerst einmal noch unsere Wünsche für die Zukunft.

Was aber schon jetzt bedacht und eingeplant werden muss, ist der Grundriss der Kirche mit ihrem gewaltigen Fundament aus großen Felssteinen und der Standort des Altares.

Im Boden vor dem Altar sollen künftig Grabstätten für hohe Persönlichkeiten des Lebens und Würdenträger der Kirche entstehen, eine Stätte der Ruhe bis zum jüngsten Gericht. Auch die Äbte dieses Klosters werden in der Kirche ihre letzte Ruhestätte finden. Eine große Freude für mich wäre, neben einem Fürsten gebettet zu werden, als erster Propst, oder sogar als Propst dieses Klosters.

Ich komme jetzt zu einer besonderen Grablegung, zu der allerheiligsten Grablegung. Das Grab wird unter dem Altar sein, der heiligsten Stätte der Kirche. Hier soll sie ihre letzte würdige Ruhestätte finden, unsere heilige Reliquie, hier bei uns, wo sie hingehört und nicht fern ab am großen See bei Bosau.

Unser Apostel soll hier bei uns in der Kirche auf seine Auferstehung warten, sicher und behütet durch den Altar unserer Kirche, vor allen heidnischen Grabräubern.

Die Umbettung und die Niederlegung der Gebeine wird der größte Moment in meinem Leben sein. Leider kann aus bestimmten Gründen keiner außer uns an dieser großen Tat teilhaben. Ich mag gar nicht daran denken. Schon sehr bald wird dieser große Moment kommen. Noch in diesem Jahr wird das Glück über mich kommen. Später einmal werde ich auch in der Nähe des Heiligen Mannes in meiner Gruft liegen dürfen".

„Und mir ist es völlig Wurst wo ich einmal liegen werde, wenn ich meinen Arsch zugekniffen habe", entfuhr es Matern.

Ich zuckte abrupt zusammen über diese Aussage. Was war in ihn gefahren? Musste diese Äußerung so und vor allem jetzt von ihm herausposaunt werden? Ich sah ihn erschrocken an. Er hingegen wirkte locker und entspannt. Wie konnte ich diese heikle Situation retten? Sollte ich mich für meinen Bruder entschuldigen? Ich sah den Propst an. Der schüttelte nur seinen Kopf - und ich nickte dazu.

Der Propst holte zischend tief Luft durch seine Nase und fuhr fort: „Alle werden in der Zukunft von dem neuen Kloster profitieren, Mönche und auch die Bevölkerung aus allen Schichten des Lebens. Schon jetzt kann man es erkennen. Es fließt Geld und es werden Güter bewegt. Das ist wichtig für die Wirtschaft und das ist gut so. Aber auch vom geistigen und geistlichen werden neue, ganz neue, Wege und Möglichkeiten hier geboten werden. Ihr werdet noch staunen.

Die Kirche ist allem offen. Sie verschließt sich weder dem Geld noch dem Gut. Sie will nicht der Außenseiter in dieser Zeit sein. Sie möchte allen zeigen, wie nahe sie allen Menschen ist. Sie nimmt zwar aber sie gibt auch denen, die es nötig haben. Immer voran steht natürlich der geistliche Beistand.

Wenn erst endlich einige wichtigen Bauabschnitte fertig gestellt sind - bald, wird es die ersten ersehnten Angebote geben. Die Kirche wird zum Mittelpunkt des Lebens werden. Hoffentlich werden wir in der ersten Phase nicht gar überrannt von den Gläubigen.

Ich sehe bei euren neugierigen Blicken, dass ihr staunt.

Aber glaubt mir, solche Leistungen sind bisher keinem Glaubenden angeboten worden".

Ich wurde leicht unruhig. Was für ein Angebot? Was für eine Leistung? Gespannt erwartete ich die nächsten Worte und Sätze des Propstes und war heilfroh, dass auch Matern ruhig den spannenden Ausführungen des Klostervorstehers folgte. Hoffentlich bleibt es auch so.

„Die Menschen werden uns zufliegen. Endlich etwas Greifbares. Kein anderer Glaube konnte diese Versprechen geben mit einer Gültigkeit für arm und reich, für jung und alt. Jeder ist uns willkommen."

Diesmal konnte ich mich nicht zurückhalten. „Was ist das für eine neue Sache? was ist das für ein Angebot?", sprudelte es aus mir heraus.

„Sieh an Sören, du bist schon neugierig geworden. Das freut mich. Ich kann es verstehen, und so wird es allen anderen auch ergehen. Dein Interesse erfreut mich wirklich".

Matern räusperte sich kurz. Ich wollte ihn bitten, doch erst einmal zuzuhören. Zu spät! Laut und deutlich vernahm ich seine Worte. „Nun aber mal raus mit der Katze aus dem Sack. Auch ich bin gespannt, gespannt wie die singende Schne eines Kampfbogens. Ich mag es gern klipp und klar und vor allem wahr."

Er verschränkte beide Arme vor seinem Oberkörper und sah den Propst fragend, fast trotzig, an.

„Was für eine Freude für mich. Ich sehe, dass die Wissbegierde groß ist. Ihr habt Recht, es ist ungehörig, euch so sehr auf die Folter zu spannen. Es geht um das Glück und die Glückseligkeit bringende Arbeit der Kirche, die in aller Stille und Abgeschirmtheit vollzogen werden wird. Es ist eine Revolution in Sachen Vergebung. Bevor ihr erneut nachfragt, erkläre ich es euch kurz mit wenigen Worten. Worum geht es bei der Beichte? In einem Raum ist der

Beichtende allein mit seinem Priester. Kein anderer hört das leise gesprochene Wort. Ein Vorhang trennt beide. Nur die Stimmen dringen durch den schweren Stoff hin und her. Sinn und Zweck ist es, Sünden, Verfehlungen, Schandtaten, Betrug, Lug und sogar Totschlag und Mord dem Gottesmann zu gestehen und über seine Taten genau zu berichten. Ach wenn doch bloß die Anlage hier schon fertig wäre und wir endlich mit der Abnahme der Beichte beginnen könnten!", stöhnte es regelrecht aus dem Propst heraus. „Der Andrang wird groß sein. Wir werden mehrere Beichträume einrichten müssen. Ich werde zusätzliches Personal brauchen".

„Wozu das", platzte es aus Matern heraus. „Keiner berichtet gern über seine Schandtaten und Fehler, schon gar nicht einem Fremden gegenüber. Daraus wird nichts, Da irrt die Kirche. Ich habe euch erwischt".

„Da hast du nur zum Teil Recht, Matern. Bitte glaube mir, alle werden kommen - Fürsten, Bauern, Handwerker - aber auch Knechte und Mägde, mit denen sich allerdings keiner so sehr die Zeit nehmen kann. Aber alle Beichtenden sollen die Zeit haben über ihre Makel zu berichten. Der Beichtvater wird geduldig zuhören. Und nun kommt das Wunder, das Wunderbare, Gott hört mit zu und der Beichtvater wird in seinem Namen die Vergebung der Schuld aussprechen. Der Heilige Vater im Himmel wird seinen Schäfchen vergeben und verzeihen. Der Beichtende erhält sein Seelenheil zurück Aber es wird auch Auflagen und Strafen geben, die aber für jeden leistbar sind. Es kann eine Buße sein oder auch ein geringer Geldbetrag für seine Kirche.

Ich selbst, obwohl Propst dieses Klosters, werde mir die harte Arbeit auferlegen, Beichten abzunehmen, standesgemäß natürlich nur als Dienst an der Oberschicht. Auch ich scheue somit die Verpflichtung gegenüber unseren

Gläubigen nicht. Die Freude bei allen wird groß sein. Das Christentum ist nicht mehr aufzuhalten. Es werden die Sünden schon zu Lebzeiten vergeben. Die gesamte Menschheit sollte sich freuen und unserem Glauben beitreten.

Was sagt ihr nun Sören, Matern"?

„Gar nichts", erwiderte Matern.

Das erstaunte mich nun aber wahrhaftig. Ich hatte da schon mit einer ganz anderen, sogar heftigen Reaktion gerechnet, bis hin zum Ausraster. Gut so, dachte ich bei mir. Er scheint langsam vernünftiger und ruhiger zu werden, mein Herr Bruder.

„Vorerst zumindest gar nichts. Über das eben Gehörte muss ich erst einmal nachdenken, gehörig nachdenken, und dann werde ich antworten".

„Seit wann denkt er nach bevor er spricht", dachte ich bei mir.

Aber egal, da wird noch etwas Gehöriges kommen, so hatte ich es im Gefühl. Ich wurde sogar etwas unruhig. Es sollte doch ein schöner Tag werden heute. Hoffentlich zerlegt Matern nicht alles und verdirbt vor allem nicht das gute Verhältnis zum Propst. Helfen konnte ich ihm nicht. Mir selbst fehlten momentan die Worte. Mir war auch etwas schwindelig. So viel Neues an dem heutigen Tag hatte ich nicht erwartet. Was mag da gar noch alles kommen und was soll daraus werden? Eine Einschätzung der Lage war für mich im Moment überhaupt nicht möglich.

Es arbeitete ängstlich in mir. Die Kirche will zukünftig alles aber auch alles wissen, um dann ihr Kapital daraus zu schlagen - den Verdacht hatte ich spontan. Ein Handel. Die Offenbarung - die Vergebung - der Preis. Ein Geschäft, was bekomme ich für meine Geständnisse? - die Vergebung. Eine Ungerechtbehandlung, so kam es mir vor. Lohnte die Einhaltung von Recht und Rechtsprechung noch, wenn alles Böse auf dieser Welt im Sinne der Kirche Vergebung findet. Gehen wir schlimmen Zeiten entgegen mit dem neuen Glauben oder besseren? Ich hätte gern Beweise dafür - etwas Greifbares. Der Propst hat einmal gesagt, die sehen wir Klosterbrüder und wir Gläubigen täglich. Ihr Zweifler und Haderer müsst euch nur trauen und ihr werdet sie erkennen.

Ich muss eingestehen, dass ich über mein persönliches Seelenheil bisher genau so wenig nachgedacht habe wie an den Verbleib meines Leibes nach meinem Tode. Es wird mir gehen wie allen vor mir. Hedda wird meinen Tod feststellen und ich werde im Kreise der Dorfgemeinschaft der Lohe zugeführt werden, so wie es sich gehört. Über das Danach habe ich mir bis jetzt noch gar keine Gedanken gemacht. Eine Auferstehung preist uns der Propst, Hedda redet eher von einer ewigen Tafel mit Speis und Trank im Überfluss, an der sie auch sitzen wird, wenn es an der Zeit ist.

Wenn es an der Zeit ist, wenn es an der Zeit ist. Immer wieder diese irre Aussage.

An dem reich gedeckten Tisch mit Hedda würde ich natürlich gern sitzen. Aber mit Vater und Mutter, mit meiner Brigitta und unseren Kindern ein ewiges Leben nach der Auferstehung zu führen und weiter mit dem Boot meine Netze durch das Wasser ziehen zu dürfen, wäre mir noch lieber. Schwierig, schwierig! Bisher gab es keine Angebote, keine Wahl und jetzt das Heil in der Verkündung. Ich hatte mich bisher noch nicht taufen lassen Sollte ich es sicherheitshalber über mich ergehen lassen? Es tat ja nicht weh und man bekam ein neues blütenweißes Hemd aus feinstem Leinen, Hedda musste ja nichts von dieser Prozedur mitbekommen. Aber sie erfährt sowieso alles - vielleicht sollte ich diese Gedanken vorerst mit ihr erörtern oder zuerst mit Matern. Oh Mann, oh Mann, was für ein anstrengender Tag! Wären wir doch bloß besser in unserem Muthenbroke geblieben!

Eine alte knorrige Eiche hätte nicht fester stehen können als Matern. Wie angewurzelt blieb er stehen. Oh je, jetzt kommt es. Ich ahnte Schlimmes, zumal er auch noch hörbar tief Luft einholte. Er legte lauthals los: „Endlich einmal etwas richtig Praktisches", entfuhr es ihm. Die Idee ist ja so gut wie unschlagbar. Wer will das so Angebotene noch übertreffen in den nächsten Jahrhunderten? Was für ein Schachzug der Kirche! Ich darf gar nicht näher darüber nachsinnen. Hier tun sich wahrhaftig alle nur denkbaren Möglichkeiten auf. Es macht Sinn, vor allem bei der Werbung um neue Mitglieder für die immer größer werdende Glaubensgemeinschaft, und es macht noch mehr Sinn und ist noch wichtiger für die Einnahmen, die künftig nur so sprudeln werden - so sehe ich es jetzt. Herr Propst, ich bin kurz davor, mich vor ihnen zu verneigen."

Ich zuckte zusammen und dachte, hoffentlich verliert er nicht die Bodenhaftung und hebt noch ab.

„Ich als Teilnehmer vieler Schlachten habe so manche gewiefte oder zum Teil auch hinterlistige Strategie der Kriegsführung miterleben können aber eine so skrupellose Vorgehensweise nach dem Motto, gib mir etwas Handfestes Greifbares und ich biete dir das Unfassbare, ist mir bisher nicht untergekommen. Mein alter Oberrittmeister hätte dazu nur gesagt, Donnerwetter, heiliger Strohsack, fabelhaft".

„Na, na, na, mein lieber Freund", allein die vertraute Anrede ließ mich doppelt aufhorchen. „Aber es geht doch hier um das Heil der Menschheit, um das ewige Leben. Bei aller Kritik, die du soeben vorgetragen hast, habe ich dennoch klar erkennen können, dass du den Sinn dieser christlichen Institution erkannt und auch begriffen hast. Ich gehe sogar noch einen Schritt weiter, Matern. Du hast das Zeug zu einem Mönch. Gern würde ich dich aufnehmen in unseren Orden. Du wärest mit deiner klaren und nüchternen Denkweise ein guter Mann für die Verwaltung des Klosters hier, meine rechte Hand sozusagen. Denke bitte einmal darüber nach! Mönch bei uns zu sein bedeutet ja nicht, sich den übrigen weltlichen Dingen zu verschließen. Die Entgeltung für deine Dienste würde sehr großzügig sein und du bräuchtest keinen stinkenden Pferden und Füßen deine Dienste erweisen. Und das mit dem heiligen Glauben bekommen wir beide auch noch geregelt Du darfst das ganze christliche Gefüge nicht so kleinlich betrachten. Das wäre das, was du noch lernen müsstest. Denke bitte über mein Angebot gründlich und in Ruhe nach".

Es war so weit! Ich begann, gar nichts mehr zu begreifen. Ich fühlte mich merkwürdig schwindelig. Kirche, Kloster und christlicher Glaube. Gab es kein Zurück mehr. Konnte das so sein? Aber brauchen wir so etwas mit solchen Veränderungen hier in Muthenbroke überhaupt? So viel Neues, so viel Unbekanntes! Wozu? Uns geht es doch nicht schlecht. Einigen geht es sogar gut und wenigen darüber hinaus mehr als sehr gut.

Ein kleiner Moment des Unwohlseins zog prickelnd schaudernd über meinen Rücken. Was mag da noch alles auf uns zukommen? Und nun auch das noch, Matern ein Herr vom Holme. Das waren Aussichten! Unsere Familie würde damit fast in den Stand des Adels erhoben werden. Am liebsten würde ich jetzt sofort auf der Stelle nach Muthenbroke zurück laufen und Brigitta mit all diesen Neuigkeiten überschütten. Was würde Hedda dazu sagen? Matern ein Mann der Kirche!

Ein Tag wie in einem Traum!

Ich war froh, dass wir die Baustelle erreicht hatten. Der gewohnte Lärm ging wieder von den Gewerken aus. Das

Leben ging also weiter. Wie auch sonst? Endlich wieder etwas Greifbares, etwas Praktisches, etwas, was man sehen und anfassen konnte.

Der Propst führte über die Baustelle. Der Stolz über seinen Komplex war ihm anzumerken. Mehrfach wies er darauf hin, dass hier nicht nur neue Gebäude entständen, sondern dass hier mit modernen Baumethoden und modernen Baustoffen eine Anlage entstehe, die noch den Wechsel in das nächste Jahrtausend miterleben wird. „Klöster und Kirchen werden Bestand haben bis in alle Ewigkeit. Wir sind hier am Holm auf dem richtigen Weg."

Verschieden Bauwerke in recht unterschiedlichen Bauzuständen wuchsen aus dem Boden der Insel. Stapelweise waren überall Baumaterialien aufgeschichtet, unter anderem auch rote, hart gebrannte Ziegel, hier auf der Baustelle auch Backstein genannt. Alle hatten das gleiche Format. Die künstlichen Steine wurden unter unendlich großer Mühe mit Fuhrwerken von mitunter sogar vier Pferden gezogenen Wagen aus dem Raum Tasdorf herbeigeschafft, eine Plackerei für Mensch und Tier.

„Ja, modern und haltbar soll unsere Kirche werden. Die roten Ziegel werden in der Sonne leuchten und von weit her zu erkennen sein. Keiner wird uns lange suchen müssen.

Und schau einmal, Matern, direkt gegenüber der Kirche neben der Unterkunft der Mönche, das würde dein Bereich sein, die Finanz- und Personalverwaltung, der wichtige weltliche Teil einer jeden Klosteranlage. Dein zukünftiges Reich, wenn du möchtest.

Nun lasst uns aber zum heiligsten Ort der zukünftigen Anlage gehen!"

„Zum Braukeller", warf Matern ein, „wenn ich vorhin gut zugehört habe".

„Recht so, Matern, aber ich sprach dabei vom wichtigsten

und nicht vom heiligsten Ort des Klosters, obwohl genau wie du einige Mönche diese beiden Örtlichkeiten auch hin und wieder verwechseln. Du scheinst dich bereits schon gut der Gesellschaft anzupassen".

Wir stiegen über große behauene Steine, die den zukünftigen Grundriss der Kirche gut erkennen ließen. Ein mächtiges Bauwerk entstand hier, wohl an die zehn Schritte breit und mehr als doppelt so lang. Der Propst führte uns zum östlichen Ende des Fundamentes. Hier war eine große Grube ausgehoben und mit fein bearbeiteten grauen Steinen ausgekleidet worden. Die Grube erinnerte an eine große Grabstätte.

„Hier wird er demnächst unser Altar stehen und davor das große Taufbecken, aus Stein geschliffen. Und genau darunter, an dem sichersten Ort einer Kirche, wird unsere heilige Reliquie ihren Platz finden, die Gebeine des Apostels, dem Gründer des Klosters in Wippenthorp und Gründer vieler Kirchen hier bei uns im Lande. Hier in unserer Kirche wird er auf den jüngsten Tag mit der Wiedergeburt aller Gläubigen warten. Unverrückbar und sicher wird der Heilige Mann unter uns sein. Die Grablegung hier in unserem Kloster wird von mir vollzogen werden und wird der geistliche Höhepunkt in meinem Leben sein. Ich freue mich auf diesen Moment. Mit dem ungeheuren, sagenhaften Wissen von Hedda und eurer Hilfe werde ich diese wunderbare Handlung noch in diesem Jahr vollbringen. Ich bin voller Erregung, wenn ich nur daran denke. Die Nachwelt wird stolz auf uns sein. Man wird noch in Jahrhunderten von unseren Taten berichten und uns Lieder singen. Ihr merkt, ich gerate ins Schwärmen. Aber auch ein Propst ist in gewisser Weise auch nur ein Mensch mit Stärken und auch kleinen Schwächen".

Ein Handwerksmeister hatte uns erblickt. Er stürzte auf uns zu. „Ein Unfall, ein Unfall. Wir haben hier einen Toten. Ein Arbeiter ist von einem Gerüst gestürzt. Er war auf den Schlag tot. Was sollen wir tun, Herr Propst?"

„Ich habe es schon vernommen mein Sohn. Ein sehr bedauerlicher Unglücksfall im Dienste unseres Herrn. Keiner von uns ist unfehlbar. Erweist ihm die letzte Ehre und begrabt ihn neben den Grundmauern außerhalb der Kirche. Ich selbst werde morgen in der Früh ein Gebet für ihn sprechen. Habt ihr schon Ersatz?" Der Meister verbeugte sich tief, antwortete aber nicht.

„So ihr Beiden, der Tag neigt sich so langsam, es dämmert bereits. Die Besichtigung des Braukellers werden wir leider auf einen späteren Tag verschieben. Vielleicht können wir den Termin dann sogar schon mit einer ersten Verkostung unseres Klosterbieres verbinden. Ich lade euch auf einen Bissen und einen wärmenden Trunk in das Gasthaus, um den Tag ausklingen zu lassen".

Ich führte an, dass der Weg nach Muthenbroke noch weit sei und wir ihn gern noch im dämmernden Restlicht des Tages hinter uns bringen möchten und wollte mich gerade für den überaus informativen Tag auf der Anlage bedanken da fuhr mir Matern dazwischen.

„So ein Blödsinn! Hast du etwa vergessen, dass wir beide die Pfade und Wege durch den Wald seit ewigen Zeiten kennen? Hast du vergessen, wie oft wir in jungen Jahren selbst in stockfinsterer Nacht den See von Eiderstede umrundet und die Reusen von Fischer Groth ausgeplündert haben."

Ich zuckte zusammen. Selbstverständlich konnte ich mich daran erinnern, als wenn es erst gestern gewesen wäre. Aber es waren seit dem mehr als nur einige Jahre vergangen. Außerdem war für mich das Thema Grothe abgehakt und erledigt. Peinlich! Mit Genugtuung konnte ich mit einem Blick zur Seite zumindest erahnen, dass der Propst im Moment nicht zugehört hatte aber sicher war ich mir da nicht.

„Sören, sei kein Hasenfuß. Selbstverständlich nehmen wir die Einladung an, Herr Propst. Oder soll ich schon sagen `Bruder´ Propst?"

Ich wollte noch den Einwand anführen, dass unsere Frauen sicher mit dem Abendessen auf uns warteten, verwarf diesen Gedanken jedoch zeitgleich, nachdem mir die brüderliche Anrede des Propstes durch meinen Bruder an mein Ohr gedrungen war. Das war die eine Seite. Auf der anderen Seite war es eh schon alles egal. Ich war schließlich derjenige gewesen, der etwas erleben wollte. Also los - auf ein Neues!

Der Gastraum der Wirtschaft hatte sich verändert. Zwar stand die große, schlanke Wirtin noch immer alles beobachtend hinter dem Schanktresen, aber die jugendliche Kellnerin vom Vormittage hatte Verstärkung bekommen. Es flitzten drei barfüßige Mädel mit Krügen und Schüsseln über den Dielenboden. Das war aber noch nicht alles. So gut wie alle Sitzplätze waren besetzt. Das Stimmengewirr erinnerte an das emsige Summen der Bienen im Hochsommer bei Bienenvater Gerhardt in Muthenbroke. Es war heller im Raum geworden. Auf allen Tischen standen Kerzen und an den verputzten Wänden prasselten Kienspane und verbreiteten ihr zuckendes Licht. Rauch und sonstige Gerüche wurden durch ein kleines rundes Loch im Dach abgeführt. Es war wohlig warm im Raum. Ich bereute unseren oder besser ausgedrückt Materns Entschluss nicht. Er hatte gut daran getan, die Einladung anzunehmen. Muthenbroke lief uns nicht davon und unsere Frauen ebenfalls nicht.

Der Tisch in der Nische, an dem wir vor wenigen Stunden noch gesessen hatten, war unbesetzt. Kurz nachdem wir Platz genommen hatten, eilte die uns schon bekannte Magd herbei und stellte uns Teller mit heißem fetten

Fleisch und Krüge mit dampfender Flüssigkeit auf den Tisch. Dazu kam ein Korb, gefüllt mit frischem wohl duftendem Brot. Wie auf ein Kommando zückten wir unsere Messer. Ich sah, dass der Griff an der Klinge des Messers, das der Propst benutzte aus glänzendem Gold gearbeitet war.

„Vor dem ersten Bissen lasst uns von der Spezialität des Hauses kosten. Wir danken Gott für dieses wohltuende Getränk, auf ein gutes Gelingen".

Der Propst erhob seinen Becher und grüßte uns damit. Ich versuchte, auf gleiche Weise zu antworten und nahm ein kleines Schlückchen von der Spezialität. Lecker, keine Frage! Matern hingegen hatte beim Ansetzen des Bechers wohl nicht bedacht, dass es sich bei der Spezialität um ein Heißgetränk handelte. Nach einem kräftigen Schluck von ihm, erfolgte erst einmal gar nichts.

Aber dann! Ein schriller schreiender Ausbruch, den man sich so vorstellen muss, als wenn man einem Wolf bei lebendigem Leibe das Fell von den Knochen reißen würde. Alle Köpfe im Gastraum flogen herum. Man konnte es spüren. Alle erwartete etwas. Und es kam auch. Matern erhob sich von seiner Bank. Er nahm eine stramme Haltung an. Alle Augen waren auf ihn gerichtet. Er hatte Tränen in den Augen.

„Ein Hoch auf die Spezialität des Hauses", so kam es zittrig heiser und kaum im ganzen Raum zu vernehmen über seine zittrigen roten Lippen. Er setzte sich wieder, machte aber keine Anstalten etwas zu essen oder gar ein weiteres Schlückchen zu nehmen.

Der Propst schien erfreut über dieses besondere Lob, wie die übrigen Gäste auch. Lauter Beifall kam auf im Saale.

Die Wirtin kam lächelnd an unseren Tisch.

„Es freut mich ungemein, dass dir unser warmes Met so gut mundet. Man muss allerdings vorsichtig damit umgehen, und das in vielerlei Hinsicht. Hatte meine Bedienung das nicht erwähnt? Aber weiter zum Wohle, mein Lieber!" Der Propst fiselte umständlich ein großes, weißes seiden schimmerndes Tuch mit einem groß aufgestickten roten Kreuz aus einer Tasche unter seinem schwarzen Umhang hervor und steckte es sich mit einem Zipfel in seinen weißen Kragen.

„Na dann woll`n wir mal", grunzte er und machte sich über das Gekochte her. Bis auf das Abdecken unseres Gewandes taten wir es ihm gleich - Matern eher etwas zögerlich - immer ein kleines Häppchen, immer ein kleines Schlückchen. Richtig vornehm sah das aus. Fühlte er sich gar schon als Chorherr. Aber im Laufe des Abends änderte es sich, Matern benahm sich wieder wie immer.

Der Propst gab Zeichen, sich das Wasser abschlagen zu gehen. Auch hierfür war das Wirtshaus praktisch aufgestellt. Man brauchte das anheimelnde Ambiente nicht zu verlassen und draußen etwa gegen den Wind pinkeln. An der Außenwand direkt gegenüber des Schanktisches war eine hölzerne Rinne montiert, die Körperflüssigkeit aufnahm und nach außen ableitete. Eine gute Idee, keiner musste in die Kälte hinaus. Die Wirtin wusste, was die Gäste wünschten. Außerdem hatte sie so alle immer fest im Blick.

Auf diesen Moment schien Matern gewartet zu haben. „So Sören, nun lassen wir es uns erst so richtig gut gehen. Ich bestelle uns jetzt etwas zu trinken aber nicht einen so kümmerliche Becher wie eben der Propst".

Im Einwand zu diesem Ansinnen kam ich nicht weiter als: „Ja aber .. eh". Er hob beide Arme und klatschte dazu in die Hände. Das blonde Mädel erschien im Laufschritt. „Schöne Maid, jetzt bestelle ich erst einmal. Einen großen Krug mit heißem Met und zum Nachspülen für jeden einen ebenfalls großen Becher euren besten Bieres. Ich kann zahlen. Höre wie es klimpert!" Dabei schlug er mit der Hand auf seinen Geldbeutel. „Wegen mir braucht ihr keine so niedrigen Türen an eure Häuser bauen. Wenn du es mir nicht glaubst, kannst du mir ja an den Beutel fassen". Er prustete vor Lachen und schlug mir auf die Schulter. In einem neuen Gesprächsversuch kam ich immerhin nunmehr bis; „sollten wir nicht lieber."

„Ja das sollten wir, du hast Recht. Wir sollten noch einen Krug leeren an so einem wunderschönen Tag wie heute".

Selbst ich, der Matern kannte wie kein anderer, musste schon genau hinhören, um seine Worte und Sätze deuten zu können. Das Sprechen bereitete ihm einige Mühe.

Die Wirtin brachte die Bestellung selbst. Ich konnte sie erstmals aus der Nähe betrachten. Sie trug ein enges schwarzes Kleid, das bis an den Boden reichte und auch ihre Arme bedeckte. Sie war groß und schlank, es ging ein mir unbekannter, aber sehr angenehmer Duft von ihr aus. Ihre Haut an Händen und Gesicht war bleich. Aus ihrem schönen schmalen Gesicht blickten mir große grüne Augen entgegen. Das markanteste an ihr war das lange, in leichten Locken wallende knallrote Haar, der Mähne einer kräftigen Stute gleich. Es faszinierte mich sie anzuschauen. Ihr Alter konnte ich nicht einschätzen. So ganz jung war sie nicht mehr, aber auch noch lange nicht alt.

„Was für ein Auftritt", dachte ich bei mir - „eher eine Frau zum Fürchten als zum Lieben. Gern würde ich einiges über sie erfahren. So eine Frau muss Geheimnisse haben." Matern hingegen trommelte leicht mit seinen zehn Fingern auf der Tischplatte herum und strahlte die Wirtin an.

„Mein Name ist Alna", ihre dunkle Stimme ließ mich erschaudern. „Mir gehört diese Gaststätte mit allem was dazu gehört. Ich habe euch heute schon einmal hier gesehen. Ihr seid Gefolgsleute des Propstes. Ihr dürft bei ihm in der Klosternische sitzen." Sie sah jetzt Matern direkt in die

Augen und beugte sich leicht etwas zu ihm herunter. Ich konnte eine schwere Silberkette an ihrem Hals erkennen. „Wer in der Klosternische sitzt, ist Gast des Hauses und der Kirche. Er braucht nicht mit Silbermünzen zu klingeln, mein Lieber. Die Abrechnung soll nicht euer Problem sein. Sie erfolgt direkt mit dem Kloster, deren Gäste ihr seid. Hat man euch das noch nicht mitgeteilt? Da kommt der Propst vom Wasserlassen zurück. Ich werde ihn darauf ansprechen".

„Ach Alna, da bist du ja du treue Seele. Ich habe etwas versäumt. Ich wollte dir schon bei unserem Besuch heute am Vormittag meine beiden Freunde vorstellen. Sie kommen beide aus dem nahen Muthenbroke und sind Brüder. Sören, der ältere, ist Fischer an dem nahen See und sein Bruder Matern ist, ..., na warten wir es erst einmal ab. Es steht noch seine Entscheidung aus. Aber das ist im Moment egal. Wenn beide oder auch nur einer bei dir zu Gast sein sollte, ist ihr Platz bis auf weiteres in der Klosternische. Die Abrechnung erfolgt in gewohnter Weise."

Matern saß kerzengerade auf seiner Bank. „Hast du das gehört, Sören. Sie hat, mein Lieber, zu mir gesagt - sie liebt mich - und ich liebe ihre Gastwirtschaft. Wir wären ein ideales Paar."

„Matern, reiß dich bitte zusammen mit deinen wirren Äußerungen. Denke an deine schöne Zukunft mit deiner lieben Sira. Wenn du nicht sofort vernünftig wirst, lasse ich den Tisch abräumen und gehe allein zurück nach Muthenbroke, und das sofort!"

Das hatte gewirkt, er entschuldigte sich bei mir für sein Verhalten und machte den Vorschlag, die Becher zu leeren und gemeinsam den Heimweg anzutreten. Er bekräftigte seine Aussage sogar noch mit dem Satz: „Unsere lieben Frauen warten bestimmt schon auf uns."

Der Propst führte in aller Ruhe seinen Becher mit dem gehaltvollen Met zum Munde und murmelte vor sich hin: „Gut so Männer, Männer vom großen See."

Schön, doch noch ein gutes Ende, dachte ich bei mir und lehnte mich an die gepolsterte Wand zurück. Wenn bloß nicht der weite Heimweg wäre.

Matern wurde unruhig, er stieß mich und auch den Propst heftig unter dem Tisch mit seinen Füßen an. Er flüsterte: „Schaut euch das an. Was ist denn das? Eine Vorführung? Ein Tanz? Habt ihr so etwas schon einmal gesehen? Wahrscheinlich ein Kranker, ein Geisteskranker."

Sie waren schon merkwürdig, die Gebärden des Fremden. Ein hagerer blasser Mann, in einen zerlumpten grauen Umhang gehüllt, stelzte auf seinen dünnen Beinen durch die Gaststube. Hin und wieder hob er abwechselnd den rechten oder den linken Arm und schüttelte dabei heftig mit dem Kopf.

„Moment einmal", sagte der Propst, „ein Zeichen. Es kann sein, dass der Mann nach mir sucht. Ein geheimer Bote, ein wichtiger Informant".

Der Propst winkte dem Irren zu. Der Mann kam auf Umwegen an unseren Tisch. Er formte seine beiden Hände zu einem Trichter, schaute nach links und rechts und flüsterte. „Bin ich hier richtig?"

„Das weiß ich nicht", antwortete der Propst mit gedämpfter Stimme. „Es kann aber durchaus so sein. Wie lautet dein Codewort?"

„Wissel", kam es kaum hörbar über die Lippen der traurigen Gestalt. Ich komme mit Nachrichten aus Bosau".

„So bist du mein Mann. Warte bitte vor der Tür auf mich. Wir gehen dann gemeinsam zu meiner Unterkunft", hörte man den Propst flüstern. Der Bote entfernte sich wie ein Schatten.

„Ja, meine Freunde, die Amtsgeschäfte! Sie rufen nach mir. So ist es nun einmal, Tag und Nacht im Dienst, im

Dienst des Herrn. Eine äußerst geheime Angelegenheit. Ihr werdet noch davon erfahren. Ich muss jetzt gehen. Ich wünsche euch noch einen angenehmen Abend. Die Rechnung geht auf mich."

„Ein geheimer Bote, dass ich nicht lauthals laut loslache." Bitte nicht auch das noch, hoffte ich.

„Hüpft hier herum wie ein Entenarsch und erweckt alle Aufmerksamkeit im ganzen Raum. Ich möchte nur wissen, wo und bei wem dieser Tollpatsch seine Ausbildung erhalten hat. Mit Sicherheit nicht bei der Truppe".

Mit diesen Worten knallte Matern seinen Becher heftig auf die Tischplatte und sagte: „Lass uns gehen! Auf nach Muthenbroke. Es war ein anstrengender Tag."

Doch noch anscheinend ein harmonisches Ende dieses wahrlich strapaziösen, aber auch aufregenden Tages heute. Ein rechtzeitiger Aufbruch - gut so. Zwischenzeitlich hatte ich schon leichte Bedenken, dass unser Besuch bei Alna, wie man so schön zu sagen pflegt, ins Auge gehen könnte. Mit den Jahren aber, schien auch Matern vernünftiger zu werden. Hoffentlich!

Ich war mehr als froh und freute mich auf meinen weichen Strohsack und meine warme Daunendecke. Ich hatte an diesem einen Tag fast mehr erlebt und gesehen als in den letzten Jahren. Werde ich überhaupt geruhsamen erquickenden Schlaf finden nach so einem aufregenden Tag? Ich hoffte es.

Auf einmal ging alles ganz schnell. Wir leerten gemeinsam unsere Becher bis auf den Grund.

„So etwas ist allerdings eine überaus angenehme Sache", bemerkte Matern. „In einer Gaststube einzukehren, gutes zu Essen und zu Trinken serviert bekommen und am Ende nicht bezahlen zu müssen. Fabelhaft! So etwas ist mir bis zum heutigen Tage noch nicht untergekommen. Das macht mir den Propst und sein Gefolge sympathisch, aber auch nur das und kein Stück mehr. Du, Sören, den Bruder Propst müssen wir uns warmhalten, wenn du verstehst was ich meine."

Ich verstand, selbstverständlich verstand ich. Aber wo war der Haken, wo war der Haken? Ich als Fischer wusste, dass gute Gelegenheiten und Angebote oft einen Haken hatten und brauchten. Ich selbst nutzte diese List fast täglich. Es galt besonders Obacht zu geben. Das nahm ich mir vor.

Wir machten uns auf den Heimweg. Matern drehte sich noch einmal um in Richtung Tresen. Er winkte zu Alna und warf ihr eine Kusshand hinüber. Auf ging es, zurück nach Muthenbroke.

Ich hatte für uns beschlossen, den Rückweg bei der bereits leicht eingetretenen Dämmerung ohne unseren Karren anzutreten. Zum einen aus Gründen unserer Sicherheit und zum anderen zugegeben, auch aus etwas Faulheit. In den kommenden Tagen gab es genügend Gelegenheit, den Karren zurückzuholen. Man könnte dann diese Aktion sogar mit einem kurzen Besuch bei Alna verbinden. Ich war von meinem Entschluss begeistert.

Ich ging bereits in leicht gebückter Haltung durch die Tür und beabsichtigte, Matern auf den gewissen Umstand mit der Tür hinzuweisen. Was in dem gleichen Moment an meine Ohren drang, war ein kräftiges trockenes Knacken und kurz darauf ein leises stöhnendes Wimmern. Ich drehte mich nicht nach Matern um, es war so auch sicher in seinem Interesse. Die Sache war damit erledigt - für den Moment jedenfalls.

Wir marschierten los - ich voran, Matern hinterher. Nachdem unsere Augen sich an die Dunkelheit gewöhnt hatten, ging es einigermaßen gut voran, zumal der Weg wohlbekannt war. Schweigsam trotteten wir hintereinander voran. Matern sagte nichts und mir war es ganz angenehm so, momentan nicht reden oder zuhören zu müssen. Die Erlebnisse, die Eindrücke des Tages wirkten doch sehr nachhaltig auf mich. Es tat gut, an nichts denken zu müssen und nur einen Fuß vor den anderen zu setzen.

Wir hatten gut die Hälfte der Strecke zurückgelegt da überholte mich Matern mit langen Schritten. Er richtete sich vor mir auf.

„Sören, du glaubst doch wohl nicht recht im Ernst, dass ich, ausgerechnet ich, in den Dienst der Kirche treten werde, mag das Angebot auch noch so verlockend sein. Der Propst kann werben wie und so lange er will - ich werde ihm nicht folgen. Hast du mitbekommen was sie da vorhaben. Lug und Betrug an den Gläubigen. Nein das ist nichts für mich, da geht es ja noch ehrlicher und gerechter auf jedem Schlachtfeld zu. Was würde Sira von mir denken - ich, Matern, ein Blender, ein Betrüger! Nein, nein, nein! Ich werde mein Geld redlich verdienen, genau so wie geplant. Als Handwerksmeister werde ich mich in Muthenbroke niederlassen und mein Auskommen haben für mich und meine Sira. Sören, meine Entscheidung ist gefallen. Sie steht fest - felsenfest!

Aber unseren Freund, den Abbi, den lasse ich noch mehr als nur ein wenig zappeln. Mal sehen, was da noch alles von ihm kommt an Angeboten. Scheinheilig werden und heilig reden, nein das ist nicht mein Ding. Ich würde mich nicht einen Moment wohlfühlen in meinem Leben und in meiner Haut".

„Gut so, Matern, du hast dir die Sache gut überlegt. Das habe ich erkannt und du bist zu einem Entschluss gekommen. Gut so, mit Zaudern und Zagen kommt man nicht weiter im Leben, wenn man eine zufriedene Zukunft ansteuert. Ich bin stolz auf dich. Deine Entscheidung akzeptiere ich mit Freude, mit großer Freude.

Hättest du den anderen Weg eingeschlagen, hätte ich ihn

ebenfalls anerkannt oder besser gesagt anerkennen müssen. Nur verstanden, das hätte ich es nie und nimmer.

Eine schöne Zukunft steht dir bevor. In guter Nachbarschaft werden wir Haus an Haus leben, und wenn wir einmal etwas erleben möchten, dann machen wir uns auf den Weg und schauen, was es Neues am Holme gibt und besuchen unsere Gaststätte. Zahlen müssen wir in der Zukunft dann wohl. Die Großzügigkeit des Propstes wird Grenzen kennen. Aber warten wir es doch erst einmal ab. Vielleicht sind auch gute Geschäfte mit Alna zu tätigen, nach dem Motto, einmal in der Woche ist Fischtag hier im Krug am Wildhof. Ich glaube, wir gehen sehr guten modernen lukrativen Zeiten entgegen.

Aber ein wenig ängstlich bin ich auch. Ich habe einmal nachgerechnet. Da kommt so einiges auf uns zu. Wenn die Klosteranlage am Holm fertiggestellt sein wird - irgendwann, werden dort mehr Menschen leben, wohnen und arbeiten, als wir hier in Muthenbroke Einwohner sind. Kann so etwas gut gehen auf einem so engen Raum? Wovon sollen die Menschen leben? Wer wird sie ernähren? Glaube und Hoffnung allein macht nicht satt."

„Ja, auch das habe ich bedacht bei meiner Entscheidung, nicht an den Holm zu ziehen. Unvorstellbar solche Menschenmassen an so einem kleinen Ort! Man muss einmal darüber nachdenken: Was wird da auf das kleine Eiderstede zukommen. Achtzig, vielleicht sogar hundert Menschen auf so einem kleinen Flecken - unvorstellbar. Dazu kommen noch jede Menge Kinder, Hunde, Katzen, Schweine, Rinder und Pferde. Das geht ja gar nicht. Sören, wir werden uns bewaffnen und schwere Schlösser an unsere Türen hängen müssen. Dort, wo viele Menschen auf wenig Fläche zusammenleben, geht immer eine Menge Freiheit verloren. Ich habe so etwas auf meinen Feldzügen gesehen und miterlebt. Die Menschen waren in Hütten und engen

Gassen eingepfercht wie das Vieh. Was die Menschen dort hin treibt sind Armut und Hunger. Aber sie gehen in die falsche Richtung und merken es nicht - nicht einmal, auch wenn es schon zu spät ist. Sören, es sind nicht nur gute Zeiten, denen wir entgegen gehen, glaube es mir. Lass uns über dieses Thema demnächst in aller Ruhe einmal reden."

Wir hatten unser Zuhause erreicht und siehe da, hinter den kleinen Fensterscheiben unserer Kate konnten wir Lichtschein erkennen. Ganz klar, Brigitta und Sira warteten auf unsere Rückkehr, so wie es sich gehört. Aber was war das?

Bei unserer Nachbarin waren alle Fenster hell erleuchtet, Laternen im Garten aufgestellt bis hin zu ihrer kleinen Hütte am Ende ihres langen schmalen Grundstückes. Selbst das Innere des Gartenhauses war hell erleuchtet. Das konnte man durch die offen stehende Tür erkennen.

„Matern, hier muss etwas passiert sein! Hier ist etwas vorgefallen! Wären wir bloß daheim geblieben. Ich mache mir große Sorgen. Komm schnell, die letzten Schritte. Was hat Hedda da vor? Will sie uns den Weg weisen? Feiert sie ein Lichterfest?" Mehr fiel mir im Moment auch nicht ein. Aber wir würden es erfahren, das war klar.

„Jetzt bitte Matern, schnell, schnell. Wir müssen sofort Brigitta befragen, was hier los ist. Sie wird bestimmt sehr gut informiert sein".

Brigitta hatte schon auf uns gewartet. Sie hatte gehört, wie wir draußen vor der Tür unsere Schuhe abklopften und öffnete uns die Tür.

„Oh, da seid ihr ja wieder. Endlich! Ihr kommt sehr spät. Ich habe schon auf euch gewartet. Der Abendbrei wird kalt".

„Du hast Recht, Brigitta, es ist spät geworden, später als wir es geplant hatten. Aber du wirst nicht glauben, du kannst es dir nicht vorstellen, was wir alles gesehen und erlebt haben. Nebenbei haben wir auch gut und reichlich gegessen und getrunken. Der Brei muss bis morgen warten. Stundenlang kann und werde ich dir berichten und erzählen können. Du solltest selbst einmal eine Reise an den Holm machen. Hedda und Sira würden dich sicher gern begleiten.

Aber erzähl du auch bitte, was hier los ist? Eine Riesenbeleuchtung bei Hedda, so etwas habe ich hier bei ihr noch nicht erlebt, nicht einmal zum Julfest, und da veranstaltet Hedda schon einen gewaltigen Spektakel. Was ist passiert? Muss ich mir Sorgen machen? Sind die kriegerischen Dänen bei uns eingefallen? Was ist hier los?"

Matern drängelte sich energisch an mir vorbei und stürzte in das Haus. „Wo ist meine Sira? Wo ist sie!?"

„Ach. nun mal langsam, ganz langsam. Ihr werdet es gleich erfahren. Nun kommt doch bitte erst einmal herein und wärmt euch etwas auf.

Oh je, was ist den dir widerfahren, Matern. Hattest du einen Unfall? Seit ihr womöglich überfallen worden? Erzähle, erzähle!"

Erst jetzt im hellen Kerzenlicht konnte ich Matern richtig ins Gesicht sehen. „Nicht schlecht", dachte ich bei mir. „Davon wird er noch einige Tage gut haben." Was sollten wir sagen? Die Wahrheit doch wohl auf keinen Fall! Das glaubt uns eh ja keiner. Auf seiner Stirn kurz vor dem Haaransatz hatte sich eine riesige Beule gebildet, die bereits bläulich anlief.

„Nein, nein", erwiderte der Verletzte, „es ist nichts Besonderes vorgefallen, im Grunde gar nichts. Eine Blessur, ein kleines Missgeschick, überhaupt nicht der Rede wert! Aber was ist hier bloß los? Brigitta erzähle. Schnell, schnell!"

„Ihr lasst mich ja gar nicht zu Worte kommen. Ruhe jetzt. Seit den frühen Morgenstunden, kurz nach dem ihr beide aufgebrochen seid, arbeitet Hedda emsig und Sira hilft ihr dabei.

Hedda räumt auf."

Matern sah auf, „Hedda räumt auf - und das bis in die tiefe Nacht hinein, so etwas."

„Den ganzen Tag sind die Beiden schon am arbeiten."

Was gab es bei Hedda so vieles aufzuräumen? Es ist doch immer alles ordentlich, sogar außerordentlich ordentlich bei ihr. Aber ich hatte vergessen, Hedda ist ja eine Frau. Und Frauen räumen auf und räumen auf, selbst da, wo es nichts aufzuräumen gibt. Sie räumen so lange auf, bis man nichts mehr wiederfindet.

Um diese Jahreszeit räumt sie so groß auf. Das ist allerdings schon recht ungewöhnlich.

„So genau kann ich auch nicht sagen, was diese Gewaltaktion soll. Um die Mittagszeit habe ich die beiden einmal aufgesucht und ihnen heiße Ziegenmilch gebracht. Eine kleine kurze Pause gönnten sie sich.

Mehrfach sind beide mit Körben bepackt vom Wohnhaus zum Schuppen gewandert. Ich konnte erkennen, dass sie bannig schwer zu tragen hatten.

Sira wird sicher mehr wissen, wenn sie nach Hause kommt.

Und morgen geht es weiter, so sagte Hedda. Dann wurde es wieder einmal ziemlich unverständlich für mich. Aber ihr kennt sie ja mit ihren verschlüsselten Botschaften. Einige Sachen müssen unbedingt aussortiert werden und werden genau zum richtigen Zeitpunkt keine Spuren hinterlassen. Die Zündung wird erfolgen, wenn ich in eine andere Welt eintauche. Na ja, ihr wisst wie unsere Hedda manchmal so redet. Verstehen kann ich ihren Eifer um das Aufräumen nicht. Wer weiß, was sie damit bezweckt! Umsonst macht sie es sicher nicht".

„Ah, ich kann es mir schon sehr gut vorstellen. Sie muss

Platz schaffen in ihrem Haus für ihre Gold- und Silbervor-
räte", so Matern.

„Aber vielleicht wird sie es uns übermorgen selbst erzählen. Wir alle sind in zwei Tagen bei Hedda eingeladen,
wie ihr wisst. Eine große Besprechung soll stattfinden und
es soll Hochzeit gehalten werden. Hochzeit zwischen Sira
und Matern. Eine Verbindung nach alter Sitte soll es werden."

„Das ist ja ein Ding, ein Wahnsinn", platzte es aus Matern
heraus. „Jetzt bestimmt diese Frau auch schon, wann und
wie jemand heiratet. Na, die wird etwas von mir zu hören
bekommen! Der werde ich so einiges erklären. Ach, alles
noch viel zu harmlos! Ich werde ihr den Marsch blasen
und dabei wird es im Moor wackeln, aber heftig! Das
könnt ihr mir glauben. Wann geheiratet wird bestimme
immer noch ich und nicht diese Person. Am liebsten würde ich auf der Stelle nach drüben gehen und ihr meine
Meinung sagen, wenn bloß diese schändlich stechenden
und bohrenden Schmerzen im Kopf nicht währen!"

„So, nun setzt euch doch erst einmal hin, verdammt noch
einmal, und ruht euch von dem langen Fußmarsch und
dem anstrengenden Tag aus. Ihr scheint mir beide über alle Maßen aufgewühlt zu sein.

Wie ist es euch ergangen? Was habt ihr erlebt? Nun bitte,
erzählt erst einmal".

Ich begann zu erzählen, aber im selben Moment merkte
ich, dass ich weder zu einem Anfang und schon gar nicht
zu einem Ende kam. Ich war so aufgedreht. Ich hatte noch
überhaupt keine Ordnung in meinem Kopf.

Brigitta sollte selbstverständlich alles erfahren und alle
Neuigkeiten zu wissen bekommen. Aber es drehte sich alles in meinem Kopf. Es war auch schon spät, ich bat Brigitta um eine Pause bis zum nächsten Morgen. Ich sah
Brigitta leicht lächeln und nicken. War ich froh, etwas Zeit

gewonnen zu haben.

Matern wies zudem darauf hin, dass seine Schmerzen im Kopf sich mittlerweile zu einem dröhnenden Brummen mit stechenden Impulsen entwickele und auch er seinen Augen eine Ruhepause gönnen möchte. Dabei ließ er erkennen, dass er bei dieser Anheimelung gern seine Sira dabei gehabt hätte. Er wollte sich gerade auf den Weg machen, um seine Braut nach Hause in sein Bett zu holen, verzichtete aber schlagartig auf sein Ansinnen. Er sagte für alle hörbar, er verzichte auf diese Aktion aus dem Grunde, dass man Frauen nie bei der Arbeit stören dürfe. Das wäre dann ein Kapitalverlust - so hatte Rittmeister Hugo zu allen mahnend gesprochen. Somit verzichtete er auf die Aktion. Ich war froh darüber.

Just konnten wir erkennen, dass die hellen Lichter drüben bei Hedda Stück für Stück gelöscht wurden. Es dauerte auch nicht lange, und Sira kam zurück. Ein großes Bündel schleppte sie herbei. Sie sagte dazu: „Das alles hier im Sack können wir demnächst gut gebrauchen". Sira wirkte frisch und entspannt, obwohl sie den ganzen Tag schwer gearbeitet hatte.

Sie sah Matern an und zuckte zusammen. „Was ist dir widerfahren, mein Liebster?" Sie strich Matern sanft über die Stirn. Er zuckte zusammen, sagte aber nur, „ein kleines Missgeschick, ein leichter Unfall. Alles halb so schlimm, mach dir keine Sorgen".

Ich dachte - selbst Schuld - sagte aber nichts. Aus Schmerzen wird man klug, so sagt man. Vielleicht sogar einmal Matern. Aber ich war schließlich der Ältere, Sira erwartete ein paar klärende Worte von mir, das konnte ich erkennen.

„Ja Sira, schau ihn dir an. Schön sieht er nicht aus dein Bräutigam, ein leichter Fehltritt, kommt bestimmt nicht wieder vor." Ich sah Matern heftig nicken. „Ihm wachsen doch wohl da keine Hörner am Schädel, Sira", sagte ich und musste selbst über meine Worte lachen. Derweil zuckte Matern leicht zusammen und fasste sich an die Stirn.

Der heutige Tag war für uns alle sehr lang gewesen und gut gesättigt waren wir auch. Wir suchten wortlos unsere Schlafstätten auf. Ich freute mich auf mein warmes, weiches Bett.

Entgegen meinen Befürchtungen fand ich sehr schnell tiefen, festen Schlaf und erwachte erst am folgenden Morgen. Sira klapperte und hantierte bereits wieder an der Feuerstätte herum. Der Tisch war auch schon liebevoll eingedeckt. Nach meinem Gang vor die Tür nahm ich meinen Platz ein.

Ich musste bereits jetzt an den morgigen Besuch denken. Der Besuch, unser gemeinsamer Besuch bei Hedda, stand an. Endlich! Morgen werden wir gewaltig schlauer sein. Nun kann sie keinen Rückzieher mehr machen. Es ist soweit.

Ich war gespannt. Nur noch eine Nacht und zwei Tage trennten uns von der großen - ich weiß gar nicht wie ich dieses bezeichnen soll - Verkündung. Die Spannung in mir wuchs und wuchs. Wie kann ein alter Mann nur so gespannt sein. Nicht zu fassen!

Matern war vor der Tür gewesen, er setzte sich wortlos zu mir. Seine Zeichnung hatte sich kaum verändert. Die Beule an seinem Kopf war nicht gewachsen, nicht größer geworden, aber ihre Farbe hatte sich sehr verändert. Die Hauterhebung leuchtete mittlerweile in einem tiefen Dunkelblau mit einem leicht grünlichen Rand. In der Tat, interessant anzusehen!

„Auf den morgigen Tag bin ich aber nun mehr als gespannt", äußerte sich Matern. „Endlich werden wir alle erfahren, wo die Reise hinführt. Die Zeiten ihrer vagen Andeutungen werden Geschichte sein.

Und dann die Hochzeit mit Sira! Darauf freue ich mich besonders. Ich kann es kaum noch abwarten. Sira und ich werden den Segen von Hedda erhalten wie schon Vater und Mutter, und ihr werdet dabei sein. Ich kann es kaum noch erwarten!"

Nanu, was hatte sich denn da zugetragen in der letzten Nacht? Ein Sinneswandel? Ein gewaltiger scheinbar! Siehe da, siehe da, die Zeiten ändern sich mitunter schnell. Gestern am Abend hat er noch getobt und wollte Hedda die Ohren lang ziehen. Was war da geschehen während der Nacht. Ich könnte mir vorstellen, dass Sira an dieser Umentscheidung mitgewirkt hat. Vielleicht hatte sie sich nicht nur um sein Horn am Kopf gekümmert. Eine gute Pflege bewirkt oft Wunder, wie man unschwer erkennen konnte. Aber gut so, sehr gut so. Wir hatten ein großes Problem weniger.

„Das freut mich nun aber ungemein, dass du dich so entschieden hast und dass ihr beide so richtig Mann und Frau werden wollt, ein Ehepaar. Oder wie siehst du das Brigitta?"

„Genau so sehe ich das auch, zumal auch noch Familiennachwuchs ins Haus steht".

Materns Bemerkung dazu war bezeichnend: „Wieso? Bekommen wir Besuch?"

Allerdings auch bei mir dauerte es eine ganze Weile, bis es klick in meinem Gehirnkasten machte.

„Familienzuwachs, wie soll ich das verstehen. Brigitta, sprich bitte nicht in solchen Rätseln."

„Ach ihr Männer! Für mich seid ihr so manches Mal wirklich ein Rätsel, ein wahres Rätsel. Aber bitte hört. Unsere Sira ist schwanger. Sie wird zur Mitte des kommenden Jahres ein Kind zur Welt bringen. Ist das nicht herrlich, ist das nicht schön. Wir sollten uns alle freuen."

Bei Matern schien der Taler gefallen zu sein. Er lehnte

sich zurück und prustete lauthals aus sich heraus:„Wieso? Wie das? Wie kann so etwas passieren? Wie kann so etwas angehen? So einfach doch wohl nicht."

Wir alle drei sahen Matern an, wie er vor seinem Brei saß und scheinbar die Welt nicht mehr verstand.

Auf einmal bekam er eine Bombe. So etwas hatte ich bisher noch nicht gesehen. Sein schon demoliertes Gesicht veränderte sich abrupt noch mehr. Er wirkte entsetzt. Er wurde blutrot und seine Beule verfärbte sich schlagartig ins lilaschwarze. Ich hatte bisher noch nie so etwas beobachten können. Sagenhaft! Ich dachte so bei mir: „Nur gut, dass es noch ein gutes halbes Jahr dauern wird, bis sein liebes Kind zur Welt kommt. Einen solchen Anblick in das Antlitz seines Vaters könnte man keinem, schon gar nicht einem Neugeborenen, zumuten. Das würde sofort den Rückwärtsgang einlegen. Aber die Zeit wird - wie immer - alle Wunden heilen."

„Das ist ja wohl ein Ding. Hast du das mitbekommen, Sören. Sira bekommt ein Kind, ein echtes Kind. Ich werde Vater. Ich muss sofort los und es allen erzählen. Zuerst soll Hedda es erfahren. Sie soll die Erste sein. Die wird sich wundern! Die wird platt sein."

Brigitta schaute auf und blickte fast strafend zu Matern herüber. „Aber Matti" - das sagte sie nicht oft zu meinem Bruder - „wo denkst du hin! Wie alt bist du jetzt? Denkst du auch noch deinen Nachwuchs bringt der große weiße Sommervogel mit dem klappernden Gesang. Hedda weiß es doch schon. Was hast du bloß gedacht. Sie weiß es schon seit der ersten Stund und hat auch berechnet, wann unser neuer Erdenbürger auf die Welt kommt. Es wird ein Kind der Sonnenwende, der Sommersonnenwende. Freut es dich Matern? Ein Kind der Sonne!"

„Was für eine Frage! Na klar freue ich mich, ich freue mich sogar unbändig. Was wird es denn, ein Junge oder

ein Mädchen? Wie soll das Kind heißen? Welchen Namen soll es tragen? Was soll später einmal aus ihm werden?"
Er blickte auf. „Sira geht es dir gut? Hast du Schmerzen? Musst du dich hinlegen? Soll ich Hedda rufen?"
Ich merkte, dass Matern unbedingt eine Ablenkung brauchte. Seine Freude war groß, sehr groß sogar. Aber es war nun doch noch lange nicht so weit und das Leben für den werdenden Vater musste weitergehen - genau so wie für uns.
„Matern, lass uns das heutige Tagwerk planen. Es gibt viel zu tun. Unser Karren muss vom Holm zurückgeholt werden. Das haben wir gestern nicht mehr geschafft. Kannst du dich noch entsinnen?" Er nickte kaum erkennbar. „Die Netze müssen abgehangen, die Fische verarbeitet werden. Es gibt viel zu tun. Wir können nicht so lange warten, bis dein Nachwuchs uns die Arbeit abnimmt.
Außerdem möchte ich dir etwas zeigen, etwas ganz Wichtiges zeigen, und zwar die versteckte Niederung am Ovendorfredder im Tal der jungen schmalen Eider. An diesem Ort gäbe es die die gute Möglichkeit, das auflaufende Wasser anzustauen. Ein Teich würde sich schnell bilden - sehr wichtig für eine Fischzucht. Viel wichtiger aber ist, dass man genauso das Wasser geregelt wieder ablassen kann, um mit der Ernte zu beginnen. Man braucht die fetten Fische dann nur vom Boden auflesen. Fantastisch! Ich lasse mich beim planen und errichten dieser Anlage von einem alten Mönch beraten. Ich möchte dieses Jahrtausendwerk noch zu einem guten Abschluss bringen. Du bist mir natürlich herzlich willkommen als Partner. Einen Teil deines Geldes solltest du in dieses künstliche Gewässer schon investieren und eine gehörige Menge Arbeit dazu. Das wird eine lohnende Sache, eine Investition in die Zukunft. Denke auch an deinen Nachwuchs. Und denke bitte daran, der Fischer vom Eidersteder See hat

auch schon Interesse angemeldet, hat mir Hedda gesteckt. Wir müssen auf Zack sein. Die Einnahmen - ein Glücksfall für uns - werden dann - Jahr für Jahr sprudeln. Dein Kind und deine Kindeskinder werden dich lobpreisen für diesen überaus mutigen Wasserbau. Es ist eine Investition mit Gewinngarantie. Die schweren fetten Zuchttiere werden hoch im Kurs stehen und außerdem müssen in naher Zukunft bis zu einhundert Menschen oder auch noch mehr am Holm zu ernähren sein, sehr gut für uns Fischer - demnächst auch noch Fischzüchter, wenn alles gut geht -. Der neue Gott meint es gut mit uns. Er hat an uns gedacht. Wie das Leben so spielt, er hat sicherlich Fischer unter seinen Freunden und Verwandten. Die Zeit drängt, überlege nicht zu lange.

Und was hältst du davon? Zum Ausklang des Tages einen kleinen Abstecher in das schöne Gasthaus, da wir ja eh schon in der Gegend sind. Da hat es dir doch am gestrigen Tage so ungemein gut gefallen - mir übrigens auch, wenn ich ehrlich sein soll, und das bin ich immer, wie du weißt.

So - nun aber los! Wir müssen uns sputen. Es gibt viel zu tun."

Ich strotze förmlich vor Tatendrang. Herrlich!

„Matern ich habe es im Gefühl, ganz klar im Gefühl. Wir werden noch etwas ganz Besonderes erleben. Ich weiß nur nicht wann und warum und weshalb und alles andere auch nicht. Es ist schon ein ganz sonderbares Gefühl.

Soll ich etwa Hedda bitten, die Knochen zu werfen. Was meinst du?"

„Du glaubst doch wohl nicht im Ernst, dass ich mit diesem Schädel, mit dieser Birne, die Gaststube dort betreten werde. Die Gäste würden sich gewaltig einen högen und das möchte ich denen nun wirklich nicht gönnen. Es ist schon schlimm genug, dass ich zu meiner eigenen Hochzeit so auftreten muss. Hedda hat mich noch gar nicht in diesem

Zustand gesehen. Was sage ich bloß?"

„Bei Hedda am besten die Wahrheit, die nackte bittere Wahrheit", antwortete ich.

„Und außerdem werde ich Mutter - äh, Vater wollte ich sagen und muss mich um Sira kümmern. Aber die von dir angesprochene Teichanlage interessiert mich schon sehr. Auch ich bin Energie geladen. Womit fangen wir an?"

„Ganz einfach, mit dem Tagesgeschäft. Der Überprüfung der Netze und Reusen."

Der Tag insgesamt wurde ein voller Erfolg. Der Fang war überraschend gut ausgefallen. Wir fanden unseren Karren unversehrt auf. Matern war von dem natürlichen Standort der künftigen Fischzuchtanlage geradezu begeistert. Er konnte sich keinen besseren Standort vorstellen. Ein Glücksfall der Natur, wiederholte er mehrfach. In seiner Ungeduld wollte er sofort den ersten Spatenstich tätigen. Ich musste ihn bremsen. Die Verhandlungen mit dem Kloster als Eigentümer der Hölzung mussten erst zum Abschluss gebracht werden. Die Zeichen standen allerdings sehr gut, zumal Hedda die Verhandlungen begleitete. Der Abschluss stände kurz bevor, die Entscheidung falle in den nächsten Tagen, hatte sie durchblicken lassen. Was hat sie noch alles vor in den nächsten Tagen, diese Frau. Irgendwie kam es mir so vor, als drängelte sie alles in der letzten Zeit gewaltig. Komisch.

Arbeit und Gespräche, Gespräche und Arbeit. Die Zeit verging so schnell wie der Fall eines Steines auf den Boden.

-

Der Tag, die Stunde, waren gekommen. Es fing bereits an zu dämmern. Los sollte es gehen, auf zu Hedda.

„Der Weg in die Höhle der Bärin", entwich es Matern.

Unerhört diese Äußerung, dachte ich. Ich wollte ihm eine geharnischte Antwort geben, verzichtete aber darauf, denn

auch ich hatte ein leicht beklemmendes Gefühl in mir.
Und ganz so schlecht war der Vergleich nun auch nicht.
Die beiden Frauen hatten sich frisch gewaschene Kleider
angezogen. Zuvor hatten sie so merkwürdig wie es klingt -
mehrfach wiederholt ihre Haare in unterschiedliche Rich-
tungen gelegt, schienen nunmehr aber zufrieden mit ihrem
Werk zu sein. Was Sira mit Matern angestellt hatte, glich
schon fast einem Wunder. Seine Beule am Kopf war nur
noch zu erahnen.
Ein besonderes Ereignis stand an, das konnte man spüren.
Auch ich hatte zur Feier des Tages meine neue Hose angezogen und mich von oben bis unten gewaschen. Matern
sah aus wie aus dem Ei gepellt. Ständig kontrollierte er
Ring und Kette, die er in einem Beutel mitführte, der am
Hosenbund befestigt war.
Ich bin nun einmal der Älteste im Familienbund - der Vor-
stand sozusagen. Sie sahen mich erwartungsvoll an. Einer
musste jetzt etwas sagen, das war klar und derjenige war
ich.
„Auf geht es, lasst uns gehen!"
Fast hätte ich noch dazu gesagt, in die Bärenhöhle.

VII

Wir machten uns gemeinsam auf den kurzen Weg zu der Veranstaltung bei Hedda. Über den Tag hatte Sira Hedda bei den Vorbereitungen unterstützt. Was mag da nur auf uns zukommen? Aber egal jetzt, bloß jetzt entspannt bleiben und ein wenig auf Matern achten. Es gab eh kein zurück mehr. Der Pfeil war abgeschossen. Einzig und allein die Frauen wirkten entspannt.

Hedda hatte uns selbstverständlich kommen gehört. Sie öffnete die Tür. Sie strahlte uns alle an. „Herzlich willkommen! Ein herzliches Willkommen euch an diesem schönen und wichtigen Abend für uns alle hier bei mir."

Alles war in ihrer Wohnung hell erleuchtet. Im ganzen Raum hatte Hedda nach Honig duftende Kerzen aufgestellt. Es fiel mir sofort auf. Immer wieder ging es mir so, wenn ich bei Hedda zu Besuch war. Es roch frisch, so frisch wie der Geruch auf einer blühenden Sommerwiese. Es lag sicher zum Teil daran, dass Hedda keine Tiere in ihrem Wohnhaus beherbergte und Wände und Decken blitzblank und blütenweiß mit Kreide getüncht waren. Dieser Eindruck war für mich immer wieder etwas Besonderes. Keine Spinnen und auch kein Käfer huschten über den Boden oder an der Wand entlang. Unvorstellbar. Wie schaffte es Hedda, ihr Heim so zu gestalten.

Über ihren großen Tisch, der mitten im Raum stand, hatte sie eine weiße Decke ausgebreitet. Solch ein Weiß. Solch ein weißes Leinen hatte ich noch nie gesehen. Allein die Sonnenbleiche im Sommer konnte dieses Weiß nicht hervorgerufen haben. Ich prüfte vorsichtig den Stoff. Keine Hexerei, es war fest gewebtes Leinen.

Es standen Schalen, Teller und Kummen auf dem großen Tisch. Aber was war das? Ganz unmöglich zu dieser Jahreszeit, eigentlich gar nicht möglich, was ich da sah! - Ein bunter Blumenstrauß, von dem ein süßer Duft ausging. Ich wollte mir gerade Gedanken darüber machen, wie so etwas sein könne, wie so etwas möglich sei - frische Blumen um diese Jahreszeit. Ein Wunder oder gar Zauberei? Ich rief mich sodann in meinen Überlegungen selbst zurück. „Lass das, Sören, denke nicht über das Unmögliche nach. Denke daran, du bist hier schließlich bei Hedda."

Auf einem weiteren Tisch, den Hedda dicht, fast in Reichweite, neben die Tafel gestellt hatte, erblickte ich eine Unmenge von Speisen und Köstlichkeiten. Es sah so aus, als böge sich die Tischplatte ob der Last an Essen und Trinken. Deutlich konnte ich den Duft frischen Bieres erschnuppern. All das wirkte beruhigend auf mich. Ich begann mich zu entspannen.

„Nehmt bitte Platz", sagte Hedda. „Das junge Paar sitzt natürlich zusammen zu meiner Rechten."

„Und das alte zu deiner Linken", war mein knurrender Kommentar.

„Genau, Sören, genau so, Sören, habe ich es mir vorgestellt. Kannst du Gedanken lesen, mein Lieber?"

Ich antwortete nicht. Stattdessen musste ich noch einmal zum Beistelltisch schielen. Was gab es da alles zu erblicken. Es ließ mir den Atem stocken.

Speck in dicken Scheiben, helle und dunkle Würste, kleine gebratene Hühnchen, zweierlei Braten mit dunkler Soße, eine dampfende Suppe, Eier, Pilze, Brei, runde und längliche Klöße, Butter, Käse, Sülze, verschiedene Brote, Gebäck, Nüsse und eine Vielfalt getrockneter und in Flüssigkeit eingelegter Beeren, dazu Äpfel und Birnen.

War das Zauberei? Obst zu dieser Jahreszeit?

Was für eine Auswahl, ich konnte kaum meinen Blick von den Köstlichkeiten abwenden, das Wasser lief mir im Mund zusammen. Matern hingegen blickte verstohlen in die entgegengesetzte Richtung. Ihn faszinierte die dritte

Tür, die ominöse dritte Tür, die wie immer fest verschlossen in ihrem Rahmen stand. Ob Sira schon einen Blick hinter diese Türe hat werfen dürfen. Sicher nicht, Matern hätte mir sofort davon erzählt. Aber vielleicht hatte nicht nur Hedda ihre Geheimnisse, sondern Sira ebenfalls. Gut möglich, die beiden Frauen waren sich einfach zu ähnlich.

Hedda stand am Kopf der Tafel. Sie räusperte sich kurz und sagte. „So meine Freunde, was kommt da heute auf uns zu. Hört! So habe ich den Verlauf des heutigen Abends geplant. Wir werden erst einmal in aller Ruhe etwas essen und auch etwas trinken, so wie es sich gehört auf einer Hochzeit. Danach habe ich mir gedacht, dass wir den beiden Verlobten unseren Segen geben. Ich möchte dem jungen Paar einige Worte mit auf dem weiteren Lebensweg geben und ihnen mein persönliches Wohlergehen erteilen.

Das ist der erste wichtige Teil. Im zweiten werde ich euch alle endlich darüber aufklären können, was in Kürze auf uns zukommen wird. Die Zeit ist reif, überreif für die anstehende Aufgabe, für die geheime Mission und für den Abschluss und den Neubeginn. Und eine alte Geschichte möchte ich euch auch noch erzählen, eine Begebenheit aus längst vergangenen Tagen.

Ach, ich vergaß zu erwähnen, wir bekommen noch Besuch heute Abend. Ich erwarte noch einen weiteren Gast in unserer Runde. Er wird im Laufe des Abends hier eintreffen."

Ein weiterer Gast, wer mochte das sein? Im Grunde konnte das nur jemand aus unserem Ort sein. Aber wer? Aber warum? Wozu? Ich war neugierig.

„Greift bitte erst einmal zu. Nehmt was ihr mögt und soviel ihr wollt."

Ich starrte zum Tisch mit den Speisen und Getränken. Was sollte ich mir zuerst auffüllen? Von allem etwas, das ging nicht, die Auswahl war einfach zu groß. So eine Auswahl, so viele Spezialitäten auf einmal. Dazu Köstlichkeiten, die man sonst nur im Sommer gereicht bekam. Ich stand da und konnte nur staunen. Aber ich musste mich auch entscheiden, das war nun einmal so. Probleme gibt es im Leben und in gewissen Kreisen, man glaubt, es nicht.

Matern hingegen schien sich bereits sehr schnell entschlossen zu haben. Zielsicher nahm er sich etwas von dem dunklen Braten, nahm dann doch, wie ich es gut beobachten konnte, nicht nur etwas. Es war zu erkennen. Er wusste bereits was er wollte. Beneidenswert. Über das saftige Fleisch goss er sich eine große Portion von der ebenfalls dunklen, fast schwarzen Soße - und das sehr reichlich.

Ich konnte mir gut vorstellen, wie es weiter gehen wird. Er wird sein lockeres, frisches, helles Brot ausgiebig lange in der heißen Tunke ziehen lassen und dann - und dann, ich konnte ihn beinahe schon genüsslich schlürfen hören -. Zwischendurch dann ein kleines oder auch größeres Stückchen von dem Braten. „Was war das hier, eine Einladung zu einem Essen oder eine Art Folter", schoss es mir durch den Kopf. Das man solche Probleme haben kann, unglaublich, einfach unglaublich. Ich überlegte, es Matern gleich zu tun. Das wäre sicher kein Fehler. Das ging aber nicht, denn ich hatte mich entschlossen, von allem etwas zu probieren und zu essen von dem, was uns Hedda aufgetischt hatte. Eine Herausforderung, das war mir klar. Ich hätte mir nicht träumen lassen, dass der heutige Abend für mich mit solchen Problemen beginnen würde. Aber egal jetzt; ran an den Speck! Wie mein Vater gern in prekären Situationen zu sagen pflegte.

Die Frauen, so sah es aus, hatten eine andere Taktik und scheinbar auch keine Probleme. Eigenartig, sie nahmen sich wenig, teilweise sogar nur sehr wenig von diesem und jenem und saßen mittlerweile schon wieder am Tisch, nur Matern und ich standen noch vor der großen Platte, ich noch mit leerem Teller. Meine Entscheidung war gefallen, von allem etwas und nicht zu wenig, auch wenn ich fünf Gänge zum Buffet machen müsste. Dann äße ich halt etwas länger am heutigen Abend. Ein guter Entschluss dachte ich bei mir und begann mit dem vollstapeln meiner ersten Schale - natürlich nicht mit solch winzigen Frauenportionen - und war guter Dinge. Ein Mann muss nur wissen, was er will, und es geht ihm gut.

Bei meinen Überlegungen und Abwägungen hatte ich Matern einen Augenblick aus den Augen verloren. Er war bereits auf dem Rückweg zu seinem Sitzplatz. Deshalb konnte ich das Unglück nicht nachvollziehen. Ich wusste nicht wie es passiert war, aber es war passiert, das konnte ich deutlich und mit großem Schrecken erkennen. Irgendwie musste Matern wohl ins Straucheln geraten sein. Wie auch immer! Jedenfalls hörte ich ein kurzes, schepperndes Poltern, und das war es dann auch. Ein helles, oh je und oh nee, von den drei Frauen gemeinsam ausgesprochen folgte daraufhin sogleich. Ich blickte mich zur Tafel um. Es war eine Katastrophe! Matern muss irgendwie ins stolpern geraten sein. Seine große Kumme mit dem dunklen Bratensaft hatte sich gänzlich über das weiße Tischtuch zwischen Schalen, Becher und der Blumenvase ergossen. Matern stand da, als wäre er selbst mit heißer Bratensoße übergossen worden.

„Das fängt ja gut an", fiel mir dazu nur ein. Was wird noch folgen? In Matern`s Haut möchte ich jetzt auf keinen Fall stecken. Ich machte mich bereit, ich erwartete ein Riesendonnerwetter von den Frauen auf Matern hernieder prasseln. Ich zog meinen Kopf unwillkürlich etwas zwischen meine Schultern ein.

Matern wollte etwas sagen. Man konnte es erkennen. Allerdings kam kein Ton aus seiner Kehle heraus. Er quälte sich, das konnte man sehen. „Hoffentlich geht das ganze hier nicht ins Auge", dachte ich bei mir. Aber was war schon passiert? Im Grunde gar nichts, ein kleines Missgeschick.

Blitzschnell, wie abgesprochen und mehrfach geübt, waren alle drei Frauen behände dabei, das Tuch von allen Seiten her aufzurollen und die Schalen und Becher auf die blanke Tischplatte zu stellen.

Matern stand immer noch vor dem Tisch und blickte stur auf seine Hände.

Hedda sah Matern freundlich an. „Nun steh da doch nicht so bedrüppelt herum. Es ist doch nur halb so schlimm. Schau, es ist schon wieder alles in Ordnung."

Alles was vorher auf dem weißen Tuch geschmackvoll platziert war, stand jetzt ebenso schick drapiert auf der blank geputzten Tischplatte.

Ich nahm mit meinem gut gefüllten Teller neben Brigitta Platz. Ich fühlte mich wohler als zuvor, als der Tisch noch weiß eingedeckt war. Wer weiß, wer weiß, wie lange es gutgegangen wäre mit diesem Blütenweiße - sicher nicht lange. Ich war froh, nicht derjenige gewesen zu sein, dem ein Tröpfchen auf das Tuch gefallen war. Wozu überhaupt ein Tischtuch, es war doch so viel praktischer und gemütlicher für alle.

Matern startete einen neuen Gang zu dem Beistelltisch, nahm aber weder Braten noch von der dunklen Soße. Die Frauen waren so an die dreimal gegangen und hatten sich jeweils eine gut anzuschauende Komposition von verschiedenen Speisen zusammengestellt. Ich hatte mein Ziel erreicht. Ich hatte fünf Gänge geschafft und immer reichlich gewählt und aufgelegt. Ich war satt.

Matern hingegen hatte sich fast ausschließlich mit trockenem Brot und etwas Gebäck versorgt und zufriedengegeben, obwohl Hedda ihn mehrfach aufgefordert hatte, besonders kräftig zuzugreifen, immer mit dem Hinweis, dass er sicher viel Kraft brauchen werde in der Hochzeitsnacht. Bei diesen ihn aufmunternden Worten husche ein leichtes Lächeln über ihr Gesicht.

Beim Verspeisen seiner trockenen Kost achtete er peinlichst darauf, dass ihm ja kein Krümel auf die Tischplatte bröselte. Sicher war es sein kleines Missgeschick, das ihm etwas den Appetit geraubt hatte.

Hedda war aufgestanden und hatte einen großen Krug herbeigeschafft. Sie hatte schwer daran zu tragen. Sie stellte ihn mitten auf den Tisch.

Sie sprach: „Ein guter Schluck süßer Wein, der wird uns jetzt allen gut tun."

„Das denk ich auch", hörte ich Matern fast seufzend zustimmen.

„Oh", dachte ich bei mir, „süßer Wein und Matern?" Da hatte ich so einige Erfahrungen sammeln können in den vergangenen Jahren. Grauenhaft. Gern hätte ich jetzt neben meinem Bruder gesessen. Hoffentlich übernimmt er sich nicht! Es galt aufzupassen! Was hatte ich da schon für seltsame Dinge erleben dürfen bis hin zum Grölgesang, bei dem er mächtig mit seinen Stiefeln auf den Boden zu stampfen pflegte oder gar mit seinem Piephahn den Takt dazu auf der Tischplatte schlug. Sira hatte meine Befürchtungen erkannt. Sie lächelte mir beruhigend zu. Meine Ängste schwanden. Konnte diese Frau Gedanken lesen? Es wird schon alles gut werden. Hoffentlich!

-

Hedda blickte in die Runde.

„Wenn ihr nichts dagegen habt möchte ich jetzt beginnen."

Hedda saß kerzengerade am Tisch. Ich hingegen hatte mich so ein klein wenig in meinem bequemen Stuhl zurückgelehnt. Ich war entspannt. Es ging mir gut, wenn man von dem leichten Druck am Hosenbund einmal absah. Es sollte jetzt ans Zuhören gehen, und das konnte ich nach dem guten Essen mit einem Becher Wein in der Hand besonders gut, auch wenn die Situation schon sehr spannend war. Hier half nur eins, Augen zu und durch, wie so oft in meinem Leben.

„Schön hier bei Hedda", dachte ich so bei mir. Sira stand auf und huschte zum Herd. Sie legte zwei große Stücke pechschwarzen Torfs nach. Es scheint länger zu dauern heute, so hatte ich das Empfinden.

Hedda wirkte auf einmal sehr ernst, sehr ernst. Aber auch das stand ihr gut. Eine Frau für alle Lagen, wie Matern gern zu sagen pflegte.

Hedda sah noch jugendlicher denn je aus. Wenn sie sprach, leuchteten ihre weißen Zähne, von denen sie offensichtlich noch alle besaß. Wenn ich hingegen so zu Brigitta schaute, die mittlerweile mit nur noch einen Zahn in ihrer Mundhöhle beherbergte, so konnte man schon ins Grübeln kommen. Vom Lebensalter her könnte Hedda gut und gerne die Mutter Brigittas sein. Durch ihren stattlichen, aber schlanken, hoch aufgeschossenen Körper, mit dem sie uns alle hier im Raum überragte, wirkte Hedda noch eleganter, als sie es eh schon war. Ihre weiblichen Rundungen an den gewissen Stellen waren durch das lange, hautenge, schwarze Kleid zu erahnen.

Die Frau ist und bleibt ein Rätsel, war mein Fazit.

Es ging los mit dem Abendprogramm. Hedda hatte für alle hörbar tief durchgeatmet. Ich war in hohem Maße konzentriert. Einige in dünne Scheiben von geräuchertem Speck eingewickelte heiße Kastanien halfen mir dabei.

Vorhang auf! Es ging los.

„Schön, dass wir alle zu der rechten Zeit zusammen gekommen sind. Ein ganz besonderer Tag für mich. Ich bin sehr aufgeregt. Ich war noch nie, in meinem ganzen langen Leben, so erregt wie heute.

Ich spüre fast so etwas wie eine angenehme Angst, wenn ihr euch so etwas vorstellen könnt."

Ich konnte es selbst nicht, beileibe nicht. So etwas Megablödes - angenehme Angst - so etwas gibt es doch gar nicht. Oder?

„Ein wichtiger langer Abend für mich und für euch liegt vor uns. Die gemeinsame Sache wird uns zusammenschweißen. Zusammenschweißen für ewige Zeiten, so merkwürdig es auch im Moment noch klingen mag. Ein Abend, der sich so nie wiederholen wird. Nie wiederholen wird.

Was zuerst, was später?

Natürlich die Vermählung, die Hochzeit, voran!

Ich habe diese schöne Verbindung von Sira und Matern unter das Motto des Glaubens gestellt und meine wenigen Worte auch darauf abgestimmt. Ihr werdet in der Zeit erkennen, dass dieser Entschluss ein guter war.

Ihr habt es alle bemerkt, dass in neuester Zeit sich viele Menschen um uns herum Christen nennen. Es ist so, es werden immer mehr. Was hat das zu bedeuten? Ist es eine Mode oder ist es der neue richtige Weg zum Heil? Ist es gar ein groß initiierter Trug und Betrug, um auf dieser Welt regieren zu können und Vermögen und Eigentum neu zu ordnen, die Macht im Lande neu zu verteilen?

Der Glaube an irgend etwas oder irgend jemand alleine kann es nicht sein, denn geglaubt hat die Menschheit schon immer und zu allen Zeiten - an wen und was auch immer.

Vielerlei Glaubensrichtungen existieren seit ewigen Zeiten nebeneinander her. Heute noch ist keine klare Linie zu erkennen, und es ist auch kein Ende abzusehen.

Wer glaubt in die richtige Richtung? Wer wird am Ende

oder am Anfang der Sieger sein? Wird es überhaupt Gewinner und Verlierer geben? Gibt es verlässliche Rückmeldungen aus dem Glaubensland? - Bisher von keinem aus dem fernen Jenseits.

Aber ich will euch nicht verunsichern oder unnötig strapazieren mit meinen Gedanken und vor allem nicht vom Ziel des heutigen Abends ablenken. Aber es ist nun einmal so, dass der neue Glaube erst seit Zweihundert bis Dreihundert Jahren bei uns bekannt ist. Es wird noch Blut fließen, es wird noch Tote geben um den neuen Glauben, vertraut mir."

„Auf keinen Fall", platzte es spontan aus Matern heraus, „keiner wird um einen schnöden Glauben einen Krieg anzetteln."

„Matern, bitte im Moment keine Diskussion, schon gar nicht über Dinge, die wir beide nicht ändern können und ändern werden.

Ich kann jetzt wohl ungestört fortfahren", entfuhr es Hedda ein wenig streng. „Sogenannte heilige Männer ziehen in jeden Winkel unseres Landes bei Wind und Wetter und verkünden das große Glück. Es kann einem schon fast unheimlich werden. Ein solcher Wille, eine solche Entbehrung, eine solche Erleuchtung - und alles nur wegen eines Glaubens.

Was und wer steckt nur dahinter? Ein Glück, dass es mein Problem nicht ist und auch nicht werden wird.

Alle religiösen Feste und Bräuche haben sich nicht geändert. Ist etwa der neue Glaube ein Teil des alten Glaubens? Wo ist der richtige Weg, wo ist der richtige Pfad? Sind alle Überlieferungen, alle Gedichte, alle Lieder nie vorgetragen oder gesungen worden?

Sind wir die Reichen und unsere Ahnen die Armen, nur weil sie keine Chance hatten, anders zu glauben.

Sehr viele Probleme haben wir, sehr viele Ängste. Sehr

165

viele Wünsche, sehr viele Fragen haben wir. Kann uns ein Gott helfen? Kann nur ein Gott genügen - einer für alle unsere Probleme?"

„Na die fängt aber auch geschwollen an zu reden. Was soll es werden. Zur Sache, zur Sache, wir haben keine Zeit für solch ein Geschwafel. Außerdem habe ich mir die Durchführung einer Heirat schneller vorgestellt", flüsterte Matern. Ich antwortete ihm noch leiser über den Tisch hinweg".

„Nun lass sie doch, nun lass sie doch, bitte! Es kann sein, dass wir so hinter dieses und jenes Geheimnis um Hedda kommen, das wir doch so gern beide gelüftet sehen möchten."

„Hast ja so recht alter Bruder", war seine Antwort. Wir sahen wieder auf zu Hedda.

„Es ist wieder einmal ein Kampf, der um einen Glauben geführt wird. Es wird nicht der letzte sein. Die Kämpfe werden langwierig und zäh geführt werden, es wird Blut fließen, es wird Ungerechtigkeiten geben, es wird vielleicht irgendwann einmal überhaupt keinen Glauben mehr geben. Wofür auch und für wen auch immer!

Warum nur dieser Druck von der neuen Kirche des einen Gottes? Nimmt der neue Glaube oder gibt der neue Glaube. Er nimmt ein Zehntel, so ist es ihm zugesprochen - von welchen Fürsten auch immer. Aber warum?

Ich sage euch warum. Weil Könige, Fürsten und Grafen dem neuen Glauben beigetreten sind oder besser ausgedrückt, sie sind Könige, Fürsten und Grafen geworden durch die Macht und die Gnade des neuen Glaubens. Ein Tanz auf Messers Schneide zwischen dem neuen Heil und der irdischen Macht.

Das Zehntel an die Kirche, Dankbarkeit muss sein.

Wie geht es uns hingegen in Muthenbroke und unserer Nachbarschaft? Hat uns die Gnade des neuen Gottes schon erreicht? Oder, ist alles um uns herum nur ein Geschäft, ein abgekartetes Spiel, bei dem Gewinner und Verlierer schon lange feststehen. Wird es einen Wahn um Glauben und Kirche geben. Wird Feuer und Schwert auch bei uns regieren. Was ist ein Glaube überhaupt wert?"

Hedda wurde von Satz zu Satz bleicher im Gesicht. Sollte ich es wagen, eine Pause für uns alle zu erbitten, war mein Gedanke. Zu spät, sie fuhr unbeirrt mit fester Stimme fort.

„Wie war es, wie ist es und wie wird es sein. Große Opfer und hohe Abgaben mussten erbracht werden, ganz klar zu jeder Zeit. Feste wurden gefeiert. Getrauert wurde gemeinsam und es wurden Hochzeiten gefeiert. Gelage mit essen und trinken im Überfluss, mit Spiel und Tanz an den alten Stätten und Plätzen, auf Gräbern, unter uralten Bäumen, an großen Steinen und an frischen Quellen, aus denen das klare Wasser floss. Weissagungen und Vorhersagen wurden getätigt und sie trafen ein. Werden die Vorhersagen, die Versprechen des neuen Glaubens, ebenfalls eintreffen?

Ich sinne nach und sinne nach, und das jetzt schon seit langer, langer Zeit, immer ein Rest des Zweifels in mir. Ich glaube ich werde langsam zu alt für diese Welt. Ich verstehe sie nicht mehr so recht.

Aber zu einem Teilergebnis bin ich gekommen. Für alle Wünsche, Ängste und Probleme die wir auf dieser Welt haben, reicht aus meiner Sicht ein Gott nicht aus. Auch meine Mutter zweifelte ihr Leben lang um Gott und Götter, obwohl sie fest geleitet wurde von ihrem Partner, der wahrlich eine feste Meinung und einen festen Glauben hatte."

Ich hatte den Ausführungen von Hedda voller Spannung zugehört und sogar vergessen, einen Schluck vom dem Wein zu trinken. Das holte ich jetzt ausgiebig nach. Gut und schwer war er. Alle Übrigen an unserem Tisch hatten ebenfalls voller Anspannung zugehört, das konnte ich deutlich spüren.

Es schien, als käme Hedda so richtig aus sich heraus. Und nun auch dieses Wort - Mutter. Nie hatte ich bisher ernsthaft darüber nachgedacht. Sie hatte eine Mutter. Gleichzeitig überkam mich die Ernüchterung. Wie blöd von mir, jeder Mensch hat eine Mutter und auch einen Vater, somit auch Hedda. Allerdings hatte ich das Gefühl, als sollten sich doch noch einige Geheimnisse um Hedda lüften. In gewisser Weise war ich aufgeregt und gespannt, wie seit ewigen Zeiten nicht mehr.

„Aber die Zeiten ändern sich und sie ändern sich immer schneller. Irgendwann wird es sowieso dahin führen, dass es keinen Platz mehr für einen Gott oder gar Götter geben wird, keinen Platz und keine Zeit für das Heil, glaubt es mir bitte. Aber wir werden dieses nicht mehr miterleben, denn es ist noch nicht so weit und unsere Zeit ist begrenzt. Es wird noch sehr viel geschehen bis zum Ende aller Tage, Gutes sowie Schlechtes.

-

So nun gilt es aber einmal kräftig Dank zu sagen für eure Geduld, meinen Ausführungen gefolgt zu sein. Damit soll nun auch Schluss sein. Ab jetzt gibt es klare Worte. Lasst uns eine kleine Pause einlegen. Geht nach draußen und schlagt erst einmal das Wasser ab!" Vor der Tür nahm mich Matern zur Seite. „Wenn sie nicht bald zur Sache kommt, werden wir morgen genau so schlau sein wie heute. Und dieser Gast da, der noch kommen soll! Das beunruhigt mich! Ich hatte mir schon etwas mehr von dem heutigen Abend versprochen. Und du?"

„Ich meine, wir dürfen jetzt nicht ungeduldig werden. Ich habe da ein ganz anderes Gefühl als du. Matern, ich glaube am heutigen Abend folgt noch Großes. Warte bitte ab und werde nicht ungeduldig. Es liegt etwas Besonderes in der Luft. Dieser Abend wird ein Schlüsselerlebnis für uns alle werden."

Zurück im Haus wollten wir uns alle wieder auf unsere Plätze begeben. Hedda hatte die Stühle aber etwas umgestellt, zwei Reihen mit je zwei Stühlen.

„Sira und Matern bitte nach vorn und dahinter Brigitta und Sören", war die Platzanweisung. Hedda stand vor uns. Sie hatte sich einen breiten weißen Schal um ihren Hals gelegt. In dem Stoff waren Schriftzeichen in schwarzer und roter Farbe eingewebt. Hedda bat um die rechte Hand von Matern und um die linke von Sira. Sie band die beiden Hände mit einem fast durchsichtigen Band fest zusammen.

„Ich sprach soeben von den Unwägsamkeiten, von den Schwierigkeiten um den Glauben in unserer Welt. Der Glaube kann aber auch eine einfache und schöne Angelegenheit sein. Ich rate euch, glaubt an das, was ihr wollt, was ihr für richtig haltet, vielleicht sogar der eine an Dieses und der andere an etwas ganz Anderes. Aber eine Bitte von mir. Glaubt zuerst an euch. Sira glaube du an die Kraft Materns, und du Matern glaube an die Treue Siras. Nutzt gegenseitig eure Stärken und lasst euch nicht beirren in euren Taten."

So sprach Hedda in klaren verständlichen Worten zu uns. Zwischenzeitlich waren in ihrer kurzen Rede jedoch auch einige Passagen enthalten, die zum größten Teil gemurmelt, in einer fremdländisch klingenden, für mich nicht zu verstehenden Sprache von ihr ausgesprochen wurden. Es kam mir so vor, als merke sie es selbst gar nicht.

-

Es klopfte dreimal hart an die Eingangstür. Außer Hedda zuckten wir alle heftig zusammen. Was war das? Hedda blickte in Richtung Tür. „Hört ihr, das wird unser Gast sein." Hedda eilte zur Tür und öffnete. Er betrat den Raum, ganz in tiefes glänzendes Schwarz gekleidet mit einer riesigen Kapuze über dem Kopf, der Propst. „Sieh einmal einer an", dachte ich mir, „damit hatte ich nicht gerechnet, mit diesem Gast."

„Komm herein und nimm bitte Platz Bodo. Ich bin gerade dabei, dem jungen Paar hier meinen Segen für ihr weiteres gemeinsames Leben mit auf den Weg zu geben."

Der setzte sich nicht an den Tisch. Er nahm sich einen der Stühle und setzte sich etwas abseits an die Rückfront des Raumes, mit dem Rücken zur Wand.

Hedda fuhr fort. Sie hatte jeweils eine Hand auf das Haupt von Matern und Sira gelegt. Matern zuckte bei dieser Handlung etwas zusammen. Hedda hatte genau seine Beule getroffen.

„Hier meinen Segen. Er möge euch schützen und begleiten in guten und in schlechten Zeiten euer Leben lang. Meine Wünsche für euch sind schier unermesslich. Freut euch jeden Tag über eure Liebe und glaubt an euch."

Ein leises Gebrummel aus dem Hintergrund war zu vernehmen. „Und natürlich auch an den Segen Gottes."

„Und was ist mit dem Kuss?", hörte ich Brigitta sagen.

Den nun folgenden Vorgang, den Kuss von Matern, kann man nur jemandem nahe bringen und beschreiben, der schon einmal das Picken eines Huhnes nach einem Korn auf dem Boden beobachten konnte.

Stille herrschte im Raum. Ich sah zu Brigitta, ihr liefen die Tränen über die Wangen. Nicht zu verstehen bei einem so frohen Ereignis. Hedda hatte sich auch verändert, sie schien einen dicken Kloß im Hals zu haben. Sie hüstelte und räusperte sich mehrfach sehr laut. Eine merkwürdige Situation war entstanden. Es musste etwas geschehen. Ich war das Familienoberhaupt. Es war meine Aufgabe die Lage zu entspannen. „Auch von Brigitta und mir alles, alles Gute euch Beiden, die ihr ja nun bald zu dritt sein werdet. Glück und Zufriedenheit, das sind unsere Wünsche

und natürlich Gesundheit für eure Familie auf allen Wegen.
Aber Matern, möchtest du nicht auch ein paar Worte sagen?"
„Aber selbstverständlich, ganz klar." Matern erhob sich neben Sira und blickte sie lange an, so als hätte er sie noch nie in seinem Leben gesehen und holte tief Luft.
„Meine liebe Sira - meine liebe Sira - meine liebe Sira."
Sira erwiderte den Blick von Matern. „Mein lieber Matern."
„Oh je - oh je", dachte ich, „was habe ich da angezettelt? Das wird doch wohl nicht endlos so weitergehen mit diesen Liebesbezeugungen." Hedda erkannte Ähnliches und stöhnte leise auf.
Aber. Matern bekam die Kurve. Irgend einem Glauben sei Dank, schoss es mir durch den Kopf.
Mit seiner freien Hand griff er an seinen Hosenbund und tastete nach seinem Beutel. Indes, er hatte am falschen Senkel gezogen. Seine Hose fiel zu Boden, der Beutel sprang aus der Schlinge. Der silberne Ring rollte über den Boden und die Kette lag zu seinen Füßen. Matern bückte sich behände und robbte auf allen Vieren dem Ring hinterher, uns seinen blanken Hintern zeigend. Sira erkannte die unglückliche Situation. Sie lief breitbeinig und hoppelnd wie ein Hase hinter ihm her und verdeckte mit ihrem langen Rock seine Blöße. Was für ein Anblick!
„Das ist aber eine Hochzeit. Da ist Bewegung drin", dachte ich mir. Der Propst stand mit weit geöffnetem Mund da. Matern hatte Ring und Kette aufgelesen. Er stellte sich in Positur. Sira zog ihm derweil die Hose hoch. „Lieb, diese Frau", dachte ich bei mir. „Brigitta würde mich blank stehen lassen - oder auch nicht." Ungehörig, meine Gedanken in diese Richtung.
„Was für ein Erlebnis", sinnierte ich. Hammerhart! Ein

171

Lied für die Nachwelt wäre diese Sache wert. Leider konnte ich weder Text noch Melodie dichten. Schade! Nunmehr standen beide, Matern und Sira, dicht nebeneinander neben Hedda. Matern begann: „Meine liebe Sira." „Ei jei jei, bloß nicht schon wieder", durchfuhr es mich. Meine Befürchtung löste sich im Moment. „Meine liebe Sira, zum Zeichen meiner Liebe dieser Ring". Er steckte Sira liebevoll den Ring auf den Mittelfinger der rechten Hand. „Und als Dank für unser gemeinsames Kind, das du bald als Mutter zur Welt bringen wirst, möchte ich dir diese Kette umlegen." Es klappte ohne Probleme. „Erfreulich", dachte ich bei mir.
Sira strahlte und erwiderte: „Du meinst für unsere gemeinsamen Tochter!"
„Oh je", dachte ich bei mir, was passiert nun? Hedda übernahm das Wort. „Na, das mit der Tochter solltet ihr erst noch einmal abwarten, aber mein Gefühl sagt mir Ähnliches. Wenn es so sein sollte, nennt sie bitte Hedda." Damit war für mich die Sache klar und erledigt. Es wird ein Mädchen.
„Ein kleines Geschenk auch von mir. Ich bin alt, meine Tage sind gezählt. Wenn ich nicht mehr auf dieser Seite des Lebens bin, sollt ihr beide meine Erben sein. Mein ganzer Besitz zu dem Zeitpunkt geht auf euch über. Bodo du bist mein Zeuge, antworte bitte!"
Der Propst nahm eine Art von Grundstellung ein.
„Ich habe es verstanden und ich werde es so niederschreiben."
„Aber bitte noch unbedingt vor unser gemeinsamen großen Mission", antwortete Hedda bestimmt, fast befehlend.
Der Propst nickte kräftig mit dem Kopf.
Na sieh mal einer an. Und Matern hatte schon befürchtet, heute passiere gar nichts mehr. Es schien mir auch noch nicht das Ende aller Überraschungen zu sein.

Matern goss sich einen großen Becher Wein ein. Er hatte es sich verdient.

Hedda sprach: „Wir machen weiter, ein ganz anderes Thema. Und du Bodo, setzt dich bitte zu uns an den Tisch, genau mir gegenüber. Denn ab nun geht es schließlich und endlich um meine, um deine, um unsere große Sache."

„Sehr gern", antwortete der Propst. „Ich habe auch viele Neuigkeiten in unserer Sache mitgebracht. Sehr schlimme Neuigkeiten! Mein geheimer Informant war im Lande unterwegs. Seine Nachrichten zwingen uns zur Eile. Die Zeit drängt mehr denn je, aber wie verabredet, eins nach dem anderen. Du bestimmst den Ablauf der Dinge, meine Hedda."

„Informant", murmelte Matern. „Das kann nur der Entenarsch gewesen sein. Das kann nichts Dolles sein mit den geheimen Botschaften. Aber dennoch bin ich schon gespannt, wenn ich ehrlich sein soll."

Ich war noch einmal kurz vor der Tür gewesen. Es war gut, der Druck in meinem Unterkörper hatte nachgelassen. Bier und Wein hatten sich die in meinem Körper gesammelt. Ich dachte kurz, was in so einem Körper wohl vorgehe. Irgendwie sind sich da Mensch und Tier ähnlich, waren meine Gedanken. Beide trinken und pissen. Ich nahm mir vor, Hedda einmal dazu zu befragen.

Wir saßen wieder alle am Tisch. Matern hatte sich im zweiten Versuch eine kleine Portion Fleisch und Soße mit an seinen Platz genommen.

Die Sitzordnung hatte sich dem neuen Gast angepasst. Links von uns am Tisch saß der Propst, Hedda genau gegenüber.

Bodo hatte sie zu ihm gesagt. Ich konnte mich gar nicht beruhigen. Bodo.

Bodo, Bodi, Bodolein waren meine weiteren Gedanken.

Wir erkannten, dass Hedda wieder das Wort ergreifen

wollte. Darüber hinaus fiel mit auf, dass der Propst sehr unruhig wurde. Er rutschte mit seinem Gesäß hin und her auf seinem Stuhl. Dabei hob er ein klein wenig seine rechte Hand mit dem leicht ausgestreckten Zeigefinger.

„Ach ja, ich vergaß, Bodo, der Schwur. Wir sind uns einig, der Propst und ich. Wir müssen uns eine Schweigepflicht auferlegen über das Gesprochene an dem heutigen Abend und die folgenden Taten an den nächsten Tagen. Unbedingt! Ein Eid muss von euch allen hier am Tisch abgeleistet werden. Es darf nichts nach draußen dringen, keiner darf auch nicht das Geringste erfahren."

Hedda erhob sich von ihrem Stuhl. „So, steht bitte alle auf und schwört. Schwört bei dem, was euch am Wichtigsten ist auf dieser Welt und schwört es laut und deutlich. Ich will eure Schwüre hören."

Es schauderte mich! Das war aber mehr als bestimmt von Hedda ausgesprochen worden. Und so standen wir alle um den Tisch herum. Wie sollte es weiter gehen? Ich entspannte mich. Nun gut, ein Schwur, wenn es weiter nichts war, so wollte ich schon den Anfang machen. Ich schaute zu Brigitta und schwor. Ich schwor Geheimhaltung beim Leben unserer beiden Kinder. Brigitta tat es mir gleich. Matern schwor bei seiner Liebe zu Sira und Sira bei ihrer Liebe zu Matern. Der Propst schwor im Namen Gottes.

Was für eine Situation! Schwüre! Ich konnte mich so recht gar nicht daran erinnern, wann ich meinen letzten Schwur abgelegt hatte. Es fiel mir wieder ein. Das letzte Mal hatten Matern und ich uns Geheimhaltung geschworen, als wir gemeinsam die Fischreusen des Fischers am Holme ausgeplündert hatten, und das war schon mehr als einige Jahre her.

Es war schon ein recht merkwürdiges Gefühl, in einer verschworenen Gemeinschaft Mitglied zu sein. Was für eine Initiierung, was für ein Vorspiel! Kaum noch auszuhalten, diese Spannung, Hedda musste nun loslegen. Ich war kurz vor dem Durchdrehen vor Neugier. Matern hingegen schien eher gelassen. Ein Stückchen Fleisch, ein Stückchen lange in Soße eingetauchtes Brot, ein Schlückchen Wein und es ging wieder von vorn los. Schön, dass er sich so gefasst hatte. Erst einmal jedenfalls.

Hedda fuhr fort. „Sehr erfreulich, dass wir uns hier und heute alle so einig sind ob der Geheimhaltung der anstehenden Dinge. Ich habe von euch allerdings auch nichts anderes erwartet.

Soll ich anfangen oder möchtest du beginnen Bodo?"

„Meine liebe Hedda, erzähle bitte zuerst deine Geschichte. Meine Worte werden danach für alle verständlicher sein."

„Nun gut. Eine uralte Begebenheit wird sich in den kommenden Tagen mit der Gegenwart verquicken und bis in ferne Zukunft wirken. Sie wird Auswirkungen haben, für den einen mehr, für den anderen weniger, aber für eine Person wird sie sogar dramatische Folgen haben. Ich jedenfalls freue mich auf die folgende Zeit, daran sollt ihr euch immer erinnern, wenn es irgendwann einmal darum geht, Fragen zu beantworten.

Ich kenne die Absicht der Klosterbrüder, die Gebeine des heiligen Mannes, der bereits vor sehr langer Zeit begonnen hat, neue und sehr auffällige Stätten des Gebetes in unserem Lande zu gründen und zu erbauen, aus der alten Klosteranlage in Wippenthorp an den Holm zu holen und ihnen das ewige Bett zu bereiten.

Ob dieses Vorhaben mit unserer Hilfe gelingen wird, müssen wir abwarten. Ein gutes Ende wird es allenfalls geben, das weiß ich, wenn vielleicht auch nicht für alle. In jedem Fall wird er, mit unserer Hilfe die endgültige Ruhestätte finden. So wird es sein.

Ihr habt euch vielleicht schon hin und wieder gefragt, warum wir, warum ausgerechnet wir und dazu auch noch der

Propst. Wie alles im Leben hat auch dieses seinen Grund. Ich kenne die Geheimnisse um den heiligen Mann. Das schweißt mich und den Propst sehr eng zusammen, auf Leben und Tod zusammen. Ihr werdet heute noch selbst das Geheimnis erfahren. Das Schweigen um die Wahrheit wird für euch nicht einfach sein. Der Lohn dafür hingegen wird gewaltig sein."

Matern fing schon wieder an zu flüstern: „Ich möchte jetzt endlich hören was Sache ist. Was will sie, diese Frau? Was will sie von uns?"

„Matern, ich habe zugehört und genau verstanden, was du da eben von dir gegeben hast. Lass uns allen doch noch etwas Zeit, Zeit die wir nötig brauchen, gerade jetzt in der Endphase unseres gemeinsamen Auftrages. Sei nicht so ungeduldig - bitte

Um alles zu verstehen, um alles geordnet ablaufen zu lassen, dürfen wir jetzt nicht den zweiten Schritt vor den ersten setzen. Hast du das verstanden?"

Ich staunte. Matern sagte laut und deutlich, „entschuldige bitte, Hedda, es war ungehörig, dich zu stören." Bei seinen Worten sah er Hedda fest in die Augen.

„Ich danke dir, Matern, zum Teil hast du sicherlich Recht. Ich langweile euch mit meinen Ausführungen. Aber es geht besonders auch um meine Zukunft, deshalb bin ich hin und wieder sehr egoistisch. Ich möchte mich auch entschuldigen. Entschuldigt, ich bin so ungeduldig, sogar noch ungeduldiger als ihr. Ich bin so froh zur Zeit, so erregt. Die wichtigste Stunde in meinem Leben ist nah. Ich möchte aber nicht falsch verstanden werden und komme jetzt auch zur Sache."

VIII

„Eine Geschichte, nein viel besser ausgedrückt, eine spannende Überlieferung aus längst vergangenen Tagen werdet ihr von mir hören. Ihr habt großes Glück, dass ihr in einer mehr als aufregenden und auch abenteuerlichen Zeit lebt. Das werdet ihr noch am eigenen Leibe erfahren."

Endlich, da war er! Endlich der Ausspruch von Hedda > Abenteuer <. Aber meinten wir beide dabei das selbe? Hoffentlich!

„So meine lieben Freunde, es geht los, endlich los, mein guter Matern."

Matern ließ vor Schreck ob dieser intimen Anrede laut scheppernd sein Messer auf die Tischplatte fallen.

„Lange, lange ist es her, wohl so um die zweihundert Jahre. Es sind seit jener Zeit an die vier Generationen durch ihr Leben geschritten, zumindest die glücklich sterbenden Menschen auf unserer Welt."

„Ein Märchen also", raunte Matern vor sich hin.

„Es geht um das Leben und Sterben des heiligen Mannes aus der Stadt Hameln. Einiges wird euch bekannt vorkommen. Ihr kennt es aus den Mündern der durch das Land ziehenden Missionare mit ihrem emsigen Werben das Heil und um das Geld der Leute. Aber einiges, das verspreche ich euch, wird in der Tat neu für euch sein.

Warum und weshalb nun gerade ich berichte und woher ich um das Geschehene weiß, danach fragt bitte hier und heute nicht. Ihr werdet es bald erfahren.

Zu gegebener Zeit werdet ihr erkennen und hautnah miterleben, woher mein Wissen stammt und sodann einiges mehr verstehen als am heutigen Abend. Aber gleichzeitig werdet ihr das Problem des ewigen Schweigens an euch binden. Es wird für euch nicht leicht sein, aber ich sage euch, ihr werdet alle für euer Schweigen einen großen

Gewinn davon tragen. Ihr und eure Kinder und Kindeskinder werden davon reichlich profitieren. Vertraut mir und denkt immer daran, alles bisher von mir Vorhergesagte und Vorhergesehene ist auch genau so eingetreten.

Erkenntnisse und Wissen sind das eine, Geheimnisse aber nur Geheimnisse, wenn sie auch geheim bleiben. Aber ganz so weit sind wir noch nicht. Es wird vieles von euch allen abverlangt werden.

Helft und vertraut mir! Es ist das erste und auch das letzte Mal, dass ich euch um etwas bitte. Ich brauche euch. Es geht um mehr als mein Leben".

Eine kleine Ewigkeit lang war es totenstill im Raum. Keiner sagte etwas - nicht einmal Matern.

Hedda setzte ihre Ansprache fort.

„Vieles, was ich euch mitzuteilen habe, beruht auf dem Neubau des großen Klosters hier bei uns. Mit dem Bau der Anlage der Augustiner hier am Holme, schließt sich endlich und endgültig ein großer Kreis in meinem langen Dasein hier auf Erden. Aber für euch hier beginnt eine neue andere moderne Zeit.

Außerdem gibt es ein Abkommen zwischen dem Propst und mir, ein geheimes gegenseitiges Versprechen. Wir haben Feinde. Ihr beide, Sören und Matern werdet uns beistehen und helfen.

Von euch wird man noch in Jahrhunderten erzählen aber auch über eure Taten rätseln.

So wird es bleiben, bis einer das Rätsel löst in ferner Zeit".

Ein kräftiger und heftiger Tritt von Matern gegen mein rechtes Schienbein ließ mich für einen Moment das atmen schier unmöglich machen.

„Ich habe doch gesagt, die spinnt", zischte er zu mir herüber.

Ein stechender strafender Blick von Hedda erfolgte postum. „Gerade du, Matern, solltest jetzt bei der Sache sein.

179

Was du jetzt noch nicht verstehst und vielleicht später auch nicht, deine Sira wird es dir erklären können. Sira weiß weit mehr als ihr alle zusammen. Dafür habe ich gesorgt. Und nun höre bitte wieder zu!"

Matern wurde schlagartig eine Handbreit kleiner auf seinem Stuhl. Er atmete hörbar aus. Er konnte kaum noch auf den Tisch blicken. Er hatte jegliche Bewegung eingestellt und sah nur noch seine Sira an.

Hedda sah streng in unsere kleine Runde. Sie wirkte ernst. Ihre tiefe Stimme und ihr Körper bebten und zitterten. Sie war über alle Maßen angespannt. Man konnte ängstlich werden. Ich sah in die Runde und erkannte bei allen eine große Unsicherheit. Was wird da noch alles folgen?

Hedda hatte sich schnell wieder gefangen Die Lage entspannte sich.

Sie sah auf und sagte: „Ich fahre jetzt fort. Etwas zur Geschichte werdet ihr jetzt von mir erfahren. Ich werde mich kurz fassen. Lehnt euch zurück und hört zu. Wenn ihr eine Pause benötigt, gebt mir ein Zeichen.

Vor sehr langer Zeit hat ein Mann namens Ansgar versucht, mit aller seiner Glaubenskraft den christlichen Glauben hier im Holstengau zu verkünden. Einige wenige Menschen ließen sich von ihm taufen. In Wippenthorp im Gau Faldera erstellte er mit einigen Gesinnungsgenossen sogar eine einfache kleine Kapelle aus grob behauenen Hölzern.

Jedoch der vom ihm erhoffte Erfolg blieb aus. Für ihn war es ein herber Rückschlag. Für die Bewohner in unserer Region war es ein Zurück zum guten alten Götterglauben, der vor ewigen Zeiten uns aus den Nordlanden entsandt worden war. Das christliche Leben erlosch völlig. Der Norden brauchte anscheinend keinen neuen Gott. Es gab Götter genug. Für alles im Leben und darüber hinaus gab es bereits einen Gott.

Die Missionierung des hohen Nordens wurde erst einmal aufgegeben. Der Kampf Gott gegen Götter schien entschieden zu sein. Die hart gesottenen Naturvölker an den Meeren bauten auf Altbewährtes. Sie waren mit ihrem Glauben zufrieden. Er gab ihnen Hilfe und Rat in allen Lebenslagen. Sie vertrauten der Natur mehr als dem geschriebenen Wort.

Weshalb, warum und von wem auch angetrieben, das kann ich euch nicht sagen, aber der neue Glaube sollte vehement - vehement auch in Richtung Norden - vorangetrieben werden. Eine gewaltige politische Macht stand dahinter. Es wurde Druck gemacht.

Daraufhin zogen wiederum vereinzelt Missionare predigend durch unsere Gegend. Einige von ihnen erschlug man kurzerhand, andere starben freiwillig den Märtyrertod. Aber einigen gab man auch die Möglichkeit, vom Heil ihres Gottes zu künden.

Das war dann eine gute Sache, wenn man seinen Spaß haben wollte auf Festen oder Thingtagen. Der erhoffe Erfolg der Kirche blieb weiterhin aus.

Lange, lange Zeit nach Ansgar erfuhr ein hoher Mann der Kirche von der mittlerweile fast verfallenen Kapelle in Wippenthorp. Es war Erzbischof Adalbero aus der Stadt Bremen. Er erkannte, dass ein anderer Weg eingeschlagen werden musste. Die nordischen Männer und auch die Frauen waren aus hartem Holz geschnitzt, wenn es darum ging ihnen die Taufe nahezubringen.

Der Erzbischof entsandte seinen besten Mann, einen Prediger, der in seinem rastlosen Eifer schon Erfolge in fast aussichtslosen Fällen erzielt hatte. Der Mann hieß Vicelin. Der alte Flecken Wippenthorp sollte die Basis für seine Missionsarbeit werden. Eine neue Taktik sollte helfen, den neuen Glauben auch im Holstengau zu verbreiten.

Vicelin, ein studierter Mann, war zu diesem Zweck nicht

nur mit dem Wort Gottes ausgestattet, er führte zudem eine ansehnliche Summe Geldes mit sich. Nur sehr wenige Gesinnungsgenossen begleiteten ihn in den Norden.

Die vorgefundenen Zustände in Wippenthorp waren in jeder Hinsicht fürchterlich. Er befand sich in einer öden und gottverlassenen Gegend. Dazu kamen noch ständige kriegerische Auseinandersetzungen im Lande.

Die Bewohner waren arm und rückständig. Es war ein Winkel des Schreckens. In den Menschen wohnten Dämonen, Teufel und Hexen. Der Götterglaube bestimmte ihr Handeln. Vicelin erkannte sofort, nicht nur die Predigt, auch der Exorzismus würde zu seinen Aufgaben gehören.

Bei seiner Ankunft an der Kirchenruine fiel er auf seine Knie und dankte Gott für seine schwierige Aufgabe, an diesem Ort predigen zu dürfen.

Vicelin erkannte die gewaltige Aufgabe sofort, die vor ihm lag. Jedoch er war nicht nur ein Mann Gottes, er war ein großer Stratege und Taktiker, und das sollte ihn letztlich zum Erfolg geleiten.

Die zerfallenen Reste der Kapelle von Ansgar waren in keiner Weise mehr bewohnbar, dienten ihm aber als sicheres Versteck für die große Summe Geldes aus Bremen. Vicelin schlug mit seiner Gefolgschaft ein Zelt vor der alten Gebetsstelle auf. Er wollte unbedingt Erfolge. Er führte seine wenigen Wanderprediger stabsmäßig. Er stellte seine Christianisierung auf drei Beine! Später kam als glückliche Fügung für ihn noch ein weiteres Standbein dazu.

Vicelin hatte ergründet, warum alle bisherigen Bekehrungsversuche so kläglich gescheitert waren. Alle Arbeit und Mühe waren zwecklos, wenn man von der Basis heraus missionierte. Nur Schwache, Arme und Kranke zu taufen war leicht, brachte aber nicht den angestrebten Umbruch. Sicher, zwar hatten diese armen Kreaturen es

verdient, dass der große Gott sich ihrer annahm, aber für die heilige Kirche war es kein Machtgewinn. Eine politische Steuerung war auf diesem Wege nicht möglich, und sie war das Ziel kirchlicher Führung damals so wie heute."
Ein heftiger Hustenanfall von Matern ließ uns alle aufhorchen. Er riss seine Augen weit auf. Er hatte sich an einer Nuss verschluckt und rang nach Luft. Er erholte sich sehr schnell. Sein Atem ging wieder ruhig und gleichmäßig, allerdings schob er die mit getrockneten Beeren und Nüssen gefüllte Schale weit von sich. Er erhob sodann zaghaft seinen Zeigefinger. Hedda nickte.
„Das geht doch alles nicht, dass wird nichts. Kirche und Glaube werden nie die Welt regieren, dafür gibt es doch das Geld".
„Teilweise hast du recht Matern. Aber stelle dir vor, Kirche und Geld vereinen sich, dann sähe schon alles ganz anders aus, und zur Zeit wird die Kirche immer reicher an Gold und Ländereien.
Aber nun wieder zurück zum Werk Vicelins. Es stellte seine Missionsarbeit auf drei Säulen.
Zum einen vertrat er die Meinung, nicht wie seine Vorgänger mit wenig Geld zu den armen Leuten zu gehen. Das brachte zwar kurzfristig Erfolge, jedoch die Getauften wandten sich schnell wieder ihrem alten anderen Glauben zu. Seine Devise war, mit viel Geld zu den Reichen zu gehen. Und das tat er auch. Die Missionsarbeit muss am Kopf der Gesellschaft beginnen. Großzügige Geschenke in Verbindung mit überzeugenden Predigten waren das richtige Mittel. Natürlich ließen sich diese Personen sodann von ihm taufen. Danach befahlen sie weitere Taufen an ihren Untertanen, bis hin zu den Kindern. So handelte auch Johann Graf von Holstein, der zu Vicelins großem Glück auch noch der Schwager des Erzbischofs war. Hier war Linie drin. Als Dank für seine Bekehrung überließ der

Graf später dem Kloster in Wippenthorp das Gebiet von Muthenbroke und dem Holm.

Zum anderen setzte er auf ein bewährtes Mittel, bei der Bevölkerung das Interesse an dem neuen Glauben zu wecken. Wunder mussten vollbracht werden. So schickte Vicelin Missionare in alle vier Himmelsrichtungen aus, die voller Freude allen verkündeten, dass Vicelin Kranke und Sterbende geheilt habe, die sodann sofort wieder ihr Tagwerk aufnehmen konnten. Auch verkündeten sie, er habe einige Besessene vom Dämon befreit.

Als letztes nutzte er die Ängste der geplagten Menschen und versprach für die Getauften zumindest nach ihrem Tode ein Leben in Hülle und Fülle und die Vergebung ihrer Sünden und Verfehlungen.

So aufgestellt konnte der Erfolg der Christianisierung natürlich nicht ausbleiben. Die Schar der Gläubigen mehrte sich täglich. Vicelin konnte dem Erzbischof nur Gutes vermelden.

Der Erzbischof war von den Leistungen Vicelins begeistert und stellte weiter größere Summen Geldes zur Verfügung. So wie er es bezeichnete, war es für ihn keine Ausgabe, es war eine Investition. So nannte er es und meinte, das Geld wird vermehrt wieder an uns zurück fließen. Man müsse nur ein wenig Geduld haben.

Zu seinem unermüdlichen Fleiß kam auch noch das Glück dazu, eine Sternstunde, eine Gottesfügung.

Eine fürchterliche Hungersnot brach über Wippenthorp und allen Nachbardörfer herein. In weiten Gebieten des Holstengaus herrschte größte Not, und der Tod durch das fehlende Getreide war allgegenwärtig.

Vicelin mit seiner Gefolgschaft konnte Lebensmittel an die Hungernden verteilen und den Menschen predigen. Er bot den Menschen die Taufe an. Es kam zu Massentaufen. Der Tag reichte nicht aus. Vicelin taufte bei Tag und

Nacht.

Aber das war nicht alles. Stätten des Gebetes, Stätten des Glaubens mussten geschaffen werden. Somit gründete Vicelin nicht nur das Kloster der Augustiner in Wippenthorp, er legte die Grundsteine für mehrere Kapellen und Kirchen.

Bei dem Kirchenbau in Bosau zeigte Vicelin besondere Stärke. Diese Stätte des neuen Glaubens ist schon etwas Besonderes. Hier zeigte Vicelin Mut und besonderen Kampfgeist für seine geliebte Sache. Er schliff eine uralte heidnische Anlage, die dem Gotte Boz gewidmet war. Es war eine heilige Kultstätte der Slaven. Auf den Grundmauern der Götterstätte errichtete er eine neue Kirche, einen weißen trutzigen Steinbau, der weit ins Land sichtbar war. Mit dieser Symbolkirche hatte Vicelin wahrlich ein Zeichen gesetzt, das Zeichen des Sieges über das Heidentum. Nun war für ihn auch der Standort Bozow gesichert.

Wegen seiner enormen Leistungen wurde Vicelin, mittlerweile in die Jahre gekommen, zum Bischof ernannt. Er nahm seinen Sitz in Bozow, obwohl sein Zuhause, wie er oft sagte, Wippenthorp sei.

Kurz nach seiner Weihe traf ihn der Schlag. Vicelin hatte leichte Einschränkungen. Er zog sich gänzlich nach Wippenthorp zurück, wo er ein kleines Haus auf der Klosteranlage bewohnte. Wiederum traf ihn der Schlag, dieses Mal von heftigen Ausfällen begleitet. Das Schlimmste für ihn war, dass er fortan der Sprache beraubt war. Er verließ Wippenthorp nicht mehr. Seine Haushälterin pflegte ihn jahrelang bis zu seinem Tode.

Seine Totenruhe fand Vicelin in der Klosterstätte, wie sollte es auch anders gewesen sein.

Seine engsten Gefolgsleute kündeten im Land von seinem Tod. In den Träumen der Menschen erschien ihnen häufig Vicelin als Heiliger Mann. Die Verehrung durch die Gläubigen und die Kirche war groß.

-

So ihr Lieben, das war nun kurz berichtet das offizielle Leben des Heiligen Mannes, der immer noch in der wiederum ziemlich heruntergekommenen Anlage in Wippenthorp ruht, und dessen Gebeine an den Holm geholt werden sollen.

Aber Vicelin war ein Mann mit zwei Gesichtern. Und über dieses zweite Gesicht sollt ihr auch einiges erfahren. In diesem zweiten Gesicht liegt auch die enge Verbindung zwischen dem Propst und mir. So es ist doch Bodo?"

Der Propst nickte. Es war völlig richtig was Hedda eingangs gesagt hatte. Dieses und auch Jenes hatten wir natürlich schon von den Mönchen gehört. Aber was Hedda berichtet hatte, war schon ein dicker Hund. So einen aufregenden Abend bei Hedda hatte ich nicht erwartet. Alle hatten gespannt und zugehört. Was sollte jetzt noch folgen? Was war das für ein Hinweis auf ein Doppelleben? Die Spannung ist fast nicht mehr zu ertragen.

„Ich sehe ihr seid alle gespannt auf den - wie soll ich sagen - zweiten Teil der alten Geschichte und ich will euch auch nicht unnötig auf die Folter spannen.

Vicelin hatte sich nach seiner Überzeugung und seiner Gesinnung für den Orden der Augustiner entschieden. Nun, was bedeutet es, ein Augustiner zu sein, ein Augustiner Mönch und Gottesmann. Es bedeutet, dass man ein eheloses Leben zu führen hat und somit keine Frau zu sich nehmen darf. Dazu kam noch, dass er eine sehr asketische Lebensweise zu führen hatte, also nicht der Völlerei nachgehen durfte, nur das notwendigste an Essen und Trinken und dann auch nur die einfachste Kost zu sich nehmen durfte. Seine Zeit hatte er damit zu verbringen, Gebete zu sprechen und große Teile des Jahres ausgiebig zu fasten. Eine wichtige Aufgabe ist es, fromme Werke zu vollbringen. Das waren und sind die Statuten, die sich die Augustiner gegeben haben."

Matern schlug sich mit der flachen Hand klatschend an die Stirn. „Und es gibt tatsächlich Menschen, die diesem Club beitreten!" Er sah den Propst von der Seite an und schüttelte mit dem Kopf.

„Ja, so ist es", antwortete Hedda. „Auch die Mönche aus Wippenthorp haben sich dem Augustinerorden verpflichtet. Hier bei uns am Holme nennen sich die Mönche Chorherren.

Allerdings geht die Verpflichtung nicht immer unbedingt ganz auf, denn Augustiner zu sein bedeutet ja nebenbei auch Mensch zu sein. Die Klosterbrüder hier bei uns essen sehr gern Fisch und Fleisch. Sie sitzen gern warm und trocken und trinken auch sehr gern einen guten Schluck, wenn es denn kein Wasser ist. Hin und wieder gönnen sie sich auch eine Pause. Sie machen Urlaub vom Mönchsein und verbringen einige Tage oder gar Wochen bei Freunden oder bei ihrer Familie. Ein kleiner Obolus in die Ordenskasse ist nach solchen Auszeiten immer herzlich willkommen.

Ja und wie erging es unserem Vicelin so als Augustiner? Nach seiner schulischen Ausbildung in einem Kloster und seinem Studium ging er zur Vertiefung seiner theologischen Studien nach Frankreich. Er lernte dort sehr viel dazu für sein Lebenswerk, für seine Tätigkeiten als großer Missionar. Aber er lernte auch jemanden kennen, eine Frau.

Eine große, schlanke, dunkelhaarige Frau mit einem ihm bisher unbekannten, sehr dunklen Teint. Diese Frau beeindruckte Vicelin in mehrfacher Hinsicht. Zum einen sprach sie mehrere Sprachen perfekt, sie konnte lesen und schreiben. Sie war immer sehr elegant und modisch gekleidet. Und sie war, so wie sie es Vicelin mitteilte, von edlem

Geblüt. Sie sagte zu ihm, sie sei eine Prinzessin und stamme aus einem Land noch weiter her im Süden.

Vicelin konnte von dieser Frau nicht lassen. In jeder freien Zeit suchte er ihre Nähe. Jedoch über das Leben hatte diese Frau eine ganz andere Sichtweise als Vicelin. Ihr Glaube und ihre Lebensweise waren in keiner Hinsicht christlich. Auch sie hatte eine Ausbildung, ein Studium, durchlaufen. Sie hatte ihr Wissen und ihr Können von ihrer Tante und ihrer Großtante erhalten. Ein Aufenthalt im Osten, wo ein Reitervolk regierte, hatte ihr weitere Erkenntnisse gebracht. Ihr Glaube war der Götterglaube der Nordvölker.

Der Verstand sagte Vicelin, dass das, was hier in Frankreich vor sich ging, nicht sein konnte und nicht sein durfte. Es gab mehrere Gründe. Zum einen, verbot ihm der Orden das Zusammenleben mit einer Frau, zum anderen durfte er überhaupt keinen Kontakt zum Götterglauben haben. Das ging gar nicht - eine Verbindung zum Heidentum.

Unter größter Geheimhaltung kam es aber immer wieder zu kurzen Treffen und auch längeren Zusammenkünften. Vicelin wusste, dass ein weiteres Leben in seinem Priesteramt mit dieser Frau nicht möglich war aber ohne sie konnte er nicht leben. Das erkannte er immer mehr. Über diese ganzen Überlegungen wurde er krank, krank vom Grübeln und Nachdenken. Er magerte ab und konnte sich nicht mehr auf seine Studien konzentrieren. Das schlimmste für ihn war, er konnte mit keinem darüber reden.

Die Frau hieß Gola.

Seine Zeit in Frankreich neigte sich dem Ende zu. Die Abreise stand an. Einen Moment sah Vicelin hier eine Chance, sich von Gola trennen zu können, sich von ihr loszusagen. Daraus wurde aber nichts, es ging nicht. Er liebte diese Frau und diese Frau liebte ihn.

Somit reisten sie zwar getrennt von einander, aber dennoch gleichzeitig zurück in Richtung Bremen. Gola war von ihrer Familie großzügig mit Geld und Silber ausgestattet worden und sie verdiente gut. Sie war nicht nur Priesterin, sie war Seherin, sie war Heilerin und sie war stark, sehr stark und konnte sich in dieser Welt behaupten. Dagegen war Vicelin eher arm und mittellos. Sein einziges Kapital war sein Glaube.

Vicelin kam in einem Kloster bei Bremen unter. Gola bezog ein einfaches Zimmer bei einer alten Kräuterfrau ganz in seiner Nähe - alles natürlich unter der größten Geheimhaltung. Ständig lebte Vicelin mit der Furcht, entdeckt zu werden. Was konnte ihm passieren. Die Aberkennung des Priesteramtes war noch das Wenigste. Folgen würde eine Entsendung als Missionar in das Land des Nordweges und somit auch die Trennung von Gola. Das würde er nicht überleben, das war ihm klar. Ohne Gola konnte er nicht leben. So lebten beide immer in der Furcht entdeckt zu werden. So lebten sie getrennt und doch gemeinsam, bis es für Vicelin galt, gen Wippenthorp aufzubrechen. Wippenthorp, das letztlich beider Heimat werden sollte.

Wippenthorp war Vicelins Stammsitz. Er hielt sich aber häufig für längere Zeit im Raume Bosau auf. Mittlerweile war er auch finanziell besser ausgestattet. Er kaufte Gola ein kleines Haus an der Swantine, ganz in der Nähe von Bosau. So konnte er Gola auf geheimen Pfaden zu Lande und auch zu Wasser erreichen. In diesem Dreieck Wippenthorp - Bosau - und dem Haus am Fluss, konnte Vicelin seine Geliebte, seine Frau, wie er sogar mitunter zu ihr sagte, gut verstecken und ihr auch regelmäßig nicht nur kurze Besuche abstatten.

Aber wie es so ist im Leben, nicht immer läuft alles reibungslos und in eingefahrenen Bahnen. Es kam, wie es denn auch kommen musste. Gola wurde schwanger. Sie bekam ein Kind!

Vicelin konnte sich wegen seiner umfangreichen Aufgaben nur wenig seiner Familie widmen. Er war im ganzen Lande unterwegs. Seine Erfolge zwangen ihn zu ständiger erneuter Arbeit, es blieb nur wenig Zeit für das Haus an dem kleinen Fluss.

Somit teilte Gola das Schicksal aller Frauen von erfolgreichen Männern. Was ihr blieb, war nur zurückzustehen, in allen Belangen geheim zurückzustehen. Dennoch war ihr Leben einigermaßen angenehm zu ertragen. Sie hatte keine finanziellen Sorgen. In ihrer kleinen Gemeinde wurde sie geehrt und geachtet, trotz ihres vaterlosen Kindes.

Ihre alleinige Aufgabe war die Erziehung des gemeinsamen Kindes, und das tat sie auch. Vicelin konnte ihr keine Hilfe geben.

Sie erzog das Kind und bildete es aus, in ihrem Sinne und auch im Sinne ihrer Tante und ihrer Großtante.

Selbst Vater Vicelin akzeptierte diese Situation. Es blieb ihm auch wahrlich nichts anderes übrig. Die Lage ließ nichts anderes zu.

Die Jahre vergingen alle wurden älter. Aus dem Kind war bereits ein Erwachsener geworden.

Vicelin wurde zum Bischof ernannt. Kurz darauf traf ihn der Schlag. Er hatte leichte Ausfälle, aber er konnte seine Aufgaben mit leichten Einschränkungen weiter ausführen. Er kannte weder Rast noch Pause.

Gola warnte ihn, er solle kürzer treten und sich ein wenig Ruhe gönnen. Eine Warnung habe er erhalten, er solle sein Leben umstellen.

Vicelin hörte leider nicht auf die mahnenden Worte von Gola. Er arbeitete in der für ihn gewohnten Weise weiter.

Kurze Zeit später, Vicelin weilte in seinem Kloster in Wippentorp, traf ihn der zweite Schlag. Dieses Mal allerdings in heftigster Weise.

Das Schlimmste für ihn war, dass er der Sprache beraubt war.

Vicelin gewann eine Vertraute, eine alte Kräuterfrau. Krankheitsbedingt sehr umständlich erklärte er ihr einen Auftrag. Er statte sie mit etwas Geld aus und entsandte sie an die Swantine. Für diesen Botendienst einen seiner Mönche einzusetzen, dafür reichte sein Vertrauen in seine Brüder nicht. Die Kräuterfrau berichtete Gola und überreichte ein mühevoll von Vicelin verfasstes Schreiben.

Gola erkannte sofort die sehr große Not; aber auch die Chance, doch noch die letzten Jahre Seite an Seite mit ihrem Vicelin leben zu können. Die Idee war, sie als Pflegerin und Haushälterin in dem Hause des Bischofs arbeiten und wohnen zu lassen.

Und Gola machte sich auf den Weg. Sie verkaufte das Haus am Fluss und reiste gen Wippenthorp. Wie geplant verdingte sie sich im Hause Vicelins. Endlich hatten sie ihr gemeinsames Glück gefunden, auch wenn der Schatten der schweren Krankheit über ihnen lag. Vicelin konnte nicht sprechen, aber er sah seine Frau von morgens bis abends strahlend an. Für ihr gemeinsames Kind wurde aus dem Erlös des Hausverkaufes ein neues auf den Ländereien des Klosters in der Nähe von Wippenthorp erstellt.

Gola pflegte Vicelin aufopfernd mehrere Jahre bis zu seinem Tod. Er wurde von ihr für die Grablegung vorbereitet. Mehr konnte sie für ihn nicht tun.

Allerdings gab es ein schriftliches Vermächtnis von Vicelin. Daraus ging hervor, das Vicelin Gola vorgesehen hatten, die Schriftzeichen auf seinen Sargdeckel zu setzen, und das in zwei Sprachen. Und dazu sollte das flammende Herz, das Symbol der Augustiner, auf den Deckel gebrannt werden. Außerdem hatte Vicelin verfügt, dass Gola bis an das Ende ihres Lebens Wohnstatt im Hause auf der Anlage erhielt und dass sie nach ihrem Tode auf dem

Klosterfriedhof ihre letzte Ruhe finden sollte. Der Propst des Klosters wunderte sich über das ungewöhnliche Testament Vicelins. Aber da es nun so der letzte Wille des Bischofs war, handelte er strikt danach. An der Grablegung konnten weder Frau noch Kind teilnehmen.

-

So, das war nun das zweite Leben des Vicelin. Ihr habt jetzt sicher Verständnis für den Schwur, den ich euch abverlangt habe. Das was ich euch soeben berichtet habe, darf unter keinen Umständen an die Öffentlichkeit gelangen. Der Bischof Vicelin soll als Heiliger Mann von Wippenthorp an einen anderen Ort verbracht werden. Der Propst und ich sind uns einig. Was sagst du dazu, Bodo", waren ihre Worte.

Der Propst kam nicht einmal dazu, Luft zu holen, Matern sprang vom Tisch auf. Er rang nach Worten und nach Atem, so spontan hatte er sich zu seinem Aufsprung entschlossen.

„Aber das kann doch nicht wahr sein! Das sind doch menschliche Züge. Hedda, das müssen doch einfach alle erfahren. Vicelin wird nicht nur der heilige Mann sein, er wird der Große Heilige Mann sein. Die Menschen werden sein Leben verstehen. Sie werden sagen, unser Bischof war einer von uns. Ich kann überhaupt nicht verstehen, warum das geheim gehalten werden soll. Es ist mir ein Rätsel. Mir ist dieser Vicelin auf einmal sehr, sehr sympathisch. Wir sollten mit Trompetenklang und Glockengeläut mit den Gebeinen am Holme einziehen.

Bitte Hedda, überdenke noch einmal deine Entscheidung!"

Hedda antwortete: „Matern, du denkst wie ein Mensch und du handelst wie ein Mensch und dafür liebe ich dich. Aber du denkst nicht wie die Kirche. Die Kirche würde ihn strafen, mit allen ihren Mitteln strafen. Sie würde ihn entweihen und aus ihrer Geschichte streichen. Alle seine

großen Taten würde sie ihm aberkennen. Sie würde seinen Sarg auf den Scheiterhaufen zerren.
Die Kirche hat da eine ganz andere Ansicht, glaube es mir. Wir sind auf dem richtigen Weg, wenn wir den Mantel des Schweigens über sein zweites Gesicht breiten.
So, nun aber du, Bodo".

-

Der Propst räusperte sich umständlich und mehrfach. „Ja, Hedda hat Recht! Dieses Doppelleben des Bischofs darf unter keinen Umständen an die Öffentlichkeit gelangen. Und das wird es und kann es auch nicht. Außer uns hier in diesem Raum weiß es niemand, und uns bindet ein Schwur, ein Schwur zur absoluten Verschwiegenheit in alle Richtungen.
Ausgerechnet er, der Heilige, das große Vorbild, hat fast über sein ganzes Leben ein Doppelleben geführt. So etwas muss geheim gehalten werden. Das geht keinen etwas an. Wir wollen es so, da bin ich mir mit Hedda einig.
Solche Dinge kommen hin und wieder einmal vor. Dieser und auch jener Augustiner hat mal eine kleine Affäre. Was soll es. Das ist dann nicht unbedingt dramatisch, auch wenn unser Orden andere Regeln vorgibt; aber es gibt in der Heiligen Schrift auch wieder Wege zu finden, um zu vergeben und um zu verzeihen.
Dass der Heilige Mann nun aber mit dieser weiblichen Person, die unter größter Geheimhaltung allen seinen Stationen und in allen Situationen in seinem Leben folgte und mit der er wohl auch noch ein Kind gezeugt hatte, im weitesten Sinne zusammengelebt hat, das publik zu machen wäre ein Skandal. Selbst diese Teilwahrheit wäre eine ungemein schlimme Sache, die ganze Wahrheit jedoch vernichtend, vernichtend für ihn, vernichtend für uns hier alle am Holme.
Ich darf gar nicht darüber nachdenken. Wenn diese Frau

nur eine Heidin gewesen wäre, wäre es ein Skandal ohne gleichen. Dass sie aber zudem noch eine Priesterin des Götterglaubens und eine Seherin war, eine Frau, die geheime und unheimliche Rituale beging, andere Feste feierte als wir und Glück und Verderben aus den Knochen las und darüber hinaus wahrscheinlich - oh Gott oh Gott - auch noch die Mutter eines gemeinsamen Kindes war, das wäre kein Skandal mehr, das wäre eine Katastrophe. Wenn das alles ans Tageslicht käme, ich glaube die Welt, ginge unter, der jüngste Tag bestände uns bevor.

Na gut, wir wollen dieses zweite Gesicht des Heiligen Mannes nicht weiter beleuchten. Lassen wir diesen Teil der Geschichte endgültig ruhen.

Ich möchte jetzt auf seine großartige Arbeit zu sprechen kommen, die er hier für uns auf Erden vollbracht hat. Es geht um sein erstes Gesicht, sein heiliges Gesicht. Was hat er nicht alles für unseren Glauben und für unsere Kirche getan!

Er ist der Gründer unseres Augustiner-Chorherren-Stiftes in Wippenthorp, das er Novom Monasterium nannte. Er war derjenige, der das Christentum mit großem Eifer wieder aufgerichtet hat in unserer Gegend. Er hat unzählige Menschen aus allen Schichten getauft. Er hat die Grundsteine für einige Kirchen gelegt. Ich kann mir gar nicht vorstellen, wie das Leben hier am Holme ohne ihn weiter gegangen wäre. Wir Augustiner ehren und verehren ihn. er lebt in uns jeden Tag weiter. An seinem Todestage beten wir für ihn von Sonnenaufgang bis Sonnenuntergang".

„Zu dieser Jahreszeit steht die Sonne ja auch nicht so lange am Himmel", warf Matern spontan ein, duckte sich aber bei seiner Äußerung sehr schnell fast unter die Tischplatte. Der Propst tat so, als hätte er den Einwand nicht gehört. Er fuhr unbeirrt fort.

„Und so soll es auch bleiben und so wird es auch bleiben

für alle Zeiten. Denkt gefälligst immer daran, dass nur wir sechs Personen hier in diesem Raum um sein doppeltes Leben wissen, kein anderer.

Bereits vor einigen Jahren, als der Entschluss gefasst wurde, das Kloster zu verlegen und die alten Gemäuer in Wippenthorp zu verlassen, war klar, dass der im Kloster niedergelegte Körper mit an den Holm verbracht werde. Die Gebeine sind das höchste Gut unseres Ordens.

Aber wie es so ist, auch in Kirchenkreisen sprechen sich Neuigkeiten schnell herum. Unser Vorhaben weckte Begehrlichkeiten. Da gab es einige, die die Gebeine auch bei sich betten möchten.

Pastor Elarus von der kleinen Kapelle Sankt Johannis aus Brügge, am Wasserlauf des noch schmalen jungen Grenzflusses, ist einer, der sogar meint, mehr und ältere Rechte zu besitzen. Der Hinterwäldler plant eine geheime Aktion. Der Elende will uns die Gebeine rauben.

Planungen in dieser Richtung laufen auch an der kleinen Kapelle bei der Siegburg.

Aber auch in Bosau macht man sich stark. Die Gebeine gehören an den einstigen Bischofsitz von Vicelin, so ist dort die Ansicht, zumal demnächst ein Turm an das Gebetshaus angebaut werden soll. Die Gebeine sollen in den dazugehörigen Grundsteinen ruhen.

Wir hier am Holme sehen das ganz anders und auch richtig. Schließlich hat der Heilige Mann seine letzten Jahre in Wippenthorp verbracht, *unter welcher Pflege auch immer"*, flüsterte er bei dieser Aussage.

„Er ist bei uns im Kloster verstorben und zu Grabe getragen worden. Er gehört uns und zu uns.

Wir müssen auf der Hut sein. Mein geheimer Informant berichtete mir heute erst von zwei Gruppen. Beide formieren sich zur Zeit - eine in Bosau, die andere in Brügge an der Eider. Beide haben getrennt voneinander vor, die Gebeine noch vor der Weihe unserer Marienkirche hier am Holme zu sich zu holen.

Wir, wir drei Männer hier und Hedda, werden die Gebeine überführen. Ich kann leider keinen meiner Mönche mit dem Auftrag betrauen. Es ist schlimm, nur ungern spreche ich es aus, unter den Chorherren befindet sich ein Verräter, der noch nicht enttarnt werden konnte. Das ist der Stand der Dinge, so einfach ist es. Hedda wird uns das Zeichen zum Aufbruch geben und sie wird uns führen. Warum nun gerade Hedda? Ihr könnt es euch denken. Hedda kennt die Vergangenheit und sie kennt auch die Zukunft. Und außerdem ist sie es, die die ganze Wahrheit kennt. Sie ist meine Vertraute.

Ihre, eure und meine Kraft werden alles zu einem guten Ende bringen. So hat es Hedda vorausgesagt.

Die Zeit drängt! Wann meinst du Hedda, soll die Umbettung durchgeführt werden?"

„Sehr bald. Alle Zeichen raten zu einem baldigen Aufbruch. Ich habe heute am frühen Morgen noch einmal die Knochen befragt und zum Himmel geschaut. Mein Wunsch ist es, in der Nacht vom elften auf den zwölften Tag des Julmonates die Aktion hinter uns zu bringen. Und so wird es auch sein, die Knochen raten dazu, und außerdem wird das Wetter sehr bald umschlagen.

Es geht los, wir treffen uns Übermorgen am späten Nachmittag bei mir. Nur das Allernötigste an Gepäck bitte! Für alles Andere sorge ich.

Ich freue mich auf die Reise wie ein kleines Kind."

Endlich, endlich! Es ging los, das große Abenteuer. Der strikte gemeinsame Wunsch von Hedda und dem Propst, den Hin- und Rückweg und die Aktion vor Ort des nachts in der Dunkelheit zu vollziehen, schien mir trotz aller Hinweise und Warnungen überzogen zu sein. Oder steckte etwa noch mehr dahinter als man uns anvertraut hatte? Egal, ändern konnte es eh keiner von uns.

Hedda hatte bezüglich der Vorgehensweise ein klares Machtwort gesprochen. Damit war die Sache erledigt.

Das milde Wetter hatte nochmals einen merklichen Schub in Richtung Sommer gemacht. Dazu wehte ein mildes Lüftchen aus dem Süden.

Heddas Karren stand bereits vor ihrem Haus. Er war aber noch nicht von ihr beladen worden. Um das Gefährt herum lagen unterschiedlich große fest zusammengezurrte Bündel und eine hölzerne Kiste.

Die Haustür flog auf. Hedda kam heraus. Was mussten wir da sehen? Was war denn das? Hedda trug eine Hose - eine Hose, so wie wir Männer es taten, eine enge, schwarze Hose. So etwas hatte ich noch nie gesehen, eine Frau mit einer Hose bekleidet. Geht das überhaupt, bei allen Dingen die eine Frau so zu machen hat? Es sah so aus, als sei die Hose aus schwarzem Leder gefertigt. Dazu trug sie einen schwarzen Umhang und darüber ein ebenfalls schwarzes Cape aus kurzem Fell. Auf dem Kopf, natürlich wie immer, das eng gebundene schwarze Kopftuch.

„Ah ja - ich sehe, du staunst Sören aber ich habe mich passend ausgerüstet für die schwierige Aufgabe in den nächsten Stunden. Wir dürfen keinen Verdacht erwecken und auf keinen Fall auffallen, auf keinen Fall entdeckt werden. Das wäre eine Katastrophe".

In der Tat, Hedda sah aus wie ein schlanker junger und

drahtiger Mann. Ihr sonst bleiches Gesicht hatte sie mit Ruß aus ihrem Ofen geschwärzt, alles in allem schon eine merkwürdige Aufmachung - fast ein wenig zum Fürchten.

„So, nun lasst uns den Karren beladen, damit es endlich losgehen kann. Ganz nach unten auf den Boden legen wir den Leib. Matern, Sören, geht bitte in das Haus! Auf dem Fußboden liegt sie, die Leiche aus dem Moor".

Sieh an, Hedda hatte sie seinerzeit nicht irgendwo bestattet oder in ihrem Ofen verbrannt, wie einige Muthenbroker gemutmaßt hatten. Sie hatte die Tote in ihrem Haus aufbewahrt. Grauenhaft, darüber nachzudenken. Vor zwei Tagen hatten wir alle dort gemütlich bei Speis und Trank gesessen, und das mit einer Leiche im Haus. Ich war mir sicher, dass die Tote hinter der dritten Tür gelegen hatte, während wir es uns haben gut gehen lassen. Was mochte sich noch alles in dem Raum verbergen? Ich war mithin genau so neugierig, wie Matern es schon lange war. Auch das werden wir noch erfahren, zu gegebener Zeit. Ich wusste es.

„Ich sehe euch staunen. Aber die Leiche aus dem Torfstich wird mit uns reisen. Sie hat eine wichtige Aufgabe zu erfüllen und wird damit für sich eine endgültige würdige Ruhestätte finden. Alle werden wir Gewinner sein in den nächsten Stunden, die Lebenden sowie auch die Toten. Unsere Widersacher zwingen uns zu dieser List. Wir werden die Gebeine, die in dem alten Holzsarg ruhen, austauschen. Wir werden die Knochen des Bischofs entnehmen und anstatt seiner die Leiche aus dem Moor dort niederlegen. So stelle ich es mir vor und so werden wir es auch tun. Es wird Keiner merken. Der Sarg ist seit Jahrhunderten ungeöffnet. Die Grabräuber aus Bosau oder aus Brügge werden der Moortoten einen würdigen Platz zukommen lassen. Ist es nicht schön, wenn somit fast alle so zu ihrem Vicelin kommen und der heilige Mann dorthin gelangt, wo er hingehört. Aber soweit sind wir noch lange nicht".

Hedda! Eine schlaue List hatte sie sich zurecht gelegt. Genial! Es war gut, dass sie unsere Führerin war. Das anstehende Abenteuer schien kein Kleines zu werden.

Wir gingen ins Haus und siehe da, auf dem Fußboden lag die Verschiedene, eingehüllt in ein braunes Tuch. Wir hoben sie beide zugleich an, ich am Kopf- und Matern am Fußende, wenn ich es richtig deutete. Ich staunte, wie leicht die Tote war. Matern hatte das Gleiche empfunden, hatte aber auch schon die Erklärung. Die Leiche ist aus dem Moor hier zu Hedda geschafft worden, und sie hat den Körper in ihrer Wohnung vor ihrem Ofen getrocknet, das Moorle.

Auf dem Karren lag nunmehr Moorle zu unterst. Darauf kamen die Bündel und die Kiste. Auf Geheiß von Hedda hatten Matern und ich nur unsere Schlafbündel dabei. Auch diese kamen auf den Karren.

Es hätte jetzt losgehen können mit der Reise, aber der Propst fehlte noch.

Hedda überprüfte die Ladung und teilte uns mit: „Wir müssen noch einen Moment warten mit dem Aufbruch. Sira fehlt noch. Sie soll auf das Haus aufpassen und alles in Ordnung halten. Und solange ich nicht zurück bin, wird sie hier die Hausherrin sein. Habt ihr das verstanden?!"

Was für ein übertriebener Aufwand wegen der zwei Tage, dachte ich so bei mir. Aber so ist sie nun einmal. An alles denkt sie, unsere Hedda.

Es wurde rasch dunkel heute aber kein bisschen kühler, obwohl der klare volle Mond am Himmel stand. Ungewöhnlich, recht ungewöhnlich! Der Propst kam. Auch er hatte nur ein kleines Bündel auf seinen Rücken geschnallt. Er führte einen mächtigen Stab mit sich, der ihn um einiges überragte.

Sira gesellte sich zu uns. Beide Frauen umarmten sich lange und sehr fest. Das konnte man sehen. Gegenseitig flüsterten sie sich etwas in die Ohren. Sira liefen die Tränen über das Gesicht, und dazu schluchzte sie laut.

Matern schien die Welt nicht mehr zu verstehen. „Sira, bitte, du brauchst doch nicht so zu weinen. Wir werden doch bloß zwei Tage unterwegs sein. Alles ist gut vorbereitet und organisiert. Was soll uns schon geschehen? Nichts wird uns zustoßen. Schließlich sind wir zu viert. Wenn alles gut geht - und es wird alles gut gehen - sind wir morgen am frühen Abend schon wieder zurück."

Das Schluchzen wurde noch heftiger. Es schien, dass Sira kurz vor einem Zusammenbruch war.

„Nun lass mal gut sein, Sira. Wir müssen los."

Sira lief laut weinend in das Haus.

Auf ging es!

Die Marschordnung war zuvor von Hedda festgelegt worden. Hedda ging etwa zwanzig Schritte voran, aber immer in Sichtweite. Sie hatte dabei eine leicht geduckte schleichende Haltung angenommen.

Als Warnruf für uns hatte sie den hellen kurzen Schrei des kleinen Eulenvogels, den sie täuschend echt nachpfeifen konnte, festgelegt. Kurz aufeinander folgende Pfiffe bedeuteten größte Gefahr. Wir sollten uns dann sofort in die Büsche schlagen mitsamt dem Karren und uns unsichtbar machen.

Matern und ich zogen und schoben abwechselnd den Karren, und zehn Schritte hinter uns ging der Propst, seinen Stab immer fest im Griff und nach allen Seiten Ausschau haltend. So kamen wir gut voran auf der breiten Heerstraße.

Wir gingen mit ruhigen Schritten. Ich hatte Zeit zum nachdenken. Ich war schon hin und wieder in Tom Kyle gewesen, ab und zu auch am Rande des Urwaldes bei Harrie, aber in Wippenthorp war ich bisher nur zweimal in meinem Leben gewesen. Was sollte einer auch dort machen und wollen, bei den verfallenen Häusern und den Ruinen.

Was wird dieser Marsch bringen?

Wir hatten das Ende des Sees erreicht. Hier hatte Hedda die alte Rundburg, die uns in allen Richtungen Schutz und Deckung bot, für eine kurze Rast ausgewählt.

„So nun stärkt euch erst einmal. Ich habe einen guten Schluck Wein für uns dabei. Dazu gibt es frisches helles Brot.

Die Stärkung ist sehr wichtig. Wir werden in dieser Nacht alle kaum Schlaf finden, vielleicht sogar gar keinen.

Ich habe vor, noch vor dem Grauen des morgigen Tages Wippenthorp wieder zu verlassen, damit wir über das Moor unerkannt zurückwandern können."

Unbeirrbar in ihrem Willen! Hedda bestand darauf, den beschwerlichen Weg über das Moor zurück nach Muthenbroke zu nehmen. Warum das unbedingt so sein sollte, leuchtete mir absolut in keiner Weise ein. Vielleicht überlegt sie es sich noch einmal.

So ein dummer Gedanke! Ich verwarf ihn sofort. Hedda hatte es so vorgesehen und bestimmt, und so wird es sein.

Wir hatten uns gestärkt und marschierten weiter. Wir kamen weiter gut voran. Hedda späte nach vorne und der Propst sicherte nach hinten ab.

„Man gut, dass diese Aktion des nachts abläuft", raunte Matern. „Am Tage wäre uns auch nichts in die Quere gekommen. Man hätte uns aber so in dieser Formation sehen können, und hätte uns lediglich für beknackt erklärt".

Alles um uns herum war ruhig. Wir waren die einzigen finsteren Gestalten in dieser Nacht auf diesem Weg. Oft hatte ich schon Nächte in der freien Natur verbracht, am häufigsten im Sommer, wenn die Aale bei Nacht verrückt spielten und fast von selbst ins Boot sprangen. Ich hatte es dabei dunkel und auch wieder hell werden sehen. Die Sonne ging vor mir auf und hinter mir unter und kam dann wieder vor mir am Himmel hoch. Wo war sie in der Nacht? - Ich denke mal, im Wasser.

Dass diese Nacht aber eine besondere war, merkte ich an allem was mich umgab. Es war so still wie nie zuvor. Trotz der dunklen Nacht konnte ich gut und weit sehen. Keine Kälte lag in der Luft. Ich glaube, nicht nur ich war in hohem Maße erregt. Natürlich hatte ich keine Angst, aber so richtig wohl war mir auch nicht. „Gehört wohl so irgendwie dazu bei einem Abenteuer", beruhigte ich mich selbst, und zog stramm an den Holmen des Karrens.

Ich verspürte einen leichten Ruck in unserem Gefährt, geflüsterte Worte folgten. „Sören, kannst du mich hören, Wie geht es dir? Ich habe so manchen Spähtrupp in finsterer Nacht mitgemacht und auch so manche Nacht durchgesoffen, bis der Morgen graute. Sören, hier ist alles anders. Du merkst es vielleicht nicht. Die Luft, das Licht, alles ist anders als sonst. Sören hier stimmt etwas nicht. Mir ist so komisch. Was meinst du?"

„So ein Blödsinn, hier ist gar nichts los. Wir haben eine milde Nacht und wir holen ein paar alte Knochen aus Wippenthorp und bringen sie zum Kloster - und weiter nichts. Reiß dich bloß zusammen, du Hasenfuß".

„Ruhe da!", zischte Hedda. Wir sind hier nicht auf einer Nachtwanderung von angetrunkenen halbwüchsigen Klosterjünglingen. Wir alle folgen der uralten Vorhersehung. Ruhe jetzt!"

Die ersten armseligen Hütten von Wippenthorp waren in der Ferne auszumachen. Hedda gebot Halt. Wir versammelten uns um den Karren. Hedda griff zielsicher nach einem Bündel. Alte Decken, Tücher und Kleider kamen zum Vorschein. Der Propst, Matern und ich sahen uns fragend an. Lumpen! Eine fest gedrehte Schnur kam noch zum

Vorschein. Das Bündel war leer.

„Kommt schnell und fast mit an".

Behände drehte Hedda den Stoff um die beiden Räder des Karren. Wir banden mit der Schnur alles fest um die Laufflächen. Ich verstand, wir fuhren ab sofort lautlos über Stock und Stein.

Bevor wir weiterzogen, schwor uns Hedda noch einmal eindringlich ein. Sie ordnete absolute Ruhe an. Auch kein Getuschel, Sören und Matern, gefälligst. Ich kenne den Weg und das Ziel, folgt und vertraut mir. Wenn alles planmäßig gut abläuft, werden wir schon in den nächsten Stunden den Rückzug antreten können.

Hoffentlich ist uns keiner zuvorgekommen und wir stehen vor einem leeren Sarg. Aber ich habe eben noch die großen Sterne am Himmel geschaut, alles ist gut, alles wird gut".

Wir schlichen über einen holperigen, schmalen Weg, hin und wieder eine armselige Kate rechts und links. Kein Licht hinter den kleinen Fenstern, kein Laut zu hören.

Hedda gebot erneut Halt. Eine kurze Aufgabenverteilung folgte. Matern und ich kramten Moorle aus dem Karren hervor. Die Prozession ging nun eng zusammen - Hedda, ich und Matern mit Moorle und dicht hinter uns der Propst, einer schwarzen Wolke am Boden gleich.

Ich dachte bei mir: „Es ist gut so, besser ist es, dass uns hier keiner so sieht. Steine und Knüppel würde man nach uns werfen und die Hunde auf uns hetzen. Was für ein Abenteuer! Allen müsste ich davon erzählen, aber der große Schwur schwebte leider über mir."

Zielsicher ging Hedda im hellen Licht des inzwischen aufgegangenen Mondes diesem Schweigemarsch voran. Immer mehr und auch größere zum Teil verfallene Gebäude und Ruinen säumten nunmehr unseren Weg.

Auf einmal, voraus war sie zu erkennen, sofort zu erkennen - die verfallene Kirche. Wir hielten an. Hedda bewegte sich, als wenn sie hier zu Hause war. Ein paar Schritte geradeaus, dann ein kurzer Weg nach rechts. Unter herabgestürzten Balken konnten wir es alle erkennen. Eine Kiste, ein Sarg, ein aus festem, hartem Holz gezimmerter Schrein.

Der Propst sah ehrfürchtig auf den hölzernen Deckel, er fühlte über das Holz und sagte.

„Hier sind wir an dem Ort der Heiligkeit angekommen. Hedda ist eine Königin.

Es ist der rechte Schrein, seht die Inschrift in das Holz gebrannt und dazu das flammende Herz."

Ich hätte Tage und Wochen auf die Zeichen blicken können, sie aber nicht im Geringsten deuten können. Ich konnte weder schreiben noch lesen, hatte der Propst das vergessen.

„Und was steht da, was heißt das für uns?", fragte Matern.

„Ich möchte es auch hören. Lese er es uns bitte vor." Gern tue ich das in dieser Stunde für euch.

- Hier liege ich einsam und warte auf den Tag
an dem alles dahin kommt, wo es sein soll,
wo es vereint hingehört.
Es wird eine Frau sein, die mich erlöst und
an den richtigen Ort bringt.
Was für eine große Freude steht mir bevor -

Der Propst bebte am ganzen Körper.

„Seht hier, hier steht es. Der Heilige Mann hat gewusst wo sein Platz sein wird bis zum jüngsten Tag - bei uns Augustinern am Holm in der neuen Klosterkirche.

Ich bin der glücklichste Mann auf Erden. Hedda ich danke dir, ich danke dir für alles".

Er fiel vor Hedda auf die Knie und versuchte, nach ihren

Händen zu greifen.

„Bodo, warte bitte ab! Es ist noch lange nicht alles vollbracht, was vollbracht werden muss, aber sehr bald vollbracht sein wird. Glück und Fluch, Sieg und Niederlage liegen oft sehr nahe bei einander. Manche Taten machen das Verstehen um ihren Sinn schwer. Auch du wirst in Kürze einer großen Prüfung gegenüberstehen".

„Ja, ich weiß, Hedda, die Grablegung am Holm. Ich freue mich so sehr darauf, der größte Tag in meinem Leben steht bevor!"

Nun aber los, dachte ich bei mir. Taten müssen her, Worte können später folgen.

Hedda übernahm das Kommando. „Löst den Deckel, damit wir unseren Auftrag vollziehen können. Wir wollen uns nicht länger als unbedingt notwendig hier aufhalten. Seht zu!"

Ich versuchte den Deckel mit meinem Messer von der Kiste zu lösen, zu trennen. Es gelang mir aber nicht. Ich mühte mich, die Nägel saßen zu fest und zu tief im Holz. Der Propst erkannte meine kraftvollen Versuche. Er bot Hilfe an, seinen großen Stecken in der rechten Hand. Es folgte ein kurzer Dreh mit seiner linken Hand oben am Knauf des Wanderstabes, dann konnte er mühelos die obere Hülle abknicken, die so lang war wie ein Männerarm. Darunter kam eine blitzblanke kräftige Klinge zum Vorschein. Eine gewaltige Waffe. Matern und ich konnten uns nur stumm ansehen.

Der Propst sah unser Erstaunen und meinte: „Ja, meine Lieben, in der Fremde hilft oftmals nicht nur ein Gottvertrauen, da braucht man mitunter auch etwas geschmiedetes Handfestes."

Es setzte die kräftige Klinge zwischen Deckel und Kiste. Ein leichtes Anhebeln genügte und die Nägel lösten sich knarrend einer nach dem anderen. Der Deckel lag frei.

Wir alle sahen Hedda an. Sie musste nun den Weg frei machen, wer sonst. Sie streckte beide Hände gen Himmel und schob dann den Deckel zur Seite. Das große Grauen, der Schreck, den ich erwartet hatte beim Blick in den Sarg, blieb aus. Viel war nicht übrig geblieben von dem alten Vicelin. Knochen, große und kleine Knochen und Reste eines dunklen Tuches. Der Schädel natürlich. Die hohlen Augenhöhlen waren das Auffälligste an den grauen Resten des Kopfes.

„Schnell, schnell!", flüsterte Hedda. „Heraus mit den Knochen."

Sie hatte eine dicke Decke neben dem Sarg ausgebreitet und wir begannen vorsichtig die Gebeine auf die Decke zu betten. Mehrere Schauder jagten mir über den Rücken und mein Mund war ausgetrocknet wie noch nie. Bei der Entnahme hatte ich das Gefühl, als würden sich die Knochen am Boden der Kiste festkrallen. Eine große Anstrengung war von Nöten, die Überreste zu entnehmen. Einen kurzen Moment fühlten sie sich schwer an, hatten sie sich jedoch vom Boden abgelöst, wirkten sie eher leicht und zerbrechlich. Es roch nach verschimmeltem Brot - eigenartig. Die Arbeit war schnell getan. Ich verschnürte die alten grauen Knochen in der Decke, ein leichtes klappern war zu vernehmen.

Der Propst sprach in einer Sprache, die ich nicht verstand. Er bekreuzigte sich mehrfach und wollte gerade wieder auf die Knie fallen. Hedda erkannte es.

„Bodo, nun bitte. Taten müssen her und keine Gebete. Wir haben die Schlacht noch nicht gewonnen".

Es schien, als wenn der Propst aus einem tiefen festen Schlaf erwachte.

„Du hast Recht, Hedda, noch haben wir nicht einmal die Hälfte unserer Mission hinter uns gebracht. Aber ich bin so glücklich, verzeih".

Matern und ich legten Moorle in die morsche Kiste, legten den Deckel an seinen Platz und drückten die Nägel zurück in das Holz.

Was für eine Aktion! Davon habe ich vor Wochen, vor Tagen, nicht einmal zu träumen gewagt. Die Welt muss davon erfahren. Was werden die Muthenbroker dazu sagen? Was wird unsere Nachwelt irgendwann darüber denken? Ich fühlte mich wie ein Held.

„So ein kleines Bündel", dachte ich. „Es bleibt nicht viel von einem Menschen, wenn er einige Jahre in seiner Gruft liegt. Nicht viel länger, und irgendwann ist auch der Rest verschwunden." Ich war in meine Gedanken versunken. Heddas Stimme erklang.

„Folgt mir, wir ziehen uns zurück. Es gibt für uns hier nichts mehr zu tun."

Es ging zurück, dieses Mal in Richtung Norden.

Wir marschierten in einem Bogen um Wippenthorp herum, Richtung Moor. In mir verspürte ich keinerlei Müdigkeit, obwohl ich wie wir alle nicht geschlafen hatte. Die Formation war die gleiche. Hedda voran und hinter uns der Propst. Obwohl wir einen gehörigen Umweg durch fast unwegsames Gelände machten, stand hin und wieder doch ein Haus am Pfad. Mein Blick war nicht nur nach rechts und links gerichtet, ich hatte auch ständig Hedda im Auge. Jetzt durfte nichts dazwischenkommen mit der wertvollen Ladung an Bord. Nicht nur ich war angespannt. Urplötzlich riss Hedda ihre Arme hoch und verschmolz im selben Moment mit dem Boden unter ihren Füßen. Das bedeutete Gefahr, das war klar. Matern und ich hatten Glück. Dichtes Buschwerk zu unserer Rechten gab uns Deckung und ließ uns und den Karren mit den Zweigen verschmelzen. Der Propst kniete hinter uns. Er hatte seine Waffe aus der Scheide gezogen. Was war das? Mein linkes Bein fing an zu zittern und hörte überhaupt nicht damit auf. So etwas Blödes. Konnte man es hören? Ich hoffte nicht!

Rechts am Weg, ungefähr auf der Höhe von Hedda, stand eine kleine schäbige Kate. Die Tür wurde aufgestoßen. Ein Mann, fast ein Riese, taumelte hinaus. Es trug ein weißes Hemd, das ihm bis auf den Boden reichte. Er ging wenige Schritte bis zu einem kleinen Graben, der ein wenig Wasser führte. Er hob sein Hemd und begann, sein Wasser abzuschlagen. Es plätscherte und gurgelte und nahm fast kein Ende mit der Pinkelei. Er war fertig. Das Hemd fiel wieder zu Boden und er machte sich auf den Weg zurück in sein Haus, begleitet von einem gewaltigen Furz. Das Nachtgewand blähte sich dabei zu einem Zelt auf. Er zog die Tür hinter sich zu. Die Gefahr war gebannt.

Matern flüsterte: „Hast du das gehört Sören? Hast du so etwas schon einmal miterlebt? Ich bisher nicht und nirgends, und ich habe an vielen Fronten gekämpft. So ein knatternder Knall. Was mag der wohl gegessen haben. Nur gut, dass wir Moorle schon abgelegt haben. Ich könnte mir gut vorstellen, so ein Schuss könnte sogar Tote wieder zum Leben erwecken. Sagenhaft".

Wir zogen weiter. Der Pfad wurde noch schmaler, und es war weit und breit keine Ansiedlung auszumachen.

„Pause", hörten wir Hedda flüstern. „Kommt alle, eine kleine Rast haben wir uns jetzt verdient. Ein heißes Getränk wird uns allen gut tun".

Sie hatte aber auch an alles gedacht. Sie baute einen niedrigen Sichtschutz auf und begann ein kleines Feuer zu entfachen. Kein Feuerschein und kein Rauch
entkam dem Schutz. Es ist schon eine Kunst, ein Feuer ohne viel Rauch brennen zu lassen, Hedda war in dieser Kunst eine Meisterin.

Wir hatten uns niedergekniet und uns unsere Decken über die Köpfe gezogen. Hätte uns jemand im Moment entdeckt, er hätte mit blankem Entsetzen diese Stätte im Laufschritt verlassen.

Das uns von Hedda gereichte Getränk war heiß und schmeckte leicht bitter. Man konnte bei jedem kleinen Schluck spüren, wie Wärme und Kraft in den Körper floss. Die Pause tat uns allen gut.

Hedda sah in die Runde. „Können wir weiter? Wir wollen den Rest der Dunkelheit nutzen."

Auf ging es wieder, selbstverständlich.

Da war es in der langsam aufsteigenden Morgendämmerung zu erkennen, das große Moor. Es begann hell zu werden über der flachen Moorfläche. Es bildeten sich kniehohe Schleier aus dichtem Nebel.

Hedda hatte bestimmt, dass wir in die Richtung der Muthenbroker Schutzhütte unsere Reise fortsetzten. Einfach war es nicht. Ich kannte den Weg nur aus Richtung unserer Ansiedlung. Auch der Propst blickte fragend in alle Richtungen.

Somit ging Hedda voran, rechts von uns die aufgehende Sonne. Glutrot zeigte sich ein schmaler Streifen am Horizont.

Hedda sagte: „So habe ich mir diesen Tag vorgestellt und gewünscht, hell und freundlich. Das wird für uns alle ein besonderer Tag".

„Und ich hätte ihn mir lieber vom Nebel verhangen und grau und trist gewünscht, um der geheimen Sache Willen", entgegnete der Propst.

„Wir sind am Ziel", sprach Hedda.

Durch dichte kahle Büsche konnte ich die Schutzhütte erkennen. Aber die Hütte schien nicht unser Etappenziel zu sein.

Wir sind da, hatte Hedda ausgerufen. Nun, fast zum Schluss unsere Reise, wollte ich keinen Einwand erheben. Aus meiner Sicht wäre die Schutzhütte ein besserer Pausenort gewesen. Hedda hatte sicher ihre Gründe, schauen wir mal. Das Gras, das Moos, sie waren weich und trocken. Vor uns tat sich ein kleiner Teich auf. Das Wasser war ruhig und schwarz wie die Nacht. Büsche und lange Gräser umsäumten unseren Lagerplatz. Zudem spendete die aufgehende Sonne eine angenehme und sehr wohltuende Wärme. Fast so wie im Aussaatmonat kam mir das Wetter vor. Nicht zu fassen.

„Ich werde mich nun umziehen und vorbereiten. Danach werde ich uns ein ganz erlesenes Mahl zubereiten", sagte Hedda und hantierte in ihrer Kiste herum. Sie verschwand mit einem Bündel unter ihrem Arm hinter einem dichten Dornbusch. Zuvor hatte sie die Tischdecke, die wieder blütenweiß war, auf dem Boden ausgebreitet.

„Was hat sie vor?", fragte der Propst.

„Was Frauen so vorhaben", antwortete Matern.

Wir gossen uns von dem Wein ein, den Hedda für uns bereitgestellt hatte. Mit dem ersten Schluck merkte ich, dass der Tropfen schon etwas Besonderes war. Nicht nur, dass er wie Öl aus den Krug floss, er hatte sehr viel von dem, das die Lebensgeister stärken aber auch schwächen kann. Ich sah zu Matern, der seinen Becher bereits geleert hatte.

„Matern, denke daran, der Tag ist noch lang und wir haben noch Einiges vor uns".

„Wie meinst du das?" fragte Matern und goss sich einen weiteren Becher voll.

Es raschelte. Hedda erschien.

Matern goss und goss, der Becher war längst schon voll. Die weiße Decke war erneut ruiniert. Der Propst bekam einen Schluckauf. Ich selbst schaute und schaute. Hinter meinen Augen erschien ein roter Falter, ein Schmetterling, der im leichten Wind auf und ab flatterte. Der Hals war mir trocken. Schnell ein großer Schluck Wein!

Hedda hatte sich umgezogen.

Sie trug ein purpurnes langes Kleid. Ich hatte so etwas noch nie gesehen. Das Kleid war rot und auch wieder nicht rot. War es überhaupt aus irgendeinem Stoff gewebt? Wenn Hedda sich bewegte, konnte man meinen, sie wäre nackt. Ihre helle Haut glänzte durch den engen Schleier um ihren Körper wie poliertes Silber. Sie hatte ihr Kopftuch abgelegt und trug die Haare offen. Was für ein Anblick! Glänzende tiefschwarze Haare, die bis an ihre schlanke Taille reichten, der laue Wind spielte damit.

Wer wird der erste sein? Wer wird es wagen und etwas sagen. Ich sah Matern und den Propst an.

Hedda machte den Anfang. Allerdings noch bevor sie den ersten Satz sagen konnte, auf den wir alle mit Spannung warteten, raunte Matern mir zu und goss gleichzeitig seinen Wein neben sich ins trockenen Gras. „Du hast Recht, Sören, der Tag ist noch lang".

Hedda stand vor uns. Sie wirkte auf mich so lange ich sie kannte erstmals ein wenig unsicher. Sie räusperte sich mehrfach und schluckte trocken die Luft herunter.

Ich konnte mich nicht beruhigen, ich musste sie einfach nur anstarren. Ich wartete auf die Worte aus ihrem Munde.

Ein letztes tiefes Durchatmen. „Ich freue mich an diesem schönen Tag heute - vielleicht sogar an dem schönsten Tag in meinem Leben, meine Lieben. Meine lieben Freunde, ich möchte euch Dank sagen, hier und heute von Herzen danken. Ihr habt viel riskiert um ein Werk zu einem Ende zu führen, zu einem guten Ende zu führen. Das Werk des Propstes und mein persönliches Wohl wird hiermit auf gewissen Wegen erreicht werden. Reichlich Profit werdet ihr und auch eure Familien ernten. Der Lohn und Dank soll euer sein.

Glaubt es mir bitte, heute an dem wichtigsten Tage in meinem Leben, in meinem ganzen sehr, sehr langen Wandeln auf dieser Welt. Habt daran teil und versteht es bitte, versucht es zu verstehen. Es wird nicht einfach für euch sein aber ändern werdet ihr nichts können.

Eine Bitte noch, bevor wir gemeinsam etwas trinken und auch essen werden. Erhebt euch und schaut mich an! Vor zwei Tagen erst habt ihr einen Schwur abgelegt. Der Schwur muss hier und sofort erweitert werden. Ich bitte euch.

Ihr habt etwas geschworen an dem Abend vor zwei Tagen, ihr wisst es. Ich fordere von euch einen weiteren Schwur und ihr habt mich richtig verstanden. Ich bitte euch nicht, ich fordere es von euch Dreien, denn es ist um die Sache sehr wichtig, nur so wird alles ein Ende finden.

Wir sind gemeinsam einen sehr gefährlichen Weg gegangen und dieser Weg muss nun auch zu einem Ende gebracht werden. Das ist mein Ziel, und außerdem habe ich es Bodo versprochen. Wenn auch ein gutes Ende unterschiedliche Sichtweisen haben kann, weiter geht es jetzt. Es wird sehr bald etwas geschehen.

Hebt eure Hände zum Schwur! Keiner darf davon erfahren und keiner braucht davon zu wissen, es ist zu unwichtig. Möglich, vielleicht in einigen hundert Jahren. Frauen wie Sira werden die Geheimnisse bewahren. Sie werden Lieder davon singen und an dunklen Winterabenden Märchen erzählen.

Ich glaube, ein wenig muss ich euch vorbereiten. Es wird heute mehr geschehen, als es im Augenblick euren Vorstellungen entspricht. Sören wünscht sich ein großes Abenteuer, Bodo einen guten Ausgang der Aktion und Matern, so wie ich ihn gut kenne, handelt nach dem Motto, ich mach alles mit, was nicht Kopf und Kragen kostet. Alle werdet ihr auf eure Kosten kommen und alles wird gut werden, vielleicht auch etwas anders, als ihr im Moment denkt. Glaubt es mir, glaubt es mir.

Auch ich habe meine Vorstellungen, auch auf mich

kommt etwas zu. Es ist überhaupt nichts Schlimmes oder Schmerzliches. Das Gegenteil ist der Fall - eine große Freude. Denkt immer daran, alles geschieht nach meinen Wünschen. Freut euch einfach nur mit mir, auch wenn es anfangs nicht einfach sein wird. Aber es wird euch alles leichter erscheinen, und so soll es auch sein. Denkt auch immer daran, ihr ward bei meinem großen Tag dabei."

Ich zuckte zusammen, ein Befehl. „Erhebt euch!"

Wir konnten nicht anders als Hedda einfach nur gehorchen. Der Propst sprang sofort auf und Matern und ich standen rechts und links neben dem Mann der Kirche. Was mochte nun kommen? Etwas sehr großes sicher nicht mehr, wir waren schließlich auf einem guten Rückweg. Dennoch folgten klare Worte.

„Was immer geschieht, was immer passiert und es wird etwas geschehen! Ihr habt einen Auftrag. Ihr habt ein Ziel. Das Ziel ist es, die Gebeine des heiligen Mannes niederzulegen in der Kirche am Holme."

Der Propst nickte kurz: „Aber Hedda, das wissen wir doch und wir sind kurz vor unserem Ziel. Was oder wer sollte uns jetzt noch daran hindern?"

„Du hast recht, Bodo, keiner wird uns noch in die Quere kommen. Allerdings, vielleicht müssen auch gewisse Kompromisse eingegangen werden. Am Ende wird der Sieg stehen - für alle von uns. Bodo, es kommt in kürze der Augenblick, da liegt alles in deiner Verantwortung. Ich wünsche dir eine glückliche Hand.

Hebt eure Hände gen Himmel, es geht darum euren Schwur zu erweitern."

Hedda sprach sehr ruhig und deutlich vor und wir wiederholten im Chor. „Egal was noch kommt, der Auftrag wird erfüllt werden. Egal was passiert, geschwiegen wird. Egal was passiert, es geschieht in meinem Willen, in meinem freien Willen.

Durch nichts, durch gar nichts, lassen wir uns ablenken".
Ein weiterer Schwur, ein Eid, war das in dieser entspann-
ten Lage überhaupt nötig? Übertreibt unsere Hedda nicht
langsam ein wenig. Wir hatten es doch so gut wie geschafft und das Ziel vor Augen. Wir hatten die Gebeine sicher bei uns. Eine letzte Pause, dann der Weg zur Gruft
und die Niederlegung in der Kirche und am Abend werden
wir alle wieder zu Hause sein. So einfach ist das. Hatte
Hedda das Zeitgefühl verloren oder gar den Überblick?
Langsam fing ich an, immer weniger zu begreifen von ihren Taten und Worten. Nun ja, vielleicht wird sie so langsam ein wenig tüddelig die Gute, in ihrem Alter. Oder waren die letzten Tage auch für sie ein wenig zu anstrengend
gewesen. Das Gefühl hatte ich allerdings eigentlich überhaupt nicht. Sie wirkte frischer denn je. In ihrem roten
Kleid wirkte sie eher wie eine junge Braut.
Na egal auch jetzt! Etwas Großes kann jetzt nun wahrlich
nicht mehr auf uns zukommen. Das Abenteuer ist somit so
gut wie gelaufen. Wenn ich ehrlich darüber nachdachte, so
konnte ich für mich feststellen, dass so viel mehr auch
nicht mehr vorzukommen brauchte. So war es schon eine
recht aufregende Sache gewesen und einiges sollte ja noch
kommen. Mein Leben lang werde ich diese Reise nicht
vergessen.
Hedda stellte ihre Holzkiste neben die vor kurzem noch
weiße Decke. Ich mochte gar nicht zu ihr herüberschauen.
Sie wirkte fremd und unnahbar in ihrer jetzigen Rolle.
Sie öffnete die Kiste, die bis zum Rand gefüllt war. Endlich konnten wir einen Blick hineinwerfen. Spezialitäten
aller Art und erlesene Getränke dazu. Der Duft, der aus
der Kiste aufstieg, konnte einem die Sinne rauben. Hedda
deckte auf, als sei das Fest der Feste zu feiern. Wir konnten nur staunen. Sie blickte zu uns: „So und nun werde ich
uns noch etwas ganz Besonderes zu trinken zubereiten.

Aber zwischenzeitlich langt zu, es ist von allem reichlich da."

Wir sahen uns an, nahmen von hier eine Kleinigkeit und von da ein Häppchen. So richtig, glaube ich, wusste keiner von uns, wie ihm geschah.

Hedda derweil hantierte mit einem Gefäß aus blauem Glas, das sicher ein Vermögen gekostet hatte, herum. Ein Feuer prasselte wieder einmal, als wäre es vom Himmel gefallen, und Hedda summte vor sich hin.

Der Propst meldete sich zu Wort. „Liebe Gefährten, um Himmels Willen, was geht hier vor? Hedda, wir haben doch noch keinen Grund, noch lange keinen Grund zu feiern. Wir sind noch nicht am Ziel. Was soll das alles jetzt schon? Wenn die Gebeine in der Gruft liegen und die Gruft verschlossen ist, erst dann haben wir unseren Auftrag abgearbeitet. Dann gibt es gehörig etwas zu feiern. Und das Fest werde ich ausrichten, ich bestehe darauf".

„Ach", sagte Hedda, „es gibt viele Ziele. Das von dir angesprochene ist ein Ziel. So hat jeder seine Ziele. Für mich ist diese Rast hier an diesem Ort ein großer Augenblick, meine Freude ist unermesslich. Ich bitte euch inständig, dieses nicht und nie zu vergessen. Für mich ist heute schon ein großer Festtag.

So, euer Tee ist schon fertig." Sie reichte jedem einen Becher, ebenfalls aus blauem Glas. „Es ist ein ganz besonderer Tee, genießt ihn und nehmt ihn auf auch mit eurem Geist".

Und in der Tat, es war ein besonderer Tee! Nach zwei, drei, kleinen vorsichtigen Schlückchen, veränderte sich Einiges in mir und ich sah bei Matern und dem Propst verhielt es sich ähnlich. Was war mit mir los? Konnte ich weiter sehen, konnte ich besser hören, war ich leichter geworden? Ein angenehmes Gefühl durchzog meinen Körper Faser für Faser. Alles um mich herum war auf einmal leicht und einfach geworden. Ein wohliges Empfinden kam in mir auf. Ich erkannte jetzt, dass Hedda Recht hatte, alles würde gut an diesem schönen Tag. Ein zauberhaftes Gebräu, das uns Hedda da zubereitet hatte. Mir kam es mittlerweile so vor, dass ich sogar klarer denken konnte.

Schnell noch einen kräftigen Schluck.

„Ja ich sehe", sprach Hedda, „der Tee schmeckt euch. Genießt ihn, es ist ein Männertee. Ich werde mir zur Feier des Tages auch einen besonderen Aufguss gönnen, etwas ganz Besonderes, das man nur alle paar Jahre zu ganz besonderen Ereignissen zu sich nimmt".

Hedda kramte erneut in der Kiste, nahm eine große Schale, eine Hand voll Kräuter und zwei, drei verschiedene Pülverchen. Sie zerstieß alles in einem Mörser, dazu kam noch eine kleine Knolle. Was hatte sie vor, wollte sie sich einen Tee zubereiten oder gar eine Suppe kochen. Sie stellte die Schale auf das Feuer. Bereits nach kurzer Zeit stieg gelber Dampf aus der Flüssigkeit auf. Sie rührte alles mit einem kleinen Holzlöffel um und summte wieder vor sich hin. Hedda fühlte sich rundum wohl, so war mein Gefühl. Ich freute mich für diese Frau, ehrlich.

Sie unterbrach ihr Lied und murmelte ein paar Worte. Sie erhob sich von der Feuerstelle. Sie hatte die Schale in beiden Händen und erhob sie an ausgestreckten Armen hoch über ihren Kopf gen Himmel. Nun führte sie das Gefäß zum Munde und leerte die Schale in einem Zug aus. In dem selben Moment krümmte sie sich so wie es aussah vor entsetzlichen Schmerzen. Hedda kniete am Boden, ihr Gesicht war schmerzverzerrt. Ein schauderhaftes Stöhnen kam aus ihrem Mund, als hätte sie das pure Gift zu sich genommen.

Sie holte tief Luft, ihre Stimme war rau: „Puh ha, wohl ein wenig stark geworden mein Tee. Aber so etwas trinkt man

auch nur selten in seinem Leben, mitunter sogar nur einmal. Aber es wird mir gut tun, es wird mir sehr gut tun."
Ich konnte nur wie gelähmt zuschauen. Verstehen konnte ich gar nichts mehr.
Auffällig war, dass Hedda nichts aß, nicht mal ein kleines Häppchen nahm sie zu sich. Sollte ihr Frauentee ihr den Appetit genommen haben? Sie ging vor uns auf und ab. Sie stemmte ihre beiden Hände dabei kräftig in ihre Hüften und sah gen Himmel. Sicher musste sie erst einmal ihren Schluck aus der Schale verdauen. Für uns schenkte sie einen zweiten Becher nach, wünschte uns alles Gute und blickte uns freundlich an.

-

Was nun innerhalb kürzester Zeit passierte, verfolgt mich bis heute in meinen Träumen. Selbst bei Tage denke ich häufig an dieses Ereignis.
Ein Abenteuer ist ein Nichts dagegen.
Nicht zu glauben, was da folgte.

-

Hedda begann Ordnung zu machen. Sie legte einige Sachen wieder in den Karren zurück, sortierte von hier nach da, wie Frauen es so gern machen und tun. Nebenbei prüfte sie mehrfach das Bündel mit den Knochen. Wieder war ein leichtes Klappern zu vernehmen.
„Sehr gut", sagte sie, „dann ist es jetzt so weit."
Unsere Köpfe flogen herum. Endlich geht es gemeinsam weiter in Richtung Kloster. Erfreulich!
„Schade", warf Matern ein, „es ist so kommodig hier zur Zeit. Gibt es noch einen Tee?"
„Gemütlich schon", so warf der Propst ein, „aber schaut bitte alle einmal nach Norden. Dort ziehen dunkle dicke Wolken auf. Das Wetter scheint umzuschlagen, sich gewaltig zu ändern".
Tatsächlich, es sah aus als zog ein gewaltiges Gewitter

auf, oder gar ein heftiger Schneesturm. Das konnte ja wohl nicht sein, auf einmal so aus dem heiteren Himmel heraus.

Allmählich wurde alles ein wenig beängstigend ungewöhnlich um uns herum.

Alles wurde sehr still und ruhig in unserem Lager.

Hedda schritt vor uns auf und ab. Sie schritt nicht, sie schwebte förmlich über dem Boden, einem großen Falter gleich.

Ich erkannte es, es war ein Tanz.

Hedda drehte sich. Sie erhob sich leichtfüßig vom Boden. Ihr rotes Kleid wehte im Wind. Hedda lächelte, nein sie strahlte. Sie strahlte uns an.

Matern hatte seine Augen weit aufgerissen und der Propst seinen Mund.

Hedda schwebte über dem Boden, dabei drehte sie sich. Wir sahen Gesicht und Rücken fast zeitgleich. Mal waren ihre Hände gen Boden mal gen Himmel gerichtet.

Auf einmal, was geschah da? Sie entledigte sich Stück für Stück ihres Kleides. Keiner von uns konnte einschreiten. Wir konnten nur auf Hedda starren, mehr nicht.

Kurz dachte ich an den eben erst abgelegten Eid, den Hedda uns abverlangt hatte. Der Wortlaut klang mir noch in den Ohren. Keiner von euch wird je ein Wort von dem sagen was folgen wird. >Was für ein Witz<. Es hätte uns eh keiner geglaubt, was wir hier sahen und miterlebten.

Auf einmal ging alles ganz schnell, blitzschnell sogar.

Hedda, war mittlerweile nackt. Ihr Körper bewegte sich zuckend rhythmisch vor der hellen Sonne. Die Situation war einmalig befremdend. Ihr Körper schien kein Gewicht mehr zu haben. Ihre Schritte wurden immer raumgreifender. Ihr Haar wehte wild um ihren Kopf herum. Es sah aus, als hätten wir eine junge Frau vor uns, ein Mädchen und keine alte Seherin und Kräuterfrau.

Der Propst raufte sich mit beiden Händen sein Haar. „Wisst ihr was wir hier sehen? Das ist ein Berserkertanz, der Tanz der Unbesiegbaren. Heiliger Himmel steh uns bei!"

Von nun an ging es blitzartig vonstatten.

Hedda tanzte immer wilder. Sie drehte sich, ihre Augen funkelten rot wie Glut. Sie lachte laut zu uns herüber.

Selbst Matern fiel kein Kommentar in dieser Situation ein.

Hedda griff im Tanz nach dem Bündel mit den heiligen Knochen, hob es hoch über ihren Kopf und nahm einen Anlauf als wolle sie gen Himmel springen.

Jetzt geschah das Unglaubliche, das Entsetzliche!

Hedda machte drei große Schritte auf den Teich zu. Sie stand fast in der Luft und hatte ihre Zehenspitzen gen Boden gerichtet. Eine Statue aus Elfenbein, konnte man meinen.

Ich hatte das Gefühl, dass sie einen Moment still zwischen Himmel und Erde stand. Das Bündel trug sie hoch über ihrem Kopf.

Auf einmal kamen die lauten, deutlichen und klaren Worte von Hedda.

„Komm Vater, wir gehen heim! Freya, wir kommen."

Es geschah, es geschah einfach so - unfassbar!

Aus einem gewaltigen Sprung heraus, tauchte sie ein im Moor und verschwand im selben Augenblick mit ihrem ganzen Körper in der Brühe von schwarzem Wasser.

Einen Moment konnten wir das Knochenbündel von ihren Händen gehalten noch sehen.

Danach nichts mehr. Es blieben ein großer Blubb und zwei Ringe auf dem dunklen Wasser.

-

Es dauerte mehr als nur einen Augenblick, bis die Starre, die Lähmung aus unseren Körpern wich. Wir alle gemeinsam sprangen auf und sahen auf das ruhige schwarze Wasser. Wir sahen und sahen auf die Wasseroberfläche. Danach sahen wir uns an.

-

„Hedda, nun mach keinen Scheiß und komm wieder hoch", war mein erster Gedanke. Nichts aber durchbrach die Wasseroberfläche von unten.
„Das geht doch nicht! Das geht doch nicht! Hedda komm wieder hoch", wollte ich lauthals rufen aber ich konnte nicht. Ich konnte gar nichts mehr.
Eine Stille um uns herum! Das Niederfallen einer Schneeflocke hätte wie Kanonendonner gehallt.

-

Als erster Sprach der Propst: „Halleluja sakra - sakra Halleluja". Mehr nicht! Matern gab noch einen oben drauf. Er faste es für sich kurz und bündig zusammen:
„Ach du Scheiße".
Beide sahen mich erwartungsvoll an, aber mir fehlten die Worte, es war alles gesprochen.
Ich kann nicht angeben, wie lange wir dort vor dem kleinen Teich schweigend gestanden haben, wie lange unsere Starre gedauert hat. Die dunkle Wolke am Himmel war derweil näher an uns heran gezogen.
Der erste Körper, in den wieder Bewegung kam, war der Leib des Propstes. Er ging auf und ab, er hüpfte auf und ab, er streckte seine Hände abwechselnd gen Boden und Himmel. „Was machen wir jetzt, was machen wir jetzt? Was machen wir nun, was machen wir nun? Ich weiß gar nicht, was wir machen sollen. Macht bitte etwas. Wenn hier nicht sofort etwas passiert, so springe ich hinterher. Helft mir, ich drehe durch, ich werde wahnsinnig!"
Der Propst sah im Gesicht aus, wie mit weißem Kalk angestrichen. Das entlaufene Wasser hatte ihm seine Kutte durchnässt.
Matern war ebenfalls kreidebleich, aber er meldete sich

zaghaft zu Wort. Der Propst nickte ihm zu.

„Was machen wir jetzt, es ist ganz einfach, was für eine Frage. Wir machen genau das, was wir gemeinsam Hedda geschworen haben. Jedenfalls für mich ist es einfach. Ich werde nämlich zu meinem Schwur stehen. Bei der Abnahme unseres Versprechens hat Hedda vorausschauend das weitere Vorgehen als Vermächtnis bestimmt. Der Schwur schweißt uns zusammen. Wir können nicht anders handeln. Die Strafe wäre fürchterlich und unser Ende, da bin ich mir sicher. Es war Heddas Wunsch und Wille, uns gemeinsam zu verschwören. Fordert sie nicht heraus! Egal wo sie jetzt weilt, sie ist weiter unter uns.

Wir haben keine andere Wahl, als die Sache im Sinne des Klosters zu einem guten Ende zu bringen und wir werden alle heil in unser Zuhause zurückkehren, jedoch, und das wissen wir jetzt, ohne unsere Hedda. Wie wir das noch im Dorf und in unserer Familie herüberbringen werden, darüber müssen wir noch befinden.

Jetzt gilt es, einfach nur sehr stark zu sein und Geschlossenheit zu zeigen."

Der Propst stöhnte auf. „Aber wie, aber wie? Hier geht doch gar nichts mehr! Ich habe versagt, ich bin ein Versager. Ich begreife alles nicht mehr. Hedda, unsere Hedda eine Gefährtin Freyas, wer hätte das gedacht. Ich hatte das größte Vertrauen in diese Frau.

Ich habe sie geliebt.

Der Herr im Himmel wird mich strafen. Ich werde in der Hölle enden und auf ewig im Fegefeuer brennen. Der Teufel selbst wird mir die Brandzeichen setzen Tag für Tag. Gut so, ich habe es verdient, ich bin ein Versager.

Matern mein Freund, du bist der einzige, der mir noch Hoffnung gibt. Vielleicht hast du Recht mit deiner Aussage, Hedda hilft uns über ihren Tod hinaus. Ich vertraue dir".

Für mich war auch überhaupt nicht zu erkennen, wie es weiter gehen sollte. Es gab einfach keine Lösung. Die Situation war schier hoffnungslos. Was hier vor wenigen Augenblicken geschehen war, hatte mich in der Tat schockierend beeindruckt. Da werde ich wohl mein Leben lang zu knabbern haben. „Ich muss das Geschehene unbedingt, geht ja gar nicht", durchfuhr es mich. Ich darf keinem etwas erzählen, nichts weitertragen. Schauderhaft wurde mir klar, dass ich mit der Sache ganz alleine fertig werden musste. Irgendwann demnächst werde ich vorsichtig mit Sira darüber sprechen. Ich glaube nur diese Frau könnte mir helfen. Warum ich in die Richtung dachte, wusste ich selbst nicht. Aber Sira war nunmehr Hausherrin im Hause Hedda, sie war Erbin.

Hedda hatte es so gewollt.

Matern brachte Ruhe in unsere kleine zu tiefst erschütterte Truppe und das war auch nötig. Einer musste jetzt die Führung übernehmen. „Ihr habt doch nicht vergessen, unser Ziel ist es die Gebeine des Apostels niederzulegen am heiligen Ort der Klosterkirche. Und das werden wir tun".

Der Kopf des Propstes verfärbte sich schlagartig vom weiß in ein dunkelrot. „Matern, weißt du noch, was du redest? Es geht doch gar nicht mehr. Es ist doch alles hin. Hedda hat die heiligen Knochen mit sich genommen. Sie sind für alle Zeiten verloren. Wir sind am Ende. Begreife es bitte".

Matern hob leicht beide Hände und schaute auf die trockenen Hölzer, die neben der Feuerstelle als Brennvorrat abgelegt waren. Es waren unterschiedlich lange, dicke und dünne Zweige und Äste. Er trat leicht mit einem Fuß gegen den kleinen Stapel. Es klapperte leicht, dabei sah er den Propst an.

Nach einer kurzen Pause sagte der Propst: „Aber das geht doch nicht, das können wir nicht machen."

Die Antwort von Matern war kurz und schlicht.

„Warum nicht? Wir haben keine andere Wahl, Herr Propst".

„Das geht nicht gut, das kann nicht gut gehen. Wie soll das nur gut gehen. Wir brauchen Hilfe!

Ein Gelübde muss her. Ich werde ein Gelübde ablegen und das sofort und hier auf der Stelle".

Der Propst ließ sich der Länge nach auf den Boden fallen. Er rief, nein er schrie seine Worte aus sich heraus. „Herr im Himmel, ich gelobe, ich gelobe, wenn das hier ein gutes Ende nimmt, sofort auf der Klosteranlage ein Siechenhaus für zwölf Arme und Kranke zu errichten und für deren Pflege und Genesung zu sorgen. Das Haus soll Bestand haben bis in alle Ewigkeit."

Er rappelte sich mühevoll wieder vom Boden auf. Jetzt standen ihm auch noch die Haare zu Berge. Er wirkte erschöpft nach seinem Gelübde.

In dem Moment ertönte das Feuerhorn aus Muthenbroke. Es musste Brigitta sein, die um Hilfe rief. Ein kurzer Blick gen Muthenbroke genügte. Es brannte. Ein dunkler Rauchpilz stieg in den dunklen Himmel auf. Schlagartig wurde ich unruhig. Brennt es etwa bei uns zu Hause. Die Richtung stimmte. Ich ermahnte: „Wir müssen diese Aktion hier aussetzen. Wir müssen nach Hause, die Frauen sind allein. Man braucht uns."

Matern übernahm das Kommando. „Auf keinen Fall! Wir sind an einen Eid gebunden. Denkt an unsere eigenen Worte! Egal was passiert, so war unser Schwur. Und außerdem wird alles ein gutes Ende nehmen, so waren Heddas Worte. Wir brauchen keine Angst zu haben, Sören".

Woher nahm Matern nur seine Zuversicht? Aber er hatte Recht. So hatten wir uns eingeschworen. Der weitere Weg war vorgegeben, ob es uns leicht oder schwer fiel.

In Matern kam Bewegung. Der Propst hingegen stand eher

so da, als wäre er aus Stein gehauen. Matern las einige unterschiedlich große und schwere Holzstücke auf, legte sie in ein ausgebreitetes Tuch und schnürte ein Bündel daraus. Der Propst äußerte sich heiser: „Es ist wohl so der einzige Weg um die Angelegenheit zu einem Ende zu bringen. So habe ich mir alles nicht vorgestellt, aber es geht schließlich um den Erhalt der Kirche, um den Erhalt des Glaubens. Ich muss diese Bürde auf mich nehmen."

„Wir auch nicht", konnten Matern und ich nur beipflichten.

„Das große kirchliche Problem wäre gelöst. Aber was wird aus Hedda? Die Sache kann doch wohl nicht so erledigt sein." Ich hatte das Gefühl, meine Frage ginge ins Leere.

Was mussten wir armen drei Gestalten hier erkennen? Der Propst war an Ende. Hedda hatte gesiegt. Schamlos gesiegt!

War sie eine Priesterin gewesen, wie der Propst vermutete, nein sogar befürchtete oder war sie nur eine alte verwirrte Frau gewesen? Die Wahrheit werden wir nicht mehr erfahren, wenn es denn eine gibt. Geheimnisse werden bleiben. Im Grunde ist sie so von uns gegangen wie sie gelebt hat. Geheimnisvoll!

Da kommt ja wohl noch Einiges auf uns zu. Wie sollen wir es den Frauen und dem ganzen Dorf erklären. Die Wahrheit dürfen wir nicht sagen. Wie soll das funktionieren. Wir werden beratschlagen müssen. Unbedingt!

Das Bündel war fest verschnürt, das Feuer gelöscht. Wir standen um unseren Karren herum. Wir waren abmarschbereit.

Wie vom Schlag getroffen, stürzte der Propst erneut zu Boden. „Ich erweitere mein Gelübde. Hört zu! Ihr seid meine Zeugen. In welchem Namen auch immer, bei einem guten Ausgang werde ich nicht nur das Siechenhaus erstellen, ich werde darüber hinaus hier, genau an dieser Stelle, an der wir jetzt gemeinsam stehen, einen Stein setzen. Einen Stein zum ewigen Gedenken".

„Nur gut, dass so ein Stein nicht reden kann", war Materns Kommentar.

Matern wurde unruhig. Ich erkannte, dass es jetzt irgendwie weiter gehen müsste in Richtung Ziel. Sollte ich zum Aufbruch mahnen? Matern kam mir zuvor. „Es nützt nichts Männer, wir müssen weiter. Wir haben einen Auftrag, das gilt auch für Sie, Herr Propst".

Der Propst sah uns beide an: „Sagt bitte Bodo zu mir, meine lieben Freunde".

Das letzte kurze Stück der Reise verlief ohne Probleme. Obwohl wir uns keine Schweigepflicht für den weiteren Marsch auferlegt hatten, sagte keiner ein Wort.

Wir trafen auf der Baustelle ein. Es herrschte schon reger Betrieb. Zwei Mönche stürzten sofort auf uns zu. „Dem Himmel sei Dank, da seid ihr endlich! Ist alles gut gelaufen?"

Der Propst schüttelte heftig mit seinem Kopf und sagte: „Ja."

„Das große Gedenken und die Feierstunde an deinem größten Tag in deinem Leben kann somit vorbereitet werden. Wer soll alles teilnehmen an dieser heiligen Handlung, sag es uns."

„Um Gottes Willen nein! Nur nicht das! Auf keinen Fall! Die Niederlegung müssen wir sofort und dazu noch in aller Stille vollziehen. Wir werden verfolgt. Man will uns die Reliquie abjagen. Woher die Männer kommen, weiß ich nicht. Schnell, wir müssen es hinter uns bringen. Nur zwei erfahrene Steinsetzer dazu und sonst niemand mehr. Es geht nicht anders, leider. Ich hätte es mir wahrlich auch anders gewünscht, und das in vielerlei Hinsicht."

Die Gruft war vorbereitet. Bodo nahm vorsichtig das Bündel aus dem Karren, achtete aber darauf, dass es ein wenig knirschte und knackte. Die beiden Mönche senkten ihre Häupter. Bodo schritt langsam der Gruft entgegen und legte das Bündel vorsichtig nieder. Er faltete seine Hände und verneigte sich tief. „Rasch, rasch lasst uns das Grab verschließen und es sicher tarnen. Es soll von keinem je aufgefunden werden. Die Gebeine sind der größte Schatz dieser Kirche. Vergesst das nie!"

Es ging schnell. Die vorbereiteten Quader wurden in Mörtel gesetzt. Die Gruft war fest verschlossen, Erde wurde darüber ausgebreitet.

Bodo schien ein Stein vom Herzen zu fallen. Er sagte: „Am morgigen Tag werde ich einen Gottesdienst halten. Die Arbeit auf der Baustelle soll ruhen und es soll Bier für alle ausgeschenkt werden."

Bodo hatte sich auf einen Stein gesetzt. Ihm entwich ein „puh ha". Er sah uns beide an, besser gesagt er schaute zu uns hin, sah aber durch uns hindurch. Diese Starre in ihm dauerte eine geraume Zeit.

Dann holte er tief Luft und sagte: „So ihr Beiden, jetzt gehen wir erst einmal anständig einen saufen."

Ich glaubte meinen Ohren nicht zu trauen, ob der Antwort von Matern. „Bodo, und genau das machen wir beide nicht. Da machen wir nicht mit. Gerade an dem heutigen Tage ist uns nicht nach einem Gelage zumute. Hast du schon vergessen, was wir heute in den frühen Morgenstunden miterleben mussten. Und außerdem müssen wir zurück. Unsere Frauen werden uns erwarten. Aber dir wünschen wir einen guten Schluck. Bodo, du bist ein feiner Kerl. Du hast dich gut gehalten. Du hast dir einen guten Tropfen verdient.

Grüße bitte Alna von uns."

Sehr gut hatte Matern auch in meinem Namen zum Propst gesprochen.

Bodo zeigte Verständnis: „Da habt ihr Recht, jedem das Seine. Denkt daran, der Ausschank in der Gaststätte ist natürlich weiter für euch kostenlos und um das Grundstück am Redder müsst ihr euch nicht sorgen, es ist euer. Demnächst müssen wir unbedingt über wichtige Dinge reden. Ich danke euch, ihr seid meine Freunde. Alles hat ein gutes Ende genommen. Ich werde mein Gelübde halten und umsetzen. Gott zum Gruß".

Wir machten uns auf den Weg nach Muthenbroke. Ein und immer derselbe Gedanke ging mir nicht aus den Kopf. Wir kehren ohne Hedda zurück. Was sollen wir bloß unseren Frauen sagen. Warum ist sie nicht mehr bei uns? Das ganze Dorf wird danach fragen. Sollten wir etwa sagen, Hedda sei wegen der anstrengenden Reise und wegen ihres hohen Alters verstorben und wir haben sie auf der Klosteranlage beigesetzt, neben dem heiligen Mann. Somit war mit dem - gemeinsam liegen - die Lüge dann auch nicht so groß. Aber das würden uns weder Brigitta noch Sira glauben, ganz klar. Was sollten wir nur machen?

Unsere Schritte gen Muthenbroke wurden langsamer und langsamer. Ich sah, dass auch Matern sich sein Hirn zermarterte.

„Sören, ich merke, auch du machst dir Gedanken über unsere Rückkehr ohne unsere Hedda. Ich habe die Lösung. Wir werden unseren Frauen nicht irgend welche Lügenkonstrukte auftischen, und das brauchen wir auch nicht. Wir haben es nicht nötig und das ist auch gut so. Hedda hat einfach an alles gedacht und uns den Weg geebnet. Beide, Brigitta und Sira sind zur Verschwiegenheit verpflichtet durch unseren gemeinsamen Schwur. Beiden werden wir einfach die Wahrheit sagen, so bitter sie auch ist. Was meinst du dazu?"

Ich konnte nur mehrfach heftig nicken. Matern hatte dafür gesorgt, dass mir ein Riesenstein vom Herzen fiel.

Der Himmel hatte sich komplett dunkel zugezogen. Es begann zu schneien. Dicke weiße Flocken fielen vom Himmel, unglaublich.

-

Wir wurden bereits erwartet. Beide Frauen weinten bitterlich und kamen auf uns zu. Brigitta flüsterte. „Ihr seid allein, also ist es geschehen. Wir wissen Bescheid, wir wissen um Alles. Wir beide wissen was und auch wie es passiert ist. Hedda hat Sira eingeweiht und heute, als der Schuppen von Hedda wie von selbst in Flammen aufging, sagte sie: „Das ist das Zeichen. Hedda ist nicht mehr. Wir sind so traurig."
Sira sagte: „Das dürfen wir aber nicht. Es sollte so sein, Hedda hat ihren Frieden. Das soll ich euch immer dann sagen, sobald ihr andere Gedanken hegt. So ist mein Auftrag."
Ein weißer Teppich hatte sich über die Landschaft gelegt. Nur ein noch winziges Rauchfähnchen zeigte an, wo ehemals der Schuppen gestanden hatte. Es war nichts übrig, nur ein kleiner Haufen Asche war nach dem Feuer übrig geblieben. „Ein heftiges Feuer, wie Zauberwerk", sagte Brigitta.
Es war still um uns herum.
Sira bat uns in ihr Haus, das ehemals Heddas war. Eine ungewohnte Situation. Wir gingen durch die Tür und irgendwie erwarteten wir, dass Hedda auf uns zu kam. Aber so war es nicht und konnte es auch nicht sein.
Sira hatte Tee zubereitet und bat uns an den Tisch. Brigitta übernahm das Wort. „Wenn es denn so ist, wie es ist, und es ist so, wie es ist, dann ist es so. Das Leben wird für uns weiter gehen. Worum geht es jetzt? Wir haben auf euch gewartet. Wir wussten, dass ihr gesund zurückkommen werdet. Es gibt noch eins zu tun, ein letztes großes Geheimnis. Es gilt, das dritte Zimmer zu öffnen."

„Ach", sagte Matern, „lasst es doch zu, das Zimmer. Wir lassen es geschlossen auf ewige Zeiten in Erinnerung und Ehrfurcht an Hedda. Es ist doch völlig egal was sich dahinter verbirgt. Es war ihr Geheimnis und so soll es auch bleiben".

Brigitta widersprach energisch: „So kann es doch wohl nicht sein. Ihr beide wollt hier in diesem Hause leben. Da darf es keine Geheimnisse geben, das bringt Unglück. Lasst uns nachsehen. Wer öffnet die Tür? Matern, du warst doch immer derjenige, der immer alles Mögliche hinter der Tür vermutet hat. Also!"

„Ich öffne sie nicht, ich nicht!" kam es Matern über die Lippen.

Was für ein Sinneswandel von meinem Bruder, nicht zu fassen! Somit fühlte ich mich angesprochen und übernahm die Aufgabe. Ich stand auf und ging zur Tür. Ich fühlte förmlich die stechenden Blicke auf meinem Rücken.

Der Rest war mehr als einfach. Die Klinke ließ sich leicht herunterdrücken und die Tür öffnete sich fast wie von selbst.

Wir alle standen nun vor der offenen Tür. Trotz der nur winzigen Fenster wirkte der Raum lichthell. Und was mussten wir sehen? Den Frauen schossen schon wieder die Tränen in die Augen. Was für eine Überraschung! Ich hätte hundert Jahre nachdenken können, darauf wäre ich nie und nimmer gekommen.

Wir sahen eine Wiege, ein Wickelbrett und zwei kleine Kinderbettchen. Darin und darauf befanden sich kleine Püppchen in rosa Kleidchen.

Wer hätte das gedacht. Hedda hatte mit Puppen gespielt. Ein weiteres Geheimnis um diese Frau.

Matern kam nicht weiter als, „und ich dachte."

Sira ergriff das Wort: „Ich weiß, was du gedacht hast mein Matti. Sowie so mancher in diesem Raum ebenfalls. Gold und Silber in Hülle und Fülle habt ihr erwartet.

Nun gut, ein kleines Vermögen ist vorhanden. Es soll unseren beiden Familien gehören. So hat es Hedda verfügt.

Hedda war jedoch der Meinung, über die Höhe und den Ort des kleinen Schatzes sollte eine kluge Frau wachen.

Hedda hat mich mit dieser Aufgabe betraut.

So, und nun lasst euch den heißen Tee gut schmecken, meine Lieben".

In der Reihe Bordesholmer Edition erschienen:
Stand: Mai 2015

Bd. 1: Das Grab auf der Insel
Der erste Bordesholmkrimi
von Jürgen Baasch, Lydia Glaubke, Charlotte Günther,
Ines Reich und Hartmut Wiedling
ISBN 978-3-8448-0006-7   172 Seiten   Preis 9,90€

Bd. 2: De Borsholmer Jedemann
Hugo v. Hofmannsthal sien Stück,
in`t Plattdüütsche sett vun Jürgen Baasch
ISBN 978-3848-21806-6   128 Seiten   Preis 8,90€

Bd. 3: Das Licht
und andere Erzählungen
von Jürgen Baasch, Kirsten Frahm,
Viktor Vogt und Hartmut Wiedling
ISBN 978-3848-22711-2   136 Seiten   Preis 8,90€

Bd. 4: Krimidinner
Kriminalroman
von Hartmut Wiedling
ISBN 978-3848-21971-1   260 Seiten   Preis 14,90€

Bd. 5: Schmalsteder Beifang
Der zweite Bordesholmkrimi
von Jürgen Baasch, Silvia Biener, Charlotte Günther,
Diana Kühl und Hartmut Wiedling
ISBN 978-3-8482-2419-7   164 Seiten   Preis 9,90€

Bd. 6: Murmelspiel und Schabernack
Alltagsgeschichten aus unserer Nachkriegskinderzeit
Biografische Reihe, Hrsg. Jürgen Baasch
ISBN 978-3848241415   168 Seiten   Preis 10,90€

Bd. 7: Biografische Splitter
Biografische Reihe, Hrsg. Elmer Schmidt und Jürgen Baasch
Erzählungen
ISBN 978-3-7322-3098-3   138 Seiten   Preis 9,90€

Bd. 8: Doppelbilder - Vier Paare, acht Geschichten und ein Gastspiel
9 Erzählungen
von Hartmut Wiedling
ISBN 978-3842-34211-8   136 Seiten   Preis 8,90€

Bd. 9: Ein Haus wird Hundert
Geschichten zur Geschichte
von Franz Rohwer
ISBN 978-3732-25457-6   88 Seiten   Preis 8,50€

Bd. 10: Lotosblüte
Der dritte Bordesholmkrimi
von Jürgen Baasch, Kirsten Frahm, Charlotte Günther,
und Hartmut Wiedling
ISBN 978-3732-28658-4   176 Seiten   Preis 9,90€

Bd. 11: Rezepte für die faule Hausfrau
Kleines Kochbüchlein ohne Anspruch auf Michelinsterne
von Durannimo von der Wied
ISBN 978-3732-28628-7   52 Seiten   Preis 3,90€

Bd. 12: Letztes Jahr
Satirischer Endzeitroman
von Hartmut Wiedling
ISBN 978-3-7322-8940-0   156 Seiten   Preis 9,90€

Bd. 13: Krimiwanderungen
Auf den Spuren der Bordesholmkrimis
von Jürgen Baasch, Kirsten Frahm, Charlotte Günther,
und Hartmut Wiedling
ISBN 978-3-7357-5979-5   52 Seiten   Preis 4,90€

Bd. 14: Wenn Papa lange wegfährt
Ein Bilderbuch für Kinder
Von Kristina Dohrn
ISBN 978-3-7357-2308-6   24 Seiten   Preis 13,90€

Bd. 15: Odile
Erzählung
von Hartmut Wiedling
ISBN 978-3-7357-1940-9   84 Seiten   Preis 7,90€

Bd. 16: Klosterbrut
Gesellschaftspolitischer Zukunftsroman
von Hartmut Wiedling
ISBN 978-3-8370-8979-0   208 Seiten   Preis 10,90€

Bd. 17: Die Seminaristin
Der vierte Bordesholmkrimi
von Jürgen Baasch, Kirsten Frahm, Charlotte Günther,
und Hartmut Wiedling
ISBN 978-3-7357-7074-5   184 Seiten   Preis 9,90€

Bd. 18: Lichtungen
Gedichte und Kurzgeschichten
Von Martin Schmusch
ISBN 978-3-7347-5811-9   92 Seiten   Preis 7,90€

Bd. 19: Nordlicht
Heimatgeschichten
Biografische Reihe
Herausgegeben von Jürgen Baasch
ISBN 978-3-7357-7572-6   180 Seiten   Preis 9.90€

Bd. 21: Von Mensch & Tier, Musikern und Gottesdienern
77 Limericks von Michael Struck
77 Bildericks von Dieter Stolte
ISBN 978-3-7375-1943-4   78 Seiten   Preis 9,90€

Bordesholmer Edition
eine Reihe für Autoren von Bordesholm und Umgebung
Herausgeber: J. Baasch und H. Wiedling, Bordesholm
bordesholmer.edition@yahoo.de

Herstellung und Verlag:
BoD-Books on Demand, Norderstedt
ISBN: 978-3-7357-5643-5